AF304312

Angelika Lauriel ist Diplom-Übersetzerin und Autorin und schreibt Bücher für Kinder, Jugendliche und Erwachsene. Daneben ist sie als Literaturübersetzerin, Lektorin und Korrektorin tätig. Angelika Lauriel hält oft Lesungen – unter anderem an Schulen. Bei diesen Anlässen spricht sie mit den Zuhörerinnen und Zuhörern gern über ihre Bücher und das Schreiben als Handwerk. Ihre Heimat ist das Saarland. Viele, aber nicht alle ihrer Romane spielen dort.

WER FRECH IST, STIRBT

1

Meine Manolos

Saarlouis, Anfang Juni 2012

Immer wenn ich weinen muss, passiert eine Katastrophe.

Kennen Sie das auch?

Ich bin keine Heulsuse, wirklich nicht. Ich, Lucinda Schober, bin eine typische deutsche Singlefrau in den Dreißigern, Sternzeichen Zwilling.

Meine kleine Schwester Kat behauptet ja, dass dieses Sternzeichen der Grund für viele meiner Probleme ist. Vielleicht hat sie damit recht, vielleicht nicht; es spielt keine Rolle. Man sagt, ich sei innerlich permanent hin- und hergerissen und könne keine Entscheidungen treffen. »Man« bezieht sich dabei auf meine Eltern und meine beiden anderen Geschwister. Sie sind natürlich keinesfalls der Ansicht, dass mein Sternzeichen da eine Rolle spielt, sondern behaupten, die wahre Ursache für meinen Lebenswandel – ja, das Wort benutzen sie oft und gerne – liege in einer tief verwurzelten, alles überschattenden Faulheit. Damit begründen sie, dass ich das Abitur erst im zweiten Anlauf schaffte, nachdem ich dank meines mangelnden Lerneifers beim ersten

Mal heftig auf die Nase gefallen war. Damit begründen sie die Wahl meines Studienfachs, Grundschulpädagogik, nachdem ich während des gesamten letzten Schuljahres zwischen vier weiteren Möglichkeiten geschwankt hatte. Und damit begründen sie meine Entscheidung, das Studium nach der Zwischenprüfung zu schmeißen und mich stattdessen in einem Callcenter zu verdingen, wo ich mir das »schnelle Geld« erhoffte.

Sie irren sich. In Wahrheit wollte ich, glaube ich, nie studieren, und schon gar nicht Grundschulpädagogik. Das tat ich nur, weil ich damals zu jung war, um mich gegen die elterliche und geschwisterliche Übermacht aufzulehnen. Schließlich sollte ich als Arzt- und Apothekerinnentochter etwas »Sinnvolles« werden. Abitur war Grundvoraussetzung und ein Studium Pflicht. Wenigstens bei der Fächerwahl rebellierte ich damals ansatzweise, denn Lehrerin von kleinen Monstern zu werden, hatten meine Eltern sich nicht gerade für mich erträumt.

Meine große Schwester Anna Maria und mein kleiner Bruder Rouwen, der durch meinen Fauxpas im selben Jahr wie ich sein Abitur hinlegte – er natürlich mit Einserschnitt –, zeigten mir doch im Grunde sehr deutlich, in welche Richtung ich gehen sollte, um eine neue, akzeptable Familientradition zu festigen, mit der der Arzt und die Apothekerin zufrieden sein konnten: Jura.

Mir rollen sich selbst jetzt die Fußnägel ein, wenn ich dieses Unwort schreibe.

Ich meine: ausgerechnet J U R A.

Medizin wäre natürlich ebenfalls standesgemäß gewesen ... oder Biochemie, um in die Forschung zu gehen. Oder wenigstens Theologie. Dinge, die einen Menschen erden. Nicht solch wenig einträgliche Fächer wie Kunstgeschichte, Übersetzungswissenschaft, Theaterwissenschaft. Ich hatte kurz mit dem Gedanken gespielt, Sozialpädagogik zu studieren, aber ich muss ehrlich gestehen, dass mich der Anblick der Studierenden in dieser Fachrichtung abschreckte, weil sie modisch komplett anders gepolt waren als ich. Ich wäre immer die Außenseiterin gewesen. Wollte ich mit ihnen einen entscheidenden Teil meiner Jugend verbringen? Nein.

Das etwas langweilige Volk der angehenden Grundschullehrerinnen sagte mir da schon eher zu, auch wenn ich mich unter ihnen ein bisschen wie ein Paradiesvogel fühlte. Tatsächlich empfand ich es als entspannend, dass in dem Studiengang überwiegend Frauen zu finden waren. Noch ein Punkt mehr, in dem ich mich von der Fächerwahl meiner beiden älteren Geschwister unterschied.

Hm, wenn ich es recht bedenke, hat Kat, meine rebellische Schwester – sie betreibt gemeinsam mit meiner besten Freundin und Exkommilitonin Susa einen Biohühnerhof in der Nähe von Saarlouis –, am Ende doch recht mit ihrer Zwillingstheorie.

Zwei Seelen wohnen, ach! in meiner Brust.

Einerseits entschied ich mich also für die etwas biedere Grundschulpädagogik, andererseits hob ich mich von meinen Mitstreiterinnen durch meine Kleidung ab. Damals unterstützten meine Eltern meine Bemühungen noch monetär, und ich konnte meine Garderobe ganz nach meinem Geschmack zusammenstellen. Geld spielte keine Rolle. Da meine Mutter selbst sehr auf ihr Äußeres achtet, gestand sie mir zu, die Marken zu tragen, die ich bevorzugte. Ja, wenn ich zurückdenke, war es eine leichte und irgendwie auch schöne Zeit. Doch dann setzte sich wieder die andere Zwillingshälfte in mir durch und stellte auf stur. Ich bemerkte, dass mir das Studium überhaupt nicht lag, und verkündete, dass ich damit aufhören wollte. Sofort wurde mir der Geldhahn zugedreht. Ich suchte und fand rasch eine Alternative: das Callcenter am Großen Markt mitten in der Stadt Saarlouis. Dort arbeite ich schon seit gut zehn Jahren. Hm, dieser Zeitraum überrascht mich selbst ein bisschen. Von wegen Faulheit und Sprunghaftigkeit, sage ich da nur.

Aber jetzt komme ich zurück auf das, was ich eigentlich erzählen wollte: Immer wenn ich weinen muss, passiert eine Katastrophe.

Auf meinem Weg vom Parkplatz zum Bürogebäude bewundere ich heute in den Schaufenstern meine neuen Schuhe. Mein Herz schlägt jedes Mal höher, wenn ich das Sonnenblumengelb strahlen sehe. Ach, ich habe im Lauf der Jahre beinahe vergessen, wie sehr Manolos einen Frauenfuß umschmeicheln. Seit Monaten habe ich auf diese Traumschuhe gespart. Habe mir alle Restaurantbesuche mit Susa und Kat verkniffen, keine Trüffelpralinés mehr gekauft, dem guten Kaffee entsagt und stattdessen stinknormalen Brühkaffee getrunken. Natürlich verzichtete ich auch auf jegliche Aufstockung meiner Garderobe. Nur so konnte ich das nötige Geld zusammenkratzen, um diese einzigartige Gelegenheit zu ergreifen. Die High Heels stammen aus der letztjährigen Kollektion, sie verstaubten weitgehend unbemerkt in einer Ecke des exklusiven Ladens, den ich wiederum nur deshalb aufsuchte, weil meine

Juristenschwester Anna Maria sich ein Paar neue Schuhe gönnen wollte und angeblich Wert auf meinen fachkundigen Rat legte. Möglicherweise wollte sie mir auch einfach demonstrieren, was sie sich dank ihres Berufs alles leisten kann, und ich nicht. Vielleicht hatte sie auch vor, mir ins Gewissen zu reden, was sie dann aber doch unterlassen hat.

Die gelben Peeptoe-Manolos hatten jedenfalls dort im Laden in der dunklen Ecke auf mich gewartet; sie zogen mich an wie ein Magnet. Keine der Kundinnen oder der Verkäufer bekam etwas davon mit. Ich griff unauffällig nach dem Paar, sah das Preisschildchen und überschlug rasch, wie viele Wochen ich dafür von Tütensuppe leben musste, wenn ich die Geldgeschenke von meinem Geburtstag dazurechnete. Dann schlich ich, während Anna Maria mehrere Paar Overknees anprobierte, zu der zweiten Verkäuferin im Laden. Das Glück war mir hold: Sie kennt mich noch von früher und sie mag mich. Sie legte die Schuhe für mich zurück (»Die will eh keiner mehr, sie sind nicht mehr up to date.«) und versprach mir, sie sechs Wochen lang aufzuheben.

So kam das.

Ich stolziere auf meinen High Heels zum Bürogebäude, achte dabei peinlich darauf, an dem Lüftungsgitter neben dem Eingang vorbeizustöckeln, und treffe in der Halle auf den guten Maurice, unseren Jungen für alles. Er sieht nicht auf meine Schuhe, sondern in mein Gesicht, und lächelt mich strahlend an. Dann kommt der Fahrstuhl, ich gehe hinein und Maurice folgt mir. Der Gute ist etwas langsam und redet nicht viel und nicht so oft. Vielleicht mag ich ihn deshalb so gern, genau wie unser gesamtes Personal.

Alle lieben Maurice. Er räumt hinter uns auf, putzt und wischt Staub, und auch Kaffee hält er jederzeit bereit. Im Grunde ist Maurice der einzige ruhende Pol in dem Gewusel und Lärm. 30 Mitarbeiterinnen, fast nur Frauen, teilen sich einen großen Raum und telefonieren ohne Unterbrechung. Allesamt sind wir am Ende unserer Schichten aufgedreht und kribbelig, und dann steht Maurice bereit, um uns mit seinem Kinderlächeln wieder herunterzuholen. Er wirkt wie ein Beruhigungsmittel ohne Nebenwirkungen. Ja, ich habe mich oft gefragt, was wir ohne ihn machen würden. Bestimmt ist sich unser Chef, der Dürrbier, über Maurice' Bedeutung im Klaren, sonst würde er jemanden, der so unproduktiv ist und überhaupt nichts verkauft, nicht dulden.

Maurice bemerkt anscheinend, dass ich mich heute besonders wohlfühle, denn er öffnet tatsächlich den Mund, um das Wort an mich zu richten.

»Un? Geht's gut?«

»Oh ja, Maurice, heute ist ein toller Tag. Ich trage zum ersten Mal meine neuen Schuhe. Siehst du?«

Stolz drehe ich meinen Fuß, damit er die Manolos bewundern kann. Er sieht sie sich ganz genau an und gibt mir wohltuenderweise nicht das Gefühl, dass er am liebsten mit seinem Blick meine Beine entlang nach oben wandern und mich ausziehen würde. Natürlich trage ich heute ausnahmsweise nicht Jeans und T-Shirt, sondern habe zur Feier der Schuhe meinen Minirock und ein Blüschen ausgegraben. Maurice hat mich so noch nie gesehen, aber er macht keine anzüglichen Bemerkungen und zieht auch nicht missfällig die Brauen hoch, sondern nickt einfach.

»Scheen sind die.«

Pling, sind wir im dritten Stock angekommen, und die Tür öffnet sich. Sofort umfangen uns das leise Summen der Computer, das Klingeln der Telefone und die unterschiedlichen Tonlagen der schnatternden Frauen und vereinzelten Männer. Irgendwo zischt eine Kaffeemaschine. Erhebend ist der Anblick meiner täglichen Arbeitsstätte nicht gerade. Alle tragen Headsets und starren auf ihre Bildschirme, die meisten haben eine Kaffeetasse neben dem Papierstapel auf ihrem Tisch und klappern hektisch mit den Tastaturen, um die eingehenden Bestellungen zu erfassen oder Notizen über die Wünsche oder Abneigungen der Kunden zu machen.

Nur die drei dem Fahrstuhl am nächsten sitzenden Kolleginnen heben den Kopf. Sie ziehen nacheinander leicht irritiert die Augenbrauen hoch, nicken mir zu, drehen dann die Köpfe wieder weg und reden weiter mit ihrem jeweiligen Gesprächspartner am anderen Ende der Leitung.

»Maurice, bringst du mir einen Kaffee an meinen Platz?«

»Gern, Lucinda.«

Ich lege die Hand auf seinen Unterarm, er bleibt wie angewurzelt stehen und betrachtet sie wie einen Fremdkörper, worauf ich sie verlegen wegziehe. »Du sollst mich doch Lucy nennen.«

Seine blassblauen Augen strahlen. »Jo, richtig. Lucy. Ich bring dir gleich 'nen Kaffee.«

Den Catwalk durch den schmalen mittleren Gang zu meinem Schreibtisch genieße ich in vollen Zügen, auch wenn es sehr gemischte Empfindungen sind, die mir von meinen Kolleginnen entgegenschlagen. Ob sie überhaupt erkennen, was das für Schuhe sind, die sie angaffen? Na, es spielt keine Rolle. Mir geht es ja nicht darum, hier aufzutrumpfen, sondern einzig und allein um das luxuriöse Gefühl, das mir diese Schuhe bescheren. Es geht um mich, nicht um die anderen.

Ich kann es mir nicht verkneifen, mich seitlich auf den Bürostuhl plumpsen zu lassen, um die angewinkelten Beine dann in einer grazilen Bewegung unter den Tisch zu ziehen. Ein bisschen prätentiös muss frau ab und zu einfach sein.

Ich bewege die Computermaus, um zu sehen, welche Liste ich heute abtelefonieren muss, und stöhne. Unzählige Adressen. Ich bin gespannt, wie viele von ihnen ich schaffen werde. Davon hängt ab, wie bald ich wieder die echten Trüffelpralinés essen werde und wann ich mit meiner kleinen Schwester und meiner besten Freundin zum Italiener in der Fußgängerzone gehen kann. Nun gut, nicht umsonst habe ich mir ein dickes Fell antrainiert und meine Stimme geschult. Nachdem Maurice mir meine Lieblingstasse mit frischem Kaffee gebracht hat, ziehe ich mir das Headset über, lächle Lena, die mir gegenübersitzt, an unseren Bildschirmen vorbei zu und wähle die erste Nummer.

»Krämer.« Eine männliche Stimme, nicht schlecht gelaunt, nicht gut, sondern neutral.

»Einen wunderschönen guten Tag, hier ist Lucinda Schober von der Mediaboutique. Es geht um Ihre Fernsehzeitschrift, Herr Krämer.«

»Was ist damit?«

»Wir haben derzeit ein einmaliges Angebot. Wenn Sie die ›TVfix‹ abonnieren, bekommen Sie ›Kleine Katzen‹ kostenlos für drei Wochen im Probeabo dazu. Und für

die ›TVfix‹ zahlen Sie 45 Cent weniger pro Monat, als
wenn Sie sie am Kiosk kaufen. Wäre das was für Sie?«

Die Uhr läuft. Er denkt nach, endlos lange. »Äh …«,
kommt es dann zögerlich. »›Kleine Katzen‹, sagten Sie?
Ist das so ein … äh … Heft mit Frauen?«

Ach, so einer ist das. Ich öffne am Bildschirm rasch
eine Seite mit Spaßartikeln, die wir für einen unserer
Großkunden verkaufen. Sofort finde ich ein Heftchen
der Sorte, die Herr Krämer meint.

»Nein, Herr Krämer, ›Kleine Katzen‹ ist eine Zeit-
schrift für Katzenfreunde, aber ich könnte Ihnen die
›Duftende Haut‹ zu den gleichen Konditionen anbieten.
Sie können das Abonnement jederzeit widerrufen.«

»Die Fernsehzeitung brauche ich nicht, aber die andere interessiert mich. Die kriege ich dann kostenlos,
sagen Sie?«

»Ja, drei Monate lang kostenlos, danach wird jährlich
ein Betrag von 60 Euro abgebucht. Sie können aber
rechtzeitig kündigen, dann zahlen Sie gar nichts. Bloß
das Abo der ›TVfix‹ ist dann für ein Jahr bindend. Darf
ich dieses Angebot für Sie buchen?«

Herr Krämer sagt ja! Prima, der erste Abschluss für
heute. Ich schließe den Auftrag zügig ab und muss den
netten Herrn Krämer am Ende ein wenig abwürgen,
weil er sich in Lobeshymnen über meine Stimme
ergeht und fragt, ob wir uns treffen könnten. Ich checke kurz seine Daten und sehe, dass er glücklicher-
weise in Hamburg wohnt. Weit, weit weg.

Der Vormittag läuft so weiter, ich gewinne einen Neu-
kunden nach dem anderen. Besonders die Babyartikel
in Kombination mit den Zeitschriften für junge Eltern
gehen heute wie warme Semmeln.

In die Pause begleitet mich Lena. Sie hat so überhaupt kein Auge für meine Schuhe, dass ich auch kein schlechtes Gewissen zu haben brauche, ob sie neidvoll reagieren könnte. Nein, Lena interessiert sich nur für Rubbellose und ein deftiges Mittagessen. Zum Glück findet sie in der Fußgängerzone das, was sie liebt. Wir suchen uns ein Plätzchen auf einem Mauervorsprung bei den Kasematten neben einer mächtigen Linde. Lena beißt herzhaft in ihr Döner Kebab, und ich picke mit meiner Holzgabel ein Salatblatt aus der Pappbox. Der Frühsommer lässt Saarlouis in all seiner Pracht erstrahlen. Die Sonne scheint durch die Baumkrone und malt kleine Kringel auf das Sonnenblumengelb meiner Schuhe. Ich kann mich gar nicht daran sattsehen. So macht das Leben Spaß.

»Wie läuft's heut bei dir?«, fragt Lena zwischen zwei Bissen. Sie hat die Beine ebenfalls von sich gestreckt, und der Anblick ihrer abgewetzten Turnschuhe neben meinen Manolos hat durchaus einen besonderen Reiz.

»Eigentlich super. Ich hatte fast nur Zusagen heute. Und bei dir?«

»Nit so. Alle meckern nur rum.« Sie wischt sich mit dem Handrücken einen Klecks weißer Soße von der Wange.

Ich nicke mitfühlend. »Ja, manchmal hat man eine schlimme Liste erwischt. Ich frage mich echt, woher das kommt. Hast du einen Unfreundlichen am Apparat, dann gibt's gleich noch mehr davon.«

Wir brechen langsam auf, und ich genieße die Blicke der glücklichen Menschen, die in der Fußgängerzone vor den Lokalen zu Mittag essen, während wir zum Großen Markt zurückschlendern. Wir plaudern weiter darüber, warum es an manchen Tagen ganz leicht ist, Zeitungen, Wein, Babyspielsachen oder neckisches Spielzeug für Erwachsene zu verkaufen und an anderen so wahnsinnig schwer. Als ob eine höhere Macht die Listen für uns zusammenstellte – eine Macht, die alle Kunden kennt.

Als wir das Büro betreten, werden wir vom Chef erwartet. Der Dürrbier steht in der Nähe des Fahrstuhls und hat nichts Besseres zu tun, als bei jedem, der hereinkommt, auf die Uhr zu sehen. Sein verkniffener Mund legt es nahe, schweigend den Kopf zu senken und in schnellster Gangart zu seinem Stuhl zu hasten. Ich spüre seine Blicke im Rücken wie Nadelstiche und frage mich, ob es Lena vor mir genauso geht, vermute aber, dass ihre etwas fülligere Form sie vor Pieksern dieser Art schützt. Dürrbier steht auf Dürre, was auch zu seiner gesamten Lebenseinstellung passt. Lena bewegt sich etwas zu langsam für meinen Geschmack! Dürrbiers Blicke pieken jetzt nicht mehr nur in meine Schultern, sondern streichen wie eisige Finger hinunter und über meine Beine bis zu den Manolos. Beinahe glaube ich, seine kratzige Stimme in meinem Kopf zu hören: »Wieso kann die Schober sich solche Schuhe leisten und meine Frau nicht?«

Schnell, Lena, beeil dich doch ein bisschen! Unser geteilter Schreibtisch ist schon ganz nahe, da passiert es: Hat eine der netten Kolleginnen einen Fuß vorgestreckt oder lag ein Kabel im Weg? Jedenfalls gerate ich ins Straucheln. Kennen Sie »Tom und Jerry«? Wenn der dumme Kater losrennt und plötzlich merkt, dass er mit allen vieren über einem Abgrund in der Luft hängt, dann kriegt er so einen ganz bestimmten Gesichtsausdruck. Tja, ich bin mir sicher, dass ich genauso dumm aus der Wäsche gucke, als ich das Gleichgewicht verliere, mich Lenas breitem Rücken gefährlich nähere und registriere, dass ich mich definitiv nicht mehr abfangen kann, ganz gleich, wie sehr ich mit den Armen rudere. Ich muss dabei ein Warngeräusch ausgestoßen haben, denn Lena springt unerwartet behände zur Seite, bevor ich mich Halt suchend an ihr festklammern kann. Und dann liege ich da, auf Mund und Nase. Einziger Trost ist mir die Vorstellung, dass meine Hacken elegant die Manolos in die Höhe recken – für alle weithin sichtbar.

Bei so einem Sturz schießt das ganze Blut ruckartig nach vorn. Deshalb spüre ich es nicht nur, sondern ich weiß, dass mein Gesicht geradezu wie ein rotes Alarmsignal leuchtet, als ich mich aufrapple. Im Büro herrscht für unendliche Sekunden lähmende Stille, bis ein Telefon klingelt und damit das Zeichen setzt, dass alle wieder losreden, schreiben, wählen, tippen müssen. Außer Lena, die mich fragt, ob ich mir wehgetan habe, zeigen alle den Anflug eines Lächelns. Der Dürrbier ist schon mit zackigen Bewegungen im Anmarsch, den Rücken durchgestreckt, als habe er einen Stock verschluckt. Kennen Sie Christoph Maria Herbst als Alfons Hatler in den Slapstickkrimis vom »Wixxer«? Dann wissen Sie, wie Dürrbier aussieht, bevor er mich erreicht hat und seine Gesichtszüge unter Kontrolle bringt.

Er schaut auf meine Schuhe, meine Beine, meinen Rock, meine Brüste und dann in mein Gesicht. Ja, ja, ich weiß schon, so viel Zeit muss sein. Nach Ansicht eines

Mannes. Mich überkommt spontaner Brechreiz, als er sich mit der Zunge über die schmalen Lippen leckt und dann mit einem Lächeln die von seinen stinkenden Zigarillos gelblich verfärbten Mausezähnchen zeigt. »Haben heute noch was vor, wie? Gefährliches Schuhwerk, Mädchen!«

Pfffff, lasse ich langsam den Atem entweichen und bemühe mich, meinen empört beschleunigten Herzschlag zu ignorieren. Ich lächle und nicke vage, dann versuche ich, mich so unelegant wie möglich auf meinem Sitz niederzulassen und verstecke rasch meine Beine vor seinen gierigen Augen. Er beugt sich zu mir – erschrocken halte ich die Luft an. Kennen Sie diese Mischung aus schlecht getrockneter Kleidung, Kaffee und Zigarillorauch? Dann wissen Sie, was ich meine.

Dürrbier greift quer über meinen Schreibtisch nach der Maus und sucht im PC eine Adressliste für mich heraus, die er mit einem seiner persönlichen Kennwörter versehen hat. Dann bedenkt er mich erneut mit seinem widerlichen Grinsen.

»Machen Sie jetzt hiermit weiter. Sie sind eine unserer besten Verkäuferinnen, und die Statistik hat mir gezeigt, dass Sie heute Morgen schon über Ihrem Schnitt lagen. Also sollten Sie die richtige Energie haben, um ein paar unserer Spezialkunden zu überzeugen.«

Lena atmet zischend ein und versichert mir mit diesem Geräusch ihr Mitgefühl. Ich merke, wie meine Sicht sich vernebelt, und kämpfe gegen die aufsteigenden Tränen an. Wie gesagt, ich bin keine Heulsuse. Jedenfalls der eine Zwilling in mir ist keine. Der andere leider schon. Tapfer, wie ich bin, schaffe ich es trotzdem, nicht loszuheulen.

Mit einem letzten Blick in meinen Ausschnitt verzieht der Dürrbier sich pfeifend, und ich bewege den
Cursor zur ersten Adresse auf der Liste. Ich glaube, jeder im Callcenter hat mit den Personen, deren Namen
auf dieser Liste stehen, schon zu tun gehabt. Wir nennen sie auch »Horrorliste«, und es ist nicht die einzige
ihrer Art. Der Dürrbier hat sich einen Spaß daraus gemacht, für jedes Bundesland eine Horrorliste zu erstel-
len. Er hat, wie er sagt, den Ehrgeiz, auch die widerwil-
ligsten Kunden durch Beharrlichkeit weichzukochen.
Dabei unterschlägt er natürlich großzügig die Tatsache, dass *wir* es sind, die die Beharrlichkeit an den Tag
legen müssen, und nicht er.

Ich spüre, dass jemand neben mir steht, und sehe auf.
In Maurice' Kindergesicht liegt ein mitleidiges Lächeln,
als er mir einen Becher von Starbucks hinstellt. »Den
han ich für dich besorgt. Der Chef hat heit schlechte
Laune.«

Der verführerische Duft eines Karamell-Latte steigt
mir in die Nase und breitet sich von dort aus wohltuend
und stresslindernd in meinem Körper aus. »Maurice,
du bist ein Schatz. Danke!«

Er entfernt sich auf leisen Sohlen und überlässt mich
meiner Arbeit. Ich atme tief durch, dann wähle ich die
erste Nummer. Norbert Trauensieck aus Sankt Wendel.

Eine dünne weibliche Stimme. »Trauensieck, hallo,
wer is 'n do?« Das muss seine Frau sein. Steht irgendwo
geschrieben, dass ich unbedingt mit *Herrn* Trauensieck
sprechen muss, um ihm den überteuerten Wein anzu-
drehen, den er dreimal geordert, die letzten siebenmal
aber abgelehnt hat?

»Schönen guten Tag, hier ist Lucinda Schober von der Mediaboutique ...«

»Ach!«, unterbricht sie mich und hört sich nicht sehr begeistert an, »Sie wolle bestimmt mei Mann spreche?«

»Nein, ich kann mich auch mit Ihnen unterhalten, Frau Trauensieck. Sicher kennen Sie den guten Rotwein, den Ihr Mann über unseren Dienst bezogen hat?«

»Ja-a, den kenne ich.«

»Wir können Ihnen ein hervorragendes Ange...«

»Trauensieck hier«, fährt die barsche Stimme ihres Mannes dazwischen. Ich sehe regelrecht vor mir, wie er seiner Frau den Hörer entrissen hat und jetzt ins Telefon blafft. »Lassen Sie uns in Ruhe, Sie blöde Kuh. Herrgott noch mal. Ich will Ihren Wein nicht mehr, geht das nicht in Ihren minderbemittelten Schädel?«

»Entschuldigung, aber ...«

»Nichts Entschuldigung. Streichen Sie uns endlich von der Liste, hohle Nuss!«

Tut, tut, tut. Er hat aufgelegt. Lena lehnt sich neben ihren Bildschirm, um mir einen fragenden Blick zuzuwerfen. Ich blase meine Wangen auf, schüttle den Kopf. Sie beißt sich auf die Unterlippe und lächelt dann komisch-verzweifelt. Wir sitzen halt alle in einem Boot, soll das heißen.

Okay, das war ja erst Kunde Nummer eins. Weiter mit der Liste.

Henrietta Stunk.

Henrietta hat keine Lust auf irgendwelche Zeitungsabos, auch nicht auf Kinderkram für ihre Nichten und Neffen, Wein trinkt sie nicht mehr, seit sie trocken ist, und überhaupt kauft sie nichts am Telefon. »Lasse Sie mir um Himmels wille mei Ruh!«, kreischt sie nach gefühlten zehn Sekunden, und ihr Tonfall ist bestenfalls unwirsch zu nennen.

So geht es weiter, Anruf für Anruf, Kunde für Kundin. Von der brausepulvrigen Energie, die mich und meine Manolos heute Morgen beflügelt hat, ist nicht der kleinste Rest übrig geblieben. Doch am schlimmsten ist die Tatsache, dass ich nicht einmal Geld für eine Packung Trost-Trüffelpralinés im Portemonnaie habe. Womit soll ich mir bloß den Abend dieses unglückseligen Tages versüßen?

Zehn Minuten vor Schluss. Ich muss mindestens noch einen Namen der nicht enden wollenden Liste abarbeiten. Zu gerne würde ich dem vertrockneten Dürrbier wenigstens einen Erfolg präsentieren.

»Rupert Kunze. Hallo?«

»Schönen guten Abend, Herr Kunze, Mediaboutique hier, Lucinda Schober am Apparat.«

»Hey, Kätzchen, geile Stimme. Warum rufst du nicht immer an?« Ach Gott, so einer auch noch! Wenn der Dürrbier schon solche Horrorlisten führt, nach Bundesländern und Artikeln sortiert, dann könnte er wenigstens ein paar warnende Bemerkungen neben die Namen schreiben. Bei Rupert zum Beispiel so was wie »notgeil«. Puh, ich merke schon an meiner Wortwahl, dass ich meine Grenzen erreicht habe.

Ich bemühe mich um ein nichtssagendes Kichern, dann sage ich: »Herr Kunze, wir hätten da ein super Angebot für Sie.«

»Her damit«, unterbricht er mich, »wenn du's bist. Wo finde ich dich, geiles Stück? Was trägst du? Bist du nackt?«

Entsetzt schaue ich auf dem Bildschirm nach: Rupert Kunze lebt in einem Ort in der Nähe von Saarlouis. Mist! Ganz richtig hat er schon an meinem minimalen Akzent erkannt, dass ich Saarländerin bin. »Hey, du kommst aus Saarlouis, hab ich recht? Oder aus Wellingen. Püppi, du machst mich ganz heiß. Ich liebe die Saarlouiser Mädchen.«

»Herr Kunze, möchten Sie ›Reife Wonnen‹ abonnieren oder nicht?«

»Dich will ich abonnieren, Kleines. Lucinda war dein Name, oder?« Er lacht. Mir wird schlecht.

»Nein. Herr Kunze, ich wünsche Ihnen noch einen schönen Abend.«

Bevor ich auflege, höre ich noch: »Verfluchtes Stück Scheiße ...«

Endlich ist seine Stimme weg. Ich sacke auf meinem Stuhl zusammen. Mein tougher innerer Zwilling ist inzwischen einfach verduftet, und nur der andere ist hiergeblieben, der noch klein und verletzlich ist. Und der lässt die Tränen aus ihren Kanälen fließen, während ich den Stuhl zurückschiebe, mir meine Tasche schnappe und mit hängenden Schultern das Büro verlasse. Die nächste Schicht kommt gleich und wird alle Stühle wieder besetzen, um ihr Glück bei den Rupert Kunzes dieser Welt zu versuchen. Am Fahrstuhl treffe ich erneut Maurice. Der gute Junge wird erst nach Hause gehen, wenn er die benutzten Kaffeetassen und -becher weggeräumt und frischen Kaffee für die nach uns Kommenden aufgebrüht hat.

»Oh«, sagt er, »Lucy, was is 'n passiert?«

»Ach, ich hatte einen grässlichen Nachmittag. Am schlimmsten war mein letzter Kunde, Rupert Kunze.

Ich hoffe, dass ich ihm nie im wahren Leben begegnen werde.«

Maurice macht etwas für ihn völlig Untypisches: Er legt mir die Hand auf den Oberarm. »Morje is wieder e' neuer Tag.«

Seine Freundlichkeit muntert mich tatsächlich ein wenig auf. Als der Fahrstuhl unten ankommt, habe ich mich einigermaßen beruhigt. Aber sagte ich es nicht schon ganz zu Anfang? Immer wenn ich weinen muss, passiert eine Katastrophe.

Beim Verlassen des Gebäudes wische ich mir mit einem Papiertaschentuch über das Gesicht und denke einfach nicht an das Lüftungsgitter neben der Eingangstür. Ich denke auch nicht an meine Manolos mit den Zwölf-Zentimeter-Absätzen und daran, dass diese Absätze so dünn sind wie Bleistifte.

Ach, es zerreißt mir das Herz. Sicher wissen Sie schon, was gleich geschehen wird. Die größte anzunehmende Katastrophe nimmt ihren Lauf. Tränenblind (nun gut, beinahe) stöckle ich nach draußen Richtung Parkplatz, wo ich meinen alten Twingo abgestellt habe. Ja, und dann war's das mit meinen neuen sonnenblumengelben Manolos. Ich bleibe stecken, und beim Versuch, den Fuß aus dem vermaledeiten Gitterschacht zu ziehen, schrappe ich das Leder komplett auf. Doch damit nicht genug: Kurz, bevor ich den blankgewetzten Absatz zur Gänze herausziehen kann, macht es laut vernehmlich *Krack*.

(Wie gut, dass ich mit einer Tastatur schreibe, da kann wenigstens das Papier nicht aufweichen.)

Ich ziehe mir die Manolos von den Füßen und humple zu meinem Twingo. Das Knöllchen wegen überschrittener Parkdauer kann ich nicht entziffern, und es kostet mich eine geschlagene Stunde, mich so weit zu beruhigen, dass ich das Auto starten kann. Ohne Rücksicht auf meinen Kontostand halte ich an der edelsten Pralinenboutique an, kaufe mir die größte und teuerste Packung meiner Lieblingstrüffelpralinés und bezahle mit der Karte. Wenn schon scheitern, dann grandios!

»Wie hat der Kerl dich genannt?«

»Verfluchtes Stück Scheiße ...«

Ich höre trotz des Deutschlandfunks, der durch das Telefon zu mir dröhnt, wie Kat empört schnaubt. Zu dem klassischen Musikstück, das gerade gespielt wird, kann ich ihre sich steigernde Wut regelrecht spüren.

»Dieser Wichser! Der gehört einen Kopf kürzer!«

Ach, wie gut tut es, eine Emanze zur Schwester zu haben. Sie lässt all das einfach heraus, was ich in meiner einen Seele ganz deutlich spüre, jedoch nicht auslebe, weil mich meine zweite Seele davor zurückhält.

»Diese verdammten Dreibeiner! Nur weil er notgeil ist, meint er, er kann so mit dir umspringen. Ach, wie ich sie alle hasse, diese Kerle!«

Im Hintergrund macht sich Susa bemerkbar. Ich verstehe nicht, was sie sagt, aber Kat antwortet ihr: »So ein Sackgesicht hat meine Schwester angemacht. Die fühlen sich doch nur so stark, weil man sie am Telefon nicht sehen kann. Ich sag dir eins«, damit meint sie jetzt mich, »wenn ich diesem Typen begegne, dann kann er sich warm anziehen.«

»Na ja, Kat, vielleicht ist das alles gar nicht so schlimm. Man kann sie ja nicht gleich kastrieren. Bestimmt ist Rupert Kunze im wahren Leben ein ganz braver, angepasster Mensch.«

»Ja, ja, wahrscheinlich hat der weder zu Hause noch auf der Arbeit was zu melden. Was muss der für 'n Arsch sein, wenn er denkt, einfach so mit Frauen umspringen zu können?« Sie schnalzt empört mit der Zunge. »Genau wie dieser ... Wie hieß er doch gleich?«

»Wen meinst du?«

»Na, der andere Kunde aus dem Saarland, der dich als Schwein beschimpft hat; ist schon eine Weile her.«

Ich wollte mich eigentlich nicht mehr an Harko Schaaf erinnern ... Vor knapp zwei Wochen hat der Dürrbier mir schon einmal die Horrorliste der Saarländer aufs Auge gedrückt, und besagter Schaaf wurde so ausfallend, dass ich beinahe einen Heulkrampf erlitt.

Damals passierte auch eine Katastrophe. Meine Hände zitterten so, dass der Vanilla-Latte, den eine Kollegin anlässlich ihres Geburtstages spendiert hatte, mir entglitt und auf meinen einzigen verbliebenen Markenjeans landete, die ich für einen der selten gewordenen Discobesuche an diesem Abend trug. Der Schaaf hatte mich als »dumm wie ein schwarzes Schwein« bezeichnet. Heute kann ich darüber lachen, aber an dem Tag hatte mir des Morgens schon mein Vater die Ohren wegen meiner verdorbenen Lebensplanung vollgejammert. Die Bezeichnung als Schwein durch Schaaf fiel deshalb auf fruchtbaren Boden. Wie auch immer – mit Kat über diese Kunden zu sprechen, tut mir gut, und das ist wohl auch der Grund, weshalb ich sie nach dem Leeren der Magnumpackung Trüffelpralinés und nach dem Genuss einer Viertel Flasche Wodka mit Pflaumensaft angerufen habe.

»Hihi, du meinst Harko Schaaf. Den Namen werde ich nie vergessen. Ich hoffe nur, dass ich nicht so bald wieder mit ihm zu tun habe. Der belästigt mich wenigstens nicht sexuell, aber die Bezeichnung als schwarzes Schwein war noch harmlos. Er hat mich schon mit fast allen Tierarten unseres Planeten verglichen.«

»Genau, das meine ich ja. Dürfen die das ungestraft? Das sind doch Beleidigungen. Habt ihr da keine Handhabe?«

Wie oft haben wir darüber schon gesprochen? Vermutlich hätten wir eine Handhabe, schließlich haben auch Telefonistinnen so etwas wie Menschenwürde, die ja bekanntlich unantastbar ist. Aber der Dürrbier – und mit ihm viele andere Arbeitgeber, fürchte ich – sieht das ein bisschen anders. Auf unsere Bitte, bestimmte Kunden doch von der Liste zu streichen oder gerichtlich gegen sie vorzugehen, lacht er regelmäßig sein trockenes, abgehacktes Zigarillo-Lachen. Wir sollten uns mal nicht so anstellen, man könnte schließlich nicht für jeden Pups vor Gericht ziehen. Na ja, dass Menschen, die im Callcenter arbeiten, ein dickes Fell brauchen, ist ja bekannt. Und letzten Endes liegt es ganz bei uns, wie sehr wir uns davon runterziehen lassen. Ach, ich bringe einfach nicht die Energie auf, etwas dagegen zu unternehmen.

Mein Schweigen verrät meiner Schwester anscheinend, was in mir vorgeht. Sie seufzt. »Lu, ich weiß schon, du kriegst den Arsch nicht hoch, um für deine Rechte einzustehen. Ich verstehe dich nicht. Du hast echt Grips. Warum fängst du nicht endlich was anderes an?«

Damit geht dieses Gespräch in eine Richtung, die ich ganz und gar nicht wünsche. Ich finde sofort den richtigen Knopf, um Kats Predigt schon im Ansatz abzuwürgen. »Kat, einen Sermon dieser Art kann ich jetzt nicht gebrauchen. Außerdem ist dafür Papa zuständig. Oder Mama. Oder Rouwen. Oder A-Mi. Jedenfalls gibt es schon vier Menschen – mindestens –, die sich in meinem Leben als Moralapostel aufspielen. Da will ich so etwas nicht auch noch von meiner geliebten Rebellenschwester hören. Klar?«

»Geht klar, Süße. Hör mal, Susa meint, wir könnten zusammen essen gehen. Wir beide müssen mal aus dem Stall raus.«

»Hm ...« Ich denke an mein überzogenes Konto und werfe der geplünderten Pralinenpackung einen wehmütigen Blick zu. Dann räuspere ich mich. »Also ...«

»Du bist abgebrannt, hab ich recht? Was hast du dir denn gegönnt?«

Erst in dieser Sekunde kommt es wieder hoch. All meine Bemühungen, das wahre Desaster zu verdrängen, sind auf einen Schlag hinfällig. Ich drehe mich im Sessel um, in den ich mich gefläzt habe, und wische dabei mit dem Fuß die Wodkaflasche vom Couchtisch. Auf dem Bildschirm läuft gerade der Vorspann von »Grey's Anatomy«. Der blaue Vorhang schwingt über einem Paar knallroter High Heels zu. Als ob ich dieses Hinweises noch bedürfte ... Ich sauge den Anblick des Unglücks bereits mit meinen Augen auf. Da stehen sie, nein, der eine Schuh liegt. Man kann noch ganz klar die edle Form und die schmeichelnde Farbe erkennen, doch es lässt sich nichts beschönigen. Dieses Meisterwerk der Schuhkunst, von einem Gott entworfen, von begnadeten Engeln hergestellt – es ist ruiniert.

»O-o-oh-oh«, schluchze ich los und kann kein klares Wort formulieren. »Meine ... meine ... meine ...«

»Schuhe! Stimmt's? Was ist mit ihnen passiert?«

»Manolos!« Meine Stimme kippt.

Kat schnaubt. Im Radio labert jemand über das Leben und Werk von Mozart. Ich liebe Mozart, aber in dieser Sekunde könnte ich das vermaledeite Telefon, in dem ständig der Radiofunk zu hören ist, an die Wand schmeißen. Muss jetzt wirklich auch noch das Lacrimosa aus dem Requiem erklingen, um mein Leid zu steigern?

»Kat, echte Manolos!«

»Hast du Manolos gesagt?«, erklingt Susas Stimme. Susa hat mit mir studiert und mit mir geschmissen. Bei ihr war der Grund eine unsterbliche Liebe, für die sie einfach alles aufgegeben hätte. Alles, außer ihrem Schuhtick, der uns seit den ersten Studientagen zusammenschweißte. Susas Liebesgeschichte endete in Glückseligkeit. Sie liebt nämlich meine allerbeste Schwester Katharina Schober, genannt Rebellenkat. Kat liebt sie genauso sehr wieder. Nur in Sachen Schuhe erzielen sie lediglich einen Minimalkonsens. Aber viele Beziehungen, vor allem globaler Natur, beruhen auf einem Minimalkonsens. Frieden ist also möglich. Kat hat zähneknirschend akzeptiert, dass ihre Lebensgefährtin und ihre Schwester diese allzu weibliche Schwäche teilen. Wir beide lieben Manolo Blahniks – die Schuhe jenes spanischen Designers, den

nicht zuletzt die amerikanische Serie »Sex and the City«
berühmt gemacht hat.

»Sagtest du wirklich Manolos?« Susas Stimme kippt
genauso wie meine vor wenigen Augenblicken. »Welche Farbe? Wie hoch? Wie teuer?«

»Sonnenblumengelb.«

Susa seufzt wohlig.

»Zwölf Zentimeter.«

Sie stößt ein begeistertes Quieken aus.

»Reduziert auf 590 Euro.«

»Geil! Wann kann ich sie sehen?«

Ich heule auf. »Gar nicht mehr! Sie sind hinüber. Ich
bin im Gitterschacht vorm Büro stecken geblieben,
habe den ganzen Absatz zuerst aufgeschrappt und
dann abgebrochen. Da ist nichts mehr zu retten!«

»Ach – du – Schande!« Susas Stimme zittert. Meine
Hände zittern. Ich hebe die Wodkaflasche vom Teppichboden auf. Welch ein Glück, dass der eine meiner
Zwillinge so pedantisch sein kann – er hat den Deckel
fest zugedreht. Ich öffne sie und gieße mir ein. Dieses
Mal muss es auch ohne Pflaumensaft gehen. Ich kippe
den Schluck hinunter und atme zischend ein. Das Zittern lässt nicht nach, sondern breitet sich in meinem
ganzen Körper aus. Wenigstens bin ich kein Alkoholix.

»Wir treffen uns. Morgen Abend. Bring die Schuhe
mit. Ich kenne einen Schuhdoktor in Riegelsberg, der
sie vielleicht retten kann. Und die Rechnung bezahlt
die Versicherung des Bürohausbesitzers. Wie kann
man so bescheuert sein, neben dem Eingang ein Lüftungsgitter einzubauen? Das wird wieder, Lu!«

»Gib mir noch mal den Hörer.« Das ist Kat. »Lu, hör
mir mal zu. Du räumst jetzt die Flasche weg und gehst
schlafen, verstanden?«

Ich nicke. Wie eine Marionette stehe ich mit dem Hörer am Ohr auf und trage die Flasche und das Glas zur
Küchenzeile. »Gut. Dann sehen wir uns morgen. Ich bin
müde, ich muss jetzt schlafen.« Ich lege auf.

Ich falle ins Bett, ohne mich ausgezogen oder meine
Zähne geputzt zu haben.

Wie sagte ein weiser Mann?

Morgen ist wieder ein neuer Tag.

2

Routine

Wie können Eltern ihrem Sohn einen solchen Namen mit ins Leben geben? Frank Kraus kratzte sich an der Nase und betrachtete das Foto des Verunglückten.

Nun gut, sein eigener Name zeugte nicht gerade von Originalität. Immer hatte es mindestens einen weiteren Frank in seiner Klasse gegeben, seine gesamte Schulzeit hindurch, und in der Fachoberschule war es auch nicht besser gewesen. Selbst ein zweiter Kriminalkommissar mit dem gleichen Vornamen existierte in Saarlouis. Der bestand aber wenigstens auf einer anderen Aussprache, sodass man immer wusste, wer gemeint war. Der andere Frank sprach seinen Namen mit einem nasalierten ong anstatt des einfachen a aus, wie die Franzosen. Oder vielmehr hatten seine Mitschüler in der Grundschule das getan, und der verballhornte Name war ihm dann geblieben – vermutlich bis zu seinem Lebensende, das hoffentlich noch in weiter Ferne lag. Frank freute sich immer mal wieder darüber, dass nicht er der mit dem weichen, französischen ong war, sondern der mit dem aufrechten a.

Da stand er und dachte über Vornamen nach, anstatt sich die Aussagen der Zeugin noch mal zu Gemüte zu führen. Aber es stimmte schon – Harko war ein bescheuerter Vorname.

Harko Schaaf war gestern ums Leben gekommen. Frank hielt das Ganze für einen dummen Unfall, und mit dieser Meinung stand er nicht allein da. Trotzdem. Harkos Frau glaubte an einen Mord; somit musste Frank der Sache nachgehen. Er ließ das Foto des neben der Straße liegenden Toten noch einmal auf sich wirken. Man musste sich echt dämlich anstellen, um in einer verkehrsberuhigten Zone, in der die Autos nicht schneller als zehn Stundenkilometer fahren durften, so unglücklich hinter einen rückwärts rollenden Wagen zu stürzen. Die Fahrerin tat Frank leid. Sie war völlig unschuldig, ganz sicher. Sie hatte nichts, aber auch gar nichts tun können, um das Unglück zu verhindern. Höchstens ein kleineres Auto fahren. Dann hätte der arme Harko vielleicht eine Überlebenschance gehabt. Doch der mit Marmorfliesen voll beladene Lieferwagen ließ keinen Spielraum. Er rollte über Harkos Hals. Wenigstens hatte Harko Schaaf nicht leiden müssen, sondern war sofort tot.

Frank seufzte. Er war müde, aber eine Sache wollte er noch überprüfen. Was war es doch gleich gewesen? Er zog seinen Notizblock aus der hinteren Hosentasche und klappte ihn auf. Die Namen der Zeugen, die er bereits befragt hatte. Die Frau des Verstorbenen hatte hysterisch darauf bestanden, dass ganz bestimmt jemand ihren Mann vor den Wagen geschubst hätte. Sie hätte in seiner Nähe gestanden und die Ware in einem

Schaufenster bewundert, da hätte es plötzlich geklatscht, schnelle Schritte hätten sich entfernt, im Herumwirbeln hätte sie noch ein lila Sweatshirt an einem schlanken Menschen um die Ecke verschwinden sehen und dann auch schon das Kreischen der Bremsen gehört, ein dumpfes *Plopp-Plopp* und sofort ein hysterisches Schreien der Frauensperson, die im Wagen saß. Jetzt erst hätte sie nach ihrem Mann gesucht, der doch ein paar Sekunden vorher noch neben ihr gestanden hätte, und ihn schließlich entdeckt – besser gesagt, seinen Körper, der Kopf war ja vom Lieferwagen verborgen gewesen. Sie hätte gleich gesehen, dass es ihrem Harko nicht gut gehen konnte, so verdreht und schlaff wie sein Körper dort auf der Seite lag.

Frank fand sein Verhalten nicht gerade professionell, aber er konnte sich eines albernen Kicherns nicht erwehren, als er ihre Aussage innerlich Revue passieren ließ. Luise Schaaf war verständlicherweise außer sich gewesen, als er und der Krankenwagen eintrafen und nur noch den Tod des armen Harko hatten feststellen können.

Von den anderen Passanten oder den Gästen des Eiscafés hatte niemand den geheimnisvollen Sweatshirtträger bemerkt, aber Frau Schaaf beharrte darauf, jemanden gehört und gesehen zu haben. »Vielleicht hat er sich auch im Schaufenster gespiegelt«, hatte sie am Ende gemurmelt.

Endlich schlug er die letzte beschriebene Seite seines Notizblocks auf und runzelte die Stirn. Er konnte wieder mal seine eigene Sauklaue nicht lesen. Was hatte er da notiert?

»Caravane«? Kaktustopf? Nein, es fing mit c an, das war klar zu erkennen. Hörte es mit einem r auf? War es ein Wort oder waren es zwei?

Welche Wörter kannte er, die mit C anfingen? Computer, Crack (nein, zu kurz), Cally – Nein, das alles passte nicht. Wer hatte das Wort denn zu ihm gesagt? Es stand kein Zeugenname darüber. Endlich fiel es ihm wieder ein: Tina hatte ihn von der Wache aus angerufen. Im Anrufspeicher des Festnetztelefons des Toten habe man die Nummer eines Callcenters aus Saarlouis gefunden. »Und zwar desselben Callcenters, mit dem der vor vier Wochen vom Baugerüst gestürzte Malermeister als Letztes telefoniert hat. Weißt du noch?«

Der Malermeister. Ja, richtig. Das war eindeutig ein Unfall gewesen, es fanden sich keinerlei Hinweise auf Fremdeinwirkung. Zwar konnte man sich nicht erklären, wieso der gute Mann, der doch ein Leben lang gewohnt war, auf Gerüsten zu stehen, hinabgestürzt war, aber es war nun einmal passiert. Der Rechtsmediziner hatte auch nichts Auffälliges entdeckt, und so hatte Frank den Fall abgeschlossen. Dass Tina die Übereinstimmung dieser Nummern erkannt hatte, grenzte für Frank an ein Wunder. Dank ihres fotografischen Gedächtnisses verblüffte die Assistentin ihn immer wieder mit solchen Dingen. Jetzt hatte sie aber längst Feierabend. Also setzte er sich an ihren Schreibtisch und rief am Rechner die letzten Dateien auf, mit denen sie gearbeitet hatte. Tatsächlich fand er die Telefonliste des verstorbenen Malermeisters und die von Harko Schaaf. Tina hatte eine Nummer gelb hervorgehoben und einen Kommentar dazugeschrieben: »Callcenter Mediaboutique, Großer Markt 54, Sls.«

Er schrieb die Adresse auf seinen Block und die Telefonnummer darunter. Morgen würde er herausfinden, zu welchem Schreibtisch diese Nummer gehörte. Vermutlich handelte es sich ohnehin um Zufall, da es nicht einmal das letzte Telefonat von Harko Schaaf gewesen war; trotzdem wollte er dieser Spur nachgehen, sei sie auch noch so vage. Aber jetzt war es Zeit zu schlafen. Er verließ das Büro und grüßte die Putzkolonne, die bereits ihre Arbeit beendete.

Frank ging zu Fuß nach Hause. Er liebte die Nachtluft und den besonderen Duft der Alte-Brauerei-Straße. Die letzten Wochen waren extrem vollgestopft gewesen. Er hatte einen Serienmörder festgenommen, einen Mordfall aufgeklärt, der sich als Unfall entpuppte, und zahlreiche Diebstähle und Betrugsdelikte verfolgt. Er fühlte sich reif für die Insel. Es wurde Zeit, dass sein Partner Herbert Groß aus der Reha zurückkam. Die ständig wechselnden Kollegen, die ihn oftmals begleiteten – wenn es ihm nicht gelang, heimlich allein die Ermittlungen zu führen –, gingen ihm auf den Nerv. Auch dieser neuerliche Mord nervte ihn. Weil es vermutlich gar kein Mord war, selbst wenn es sowohl von ihm eine Verbindung zum Callcenter geben sollte wie auch von dem Unfall des Malermeisters. Das war wahrscheinlich reiner Zufall.

Gähnend schloss er die Tür auf und bemühte sich, so leise wie möglich die alte Holztreppe hinunterzugehen. Ellen hörte ihn trotzdem. Eigentlich sollte seine Frau doch froh sein, dass sie ihn nicht mehr abzupassen brauchte, um ihm Vorwürfe zu machen und jedes verdammte Mal die Grundsatzfrage zu stellen, wenn es wieder nach Mitternacht wurde, bis er aufkreuzte. Seit

er in den Keller gezogen war, war er jeglicher Verant-
wortung ihr gegenüber enthoben, und sie konnte tun
und lassen, was sie wollte.

Was sie ja auch machte. Ein wenig verletzt hatte der
Einzug von Dieter, ihrem Neuen, ihn schon – vor allem,
weil er nur drei Monate nach ihrer Trennung stattgefunden hatte. Doch dann musste er neidlos zugestehen,
dass der Dieter ein dufte Typ war und ihr vermutlich
auch zu dem Kind verhelfen würde, das sie sich so
wünschte.

So hatten sie alle das bekommen, was sie sich ersehn-
ten. »Alles, was ein Mann wirklich braucht, ist seine
Ruhe«, sang er eines seiner Lieblingslieder von Roger
Cicero leise vor sich hin. Sein Beruf war aufregend genug, und öde Routine brachte ihm schon das Schreiben
der unvermeidlichen Berichte; dazu benötigte er definitiv keine Ehefrau, die mit den Jahren immer unzufriedener gegen seinen Job ankeifte. Diese Ehefrau hatte
ebenfalls ihre Sehnsucht erfüllt, indem sie ihn gegen
den Dieter austauschte, der mit seinem Angestelltenda-
sein ihrem Bedürfnis nach festen Zeiten und gemeinsa-
men Kuschelstunden deutlich mehr entgegenkam. Und
der Dieter schätzte sich wahrhaft glücklich, weil eine
Frau, die viel spritziger und intelligenter war als er
selbst, so auf ihn abfuhr. Aber wie schon bemerkt, der
Dieter war ein dufte Typ – ein wenig einfältig vielleicht,
aber davon abgesehen sehr herzlich, außerdem ganz
gut trainiert und vor allem so verschmust wie eine
Katze.

Frank wohnte noch immer im selben Haus wie Ellen.
Immerhin hatten sie es gemeinsam umgebaut, nachdem sie es geerbt hatte, und ein nicht unbeträchtlicher

Teil seines Geldes war hineingeflossen, was Ellen unumwunden zugab. Aufgrund dieses Umstands jedenfalls hatte seine Noch-Ehefrau Gelegenheit, sich mit ihm zu unterhalten. Wenn er denn zu Hause war. Diese Gespräche waren im Grunde das Einzige, was sie damals zu der wenig durchdachten Entscheidung verleitet hatte, einander zu heiraten. Sie führten stundenlange, weitschweifige Gespräche. Niemand verstand ihn besser als Ellen, und sie sagte immer, so wie mit ihm könne sie sich mit keiner Freundin unterhalten. Und mit einem anderen Mann sowieso nicht. Also spielte es keine Rolle, dass sie mit dem Dieter nur Belangloses besprechen konnte, denn sie hatte ja immer noch ihn.

Wenn man es recht betrachtete, wäre ihre Ehe niemals gescheitert, hätte Ellen nicht unerwartet plötzlich und unerwartet deutlich dieses Ticken gehört. Das Ticken ihrer biologischen Uhr nannte sie es klischeehaft. Er hörte seinerseits keine Uhr ticken, weder innerlich noch äußerlich und schon gar nicht biologisch. Ob es daran lag, dass Ellen fünf Jahre älter war? Er nahm ihre zarten Andeutungen am Anfang gar nicht ernst. Irgendwann verfiel sie dann in diesen keifenden Tonfall der unzufriedenen Ehefrau. Er registrierte und begriff es natürlich viel zu spät. Ungebremst war er in die Unglücksfalle gerannt, obwohl er doch hätte klug genug sein müssen, um alle Anzeichen zu erkennen. Ellen konnte er nicht einmal die Schuld daran geben. Aber *den* Gedanken brach er an der Stelle sofort ab.

Er unterhielt sich nach wie vor gern mit ihr, und sie war die einzige Privatperson, mit der er im vollen Vertrauen, dass sie Schweigen bewahren würde, über die

Fälle sprach, die er aufzuklären hatte. Abgesehen davon konnte sie als Einzige seine Schrift auch dann entziffern, wenn er selbst dazu nicht in der Lage war. Sie hätte heute Abend sofort »Callcenter« identifiziert, wo er noch an Caravane oder Kaktustopf dachte.

So hatte sich im vergangenen Jahr eine neue Routine eingespielt. Sie lebten in Trennung, Scheidung war ihnen irgendwie bisher nicht wichtig gewesen, und auch der Dieter blieb diesbezüglich ziemlich gelassen. Sie alle wussten und waren damit einverstanden, dass er selbst das Loft im Dachgeschoss beziehen würde, sobald das Pärchen, das derzeit dort zur Miete wohnte, auszog. Erst in den letzten paar Wochen schlich Ellen sich regelmäßig zu ihm herunter, wenn sie mitbekam, dass er die Haustür aufschloss. Auch jetzt hörte er das leise Klatschen ihrer Latschen auf den durchgetretenen, von ihm selbst abgebeizten und geölten Holzstufen. Eigentlich war er ja müde. Eigentlich wollte er schlafen. Morgen musste er genauso früh aus den Federn wie sonst auch, um sein tägliches Jogging gegen den heimtückischen Rettungsring durchziehen zu können. Jetzt knarzte die zweitletzte Stufe. Gleich würde Ellen leise anklopfen. Er öffnete die Tür und gähnte ihr mit weit offenem Rachen entgegen.

»Hi.« Ihre kinnlangen blonden Haare standen in alle Richtungen. Anscheinend bemerkte sie seinen Blick, sie fuhr sich mit den Fingern hindurch in dem aussichtslosen Versuch, das Gekringel zu zähmen. Den alten, gestreiften Herrenbademantel vom Dieter hatte sie zugebunden, sodass sie ein wenig unförmig wirkte.

»Darf ich kurz reinkommen?«

Er gähnte ein zweites Mal, sie nickte und grinste kurz, dann ging er voraus zu dem durchgesessenen Sofa, das er aus seinem ehemaligen Kinderzimmer hergeholt hatte, als er herunterzog.

Bevor er sich setzte, fragte er: »Willste was trinken?«

»Nein, ich verschwinde gleich wieder.«

Warum war sie überhaupt gekommen?

Er zog sein T-Shirt aus, schnupperte daran und warf es in die Ecke auf den Haufen getragener Kleider. Dann streifte er die Halbschuhe von den Füßen und ließ sich neben ihr auf der Couch nieder. Immerhin verkniff sie sich jede Bemerkung zu dem müffelnden Wäscheberg in der Ecke und deutete lediglich ein Schulterzucken an. Nicht mehr ihre Baustelle. Sie zog die Beine hoch, sodass sie sich gemütlich in die alten Polster kuscheln konnte.

»Du hast viel zu tun, oder?«

Was für eine belanglose Frage. »Ja.« Er gähnte wieder und rieb sich über die Brust. Sie quittierte es mit einem uninteressierten Lächeln. Er ließ die Hand auf seinem Bauchnabel liegen. Es mochte kindisch sein, aber er liebte es, seine Muskeln unter der Haut zu erspüren. Dabei war er ganz gewiss kein Narziss. Nein, es beruhigte ihn einfach auf wohlige Weise, wenn er seinen in täglichen Sit-ups hart erarbeiteten Waschbrettbauch fühlte. Ganz besonders in den Nächten, in denen er aus dem Schlaf aufschrak und die Stimmen seiner Schulfreunde im Ohr hatte, wie sie ihm »Schlaffi, Tonne, Fettsack« und andere Schmähungen hinterherriefen.

»Siehst toll aus. Nur 'n bisschen müde.« Ellen hob den Daumen. Dann rieb sie sich selbst über den Bauch und ließ ihre Hand dort liegen. »Ich werde jetzt dick.«

»Ach was«, wollte er schon abwehren. Ellen war von Natur aus der schlanke Typ Frau. Sie aß gut und gern, aber nie im Übermaß, außerdem achtete sie darauf, immer genug Bewegung zu haben, ohne besessen Sport zu treiben wie er. Doch dann sah er, dass sich unter dem verknoteten Frotteegürtel tatsächlich eine Rundung wölbte, die er an ihr noch nie gesehen hatte. Plötzlich wieder hellwach, setzte er sich auf.

»Heißt das, du ...? Du und der Dieter... ? Er hat ...? Ihr habt ...?«

»Ja, wir haben. Wir kriegen ein Kind.«

Ihre Antwort schwebte wie eine Feder in seinen Kopf und trudelte hinunter. Er konnte sie nicht greifen. Bedeutete sie etwas? Für ihn? Für das gemeinsame Haus? Für die auf dem Blatt noch existierende Ehe?

Sie stand auf. »Ich gehe schlafen. Mach dir keine Sorgen, Frank, zwischen uns ändert sich nichts. Der Dieter mag dich, ich mag dich sowieso. Das Einzige, was wir überlegen sollten, ist, ob wir uns scheiden lassen.«

In dieser Nacht verfolgten sie ihn wieder und nannten ihn Tonne, Fettsack, Dickarsch. Ihre Stimmen wurden immer heller und kindlicher. Erleichtert schlug er um halb sechs auf den Radiowecker, lief seine zehn Kilometer an der Saar entlang in einer neuen persönlichen Bestzeit, sprang danach unter die Dusche, wo er beruhigt seinen muskulösen Körper einseifte und wusch. Pünktlich um acht betrat er das Büro.

3

Unglücksfälle

Eigentlich dürfen wir es nicht. Aber uns den Internetanschluss zu verbieten, wäre blödsinnig. Manchmal müssen wir etwas recherchieren, und für Telefonnummern und Adressen ist das Internet nun mal die beste Quelle. So hat der Dürrbier zwar strikte Regeln verhängt, uns allen aber zähneknirschend Zugriff auf das World Wide Web gelassen. Ich glaube, keine einzige Mitarbeiterin im ganzen Büro – und auch kein Mitarbeiter – checkt nicht wenigstens einmal am Tag seine Mails oder schaut rasch bei einem der Social Networks vorbei. Wir wissen natürlich alle, dass unsere Ausflüge nachprüfbar sind, aber das hält uns nicht davon ab. Schließlich nutzen viele unserer Kunden auch die diversen Internetplattformen, sodass man dort schon mal auf die Schnelle überprüfen kann, ob die Telefonnummer auf der Liste noch stimmt.

Ich schaue also nur kurz bei Facebook vorbei, um Kat einen Gruß auf der Pinnwand zu hinterlassen.

Ich sehe, dass sie online ist. Sicher hat sie die Hühner schon gefüttert und die Eier zu ihren Abnehmern gefahren. Für mich wäre so ein Hühnerhof nichts, aber

Kat liebt ihr Geflügel und bietet ihm ein menschenwürdiges Dasein.

»Hi, Rebellenkat, mir geht's wieder besser«, schreibe ich und wechsle zu meiner heutigen Nummernliste, lasse Facebook aber in einem Tab offen, sodass ich sehe, ob sie mir antwortet. Noch bevor ich meinen ersten Kunden anrufen kann, erscheint schon eine eins in Klammern auf dem virtuellen Reiter. Ich klicke rüber.

»Na, Gott sei Dank. Ist in deiner Flasche noch was drin? Ich könnte sie brauchen.«

Meine Schwester könnte Wodka brauchen? Das ist allerdings höchst seltsam. »Wieso das denn?«

»Die Hühner!«

Kurz entschlossen wähle ich ihre Telefonnummer, nachdem ich mich mit einem Rundumblick vergewissert habe, dass niemand meine Machenschaften beobachtet.

»Kat Schober?«

»Ich bin's. Was ist denn los bei euch?«

»Puh, unsere Hühner sind krank. Gestern haben sich nur ein paar abgesondert, aber heute sitzt fast ein Drittel teilnahmslos in der Ecke, und die Kämme hängen blass herunter. Ich fürchte, die haben sich was richtig Ekelhaftes eingefangen.«

»Oh ...« Ich weiß nicht so recht, was ich darauf sagen soll.

»Ich habe den Tierarzt schon angerufen.« Kats Stimme klingt besorgt.

»Wie schlimm ist es denn, Süße?«

»Tja, das weiß ich noch nicht. Ich habe die Hühner natürlich impfen lassen, aber man kann ja nicht gegen alles vorbeugen. Sie machen jedenfalls keinen guten Eindruck. Susa hat die, die gesund aussehen, von den anderen getrennt. Ich musste ja die Eier noch ausfahren. Die von vorgestern. Was frisch gelegt wird, kann ich nicht rausgeben, solange ich nicht weiß, was dahintersteckt.«

»Oh, oh, das klingt nicht gut.«

In diesem Moment hebt Lena den Kopf und schielt über unsere Bildschirme hinweg zu mir rüber. Sie rollt mit den Augen. Alarmiert drehe ich mich um und sehe Maurice. Er steht am Ende des Ganges und macht mir mit den Händen ein Zeichen, das ich nicht deuten kann.

Kats Stimme klingt so, als müsse sie die Tränen zurückhalten, und aus Mitleid und Sorge vergesse ich Maurice, klicke aber auf dem Bildschirm meine Telefonliste an. So dürfte alles ganz harmlos wirken. Schließlich kann niemand sehen, mit wem ich spreche.

»Ich weiß ja nicht, was sie haben, aber ich habe gehört, dass der Bauer vom Nachbarhof die meisten seiner Rinder wegen Tuberkulose einschläfern musste.«

»Tuberkulose, im Ernst? Und die könnte auf die Hühner übergehen?«

»Keine Ahnung. Puh, mir wird ganz anders, ich darf mir das gar nicht ausmalen.«

»Frau Schober.«

Ich rucke herum. Der Dürrbier steht neben mir. Wann hat er sich angeschlichen, und wieso habe ich das überhaupt nicht bemerkt? Im Augenwinkel kann ich sehen, wie Maurice den Kopf einzieht. Ach, du Guter wolltest mich warnen. Hektisch klicke ich auf dem Bildschirm irgendetwas an und raffe zu spät, dass ich

Idiotin damit die Facebookseite öffne. Schon weht die Muff-Rillo-Kaffee-Fahne zu mir herüber. Der Dürrbier beugt sich über meinen Schreibtisch und betrachtet die anderen Tabs auf dem Schirm. Ein Glück, dass ich sonst nur hochoffizielle Fenster geöffnet habe. Stirnrunzelnd liest er die Einträge auf Kats Pinnwand.

Meine Schwester kriegt von der ganzen Sache nichts mit. »Lu?«

Ich beschwöre sie stumm, nicht lauter zu werden.

»Herr Dürrbier ...« Tja, was soll ich noch zu ihm sagen?

»Sie verplempern meine Zeit, sehe ich das richtig?«

»Aber nein, ich würde doch nie ...«

»LUCY, bist du noch da?« Dass eine Stimme so laut aus einem Headset dringen kann!

Dürrbier verschränkt die Arme. »Sind Sie mit den Kunden per Du?«

Ich versuche, schnell aufzulegen, doch der Dürrbier greift nach meiner Hand und hält sie mit feuchtkalten Fingern fest.

»N... nein«, stammle ich.

Mist, Kat, halt bloß die Klappe!

Anscheinend versteht sie endlich, dass etwas nicht stimmt. Sie muss ja auch meine Antworten gehört haben. Über meine Arbeit und meinen Chef weiß sie bestens Bescheid, also sollte sie einschätzen können, dass Gefahr im Verzug ist, wenn ich den Namen Dürrbier verwende. Vermutlich hat bloß die Sorge um ihre Hühner sie so unvorsichtig werden lassen.

Dürrbier zieht mir einfach das Headset herunter. Darf der das? Dann hält er es an sein Ohr. Igitt, damit soll ich heute noch arbeiten ...

»Wer ist denn da?«, fragt er. Ich sehe, wie winzige Spucketröpfchen auf dem Headset landen. Da er den Hörer ein Stück vom Ohr weg hält, kann ich Kats Stimme verstehen.

»Hier ist Katinka Müller. Ich wollte bei Ihrer sympathischen Mitarbeiterin eigentlich ein Dominakostüm bestellen, aber sie sagte mir, dass Sie so etwas gar nicht vertreiben. Schade.«

Dürrbier leckt sich die Lippen. »Meine Mitarbeiterin wird Ihre Wünsche notieren und sich wieder bei Ihnen melden.«

Er reicht mir das vollgesabberte Teil rüber. »Aufschreiben«, fährt er mich an, schließt dann kurzerhand das Facebookfenster. Leider macht er keinerlei Anstalten zu verschwinden, sondern wartet mit verschränkten Armen neben mir darauf, dass ich das stinkende Telefonteil aufsetze und die Wünsche von Katinka Müller notiere. Ich schreibe »Dominakostüm« und eine Fantasieadresse in Bremerhaven auf und beende das Gespräch zügig. Ich glaube, mir wachsen schon Pickel. Ich muss dieses Headset loswerden, und zwar schnellstens!

Doch der Chef zieht erst Leine, nachdem er mit erhobener Stimme, sodass alle im Umkreis von mindestens fünf Metern mithören können, meinen Besuch bei Facebook getadelt hat. »Wenn ich Sie noch mal erwische, bekommen Sie ernsthafte Probleme, Frau Schober.«

Eine gefühlte Ewigkeit später gibt Maurice mir ein Zeichen, dass der Chef endlich in seinem Glaskasten verschwunden ist, ich zerre das Headset von meinem Kopf und renne damit zur Toilette. In meiner Tasche habe ich für alle Fälle desinfizierende Tücher dabei und bin heilfroh darüber. Sonst benutze ich sie immer für die Klobrille, aber dieser Notfall hier scheint mir noch deutlich dringender als die Hygiene auf der Damentoilette. Im Spiegel suche ich mein Gesicht nach Pickeln oder Pusteln ab und nehme erst nach und nach wahr, dass zwei Frauen sich hinter mir über die Toilettenwände hinweg unterhalten.

»Ehrlich? Das is jo der Hammer.«

»Jo, ich hab's genau gehört, ich sitz doch direkt neben dem Dürri seinem Büro.«

Dürri ... Ich beschließe spontan, diese Abkürzung in meinen Wortschatz zu übernehmen, sie ruft so ein passendes Bild unseres mickrigen, vertrockneten Chefs hervor.

»Den Schaaf han se vorgestern überfahren. In der verkehrsberuhigten Zone, stell dir das bloß mal vor.«

»Der Schaaf ... Mit dem hatt' ich schon zu tun, aber das war vor Ewigkeiten. In den letzten Monaten drückt der Dürri die saarländischen Horrorkunden immer dem Lucy aufs Auge.«

»Stimmt, is mir auch aufgefallen.« Eine Klospülung rauscht. Achtung, gleich wird die Erste nach draußen kommen. Doch offenbar zieht sie sich erst noch an, ich höre das Knistern der Nylonstrumpfhose.

»Das Arme. Weshalb hat er das bloß so auf 'm Kieker?«

Die Zweite lacht trocken. »Na, der wär ihm doch gern an die Wäsche gangen, aber es Lucy hat 'ne nit rangelassen.«

»Hätt ich allerdings auch nit.« Ich höre, dass sie ihren Rock glatt streicht, und weiß nun auch, wessen Stimme es ist. Eine meiner älteren Kolleginnen, Herta, die ich sehr mag.

Sie hat recht, Dürri hat bei mir, wie bei fast allen Mitarbeiterinnen, die schlank und nicht bei drei auf den Bäumen sind, zu landen versucht. Ich habe ihn aber mit sehr klaren Worten abblitzen lassen. Gelegentlich frage ich mich, ob ich deshalb noch irgendwann mit einer Retourkutsche rechnen muss. Andererseits: Wenn die Horrorlisten keine Rache sind, was dann?

Die zweite Klospülung läuft, gleichzeitig öffnet Herta ihre Tür und tritt in den Flur, bleibt wie angewurzelt vor mir stehen und läuft puterrot an. Ich lächle nonchalant und lasse sie vorbei zum Waschbecken. Die andere hat offenbar nicht mitbekommen, dass die Lage sich geändert hat, sie spricht munter weiter, während sie unter leisem Ächzen ihre Hose zuzuknöpfen scheint.

»Na ja, manchmal is es Lucy ja schon e' bisschen kess. Vielleicht is die Horrorliste dem Dürri seine Quittung.« Jetzt entriegelt sie das Schloss, während sie weiterspricht: »Der Malermeister hat jo auch auf der Liste gestand...« Bei den letzten Worten öffnet sie die Tür und steht vor mir. Auch Chrissi läuft rot an und verstummt schlagartig.

Was ist da los mit dem Schaaf und dem Malermeister? Ich weiß natürlich, wen sie meinen. Der Malermeister hat vor ein paar Wochen die Villa meiner Eltern neu gestrichen. Dass er einer der Horrorkunden war, fand ich nur zufällig heraus, als ich ihn im Namen meiner Mutter anrufen musste, um eine Terminabsprache zu treffen, weil sie selbst zwei Tage weg war und mein Vater eine lange Schicht im Krankenhaus hatte (sagte er). Nachdem ich mich mit meinem vollen Namen gemeldet hatte, hörte ich am anderen Ende der

Leitung ein Keuchen, dann stammelte er: »Lucinda Schober von der Mediaboutique?«

Mir schwante gleich nichts Gutes, aber ich rechnete einfach nicht damit, im Zusammenhang mit meinen Eltern auf einen der schlimmsten Proleten von der Arbeit zu treffen. Also sagte ich arglos: »Ja, die bin ich.«

Er stieß eines dieser grässlichen Stöhnen aus, das er mir immer entgegenblies, wenn ich ihn vom Callcenter aus anrufen musste, was ich weiß Gott vermieden hätte, wenn mir nicht der Dürri im Nacken gesessen hätte.

»Gut zu wissen.«

Ich schluckte. »Äh, ja, es geht um den morgigen Termin am Haus meiner Eltern ...«

»Moment«. Er gab sein Handy an einen Mitarbeiter weiter, mit dem ich das klären konnte. Anschließend vergaß ich die Angelegenheit. Bis ich erfuhr, dass der Meister höchstselbst kurz vor Fertigstellung der Villa vom Gerüst stürzte. Ausgerechnet an dem Tag, an dem ich – vergessen oder verdrängt habend, wer dort arbeitete – meine Eltern besuchte. Richtig mitgenommen hat mich die Nachricht seines Todes nicht, eher ein wenig irritiert. Der Unfall muss unmittelbar nach meinem Weggang passiert sein. Die Mitarbeiter des alten Sacks waren schon alle zu Hause, meine Eltern bemerkten nichts, sondern eine Nachbarin, die mit ihrem Hund Gassi ging, hörte den Aufprall, als der Mann aus etwa fünf Metern Höhe auf den Boden knallte.

Chrissi, die sich während meiner Grübeleien ebenfalls die Hände gewaschen hat, und Herta bleiben wie einfältige Schwestern abwartend im Vorraum stehen.

Nicht die Spur eines schlechten Gewissens schlägt mir entgegen.

»Habt ihr von Harko Schaaf gesprochen? Was ist mit ihm?«

Sie nicken. »Er is vom Auto überfahren worden, in der verkehrsberuhigten Zone.« Herta rückt ein letztes Mal ihren Rock zurecht und sieht auf ihre Armbanduhr.

»En Unfall«, fügt Chrissi hinzu und drängelt Herta zur Tür. Wir wissen ja alle, dass Dürri am liebsten die Zeit stoppen würde, wenn wir die Toilette aufsuchen.

»Na ja, wieder einer weniger auf der Horrorliste.« Ich zucke die Achseln, die beiden grinsen. Wir sitzen doch alle in einem Boot, soll das heißen. »Ich kann nicht behaupten, dass ich ihn vermissen werde.«

Herta und Chrissi schieben sich kichernd durch die Tür, ich überprüfe, ob mein Headset wieder trocken ist, und gehe dann ebenfalls an meinen Platz zurück. Puh, heute werde ich wohl keinen Rekord aufstellen, ich habe noch nicht ein einziges Verkaufsgespräch geführt. Außer mit Kat, und das gilt nicht.

Wie es der Beginn des Morgens und die unschöne Szene mit Dürri erwarten lassen, gelingt es mir tatsächlich nicht, ordentliche Abschlüsse zu tätigen. Ich weiß nicht, ob ich abgelenkt bin oder meine Stimme krächzt. Vielleicht klinge ich einfach unfreundlich. Jedenfalls ist der Wurm drin.

Und dann geschieht etwas, das mich nervös mein T-Shirt zurechtziehen lässt. Warum habe ich nicht besser auf meine Garderobe geachtet? Na ja, all meine modischen T-Shirts sind gerade in der Wäsche, und sämtliche Blusen warten schon seit letztem Sommer darauf, gebügelt zu werden. Also habe ich heute Morgen in meinen ausgebeulten Wohlfühljeans und BH vor dem Schrank gestanden und nichts anderes als dieses kleine Shirt mit der Hibiskusblüte gefunden. Die Farbe finde ich ja nach wie vor richtig genial. Eine Mischung aus Türkis und Himmelblau, die meine Augen leuchten lässt. Auch der natürliche Bronzeton meiner Haut kommt damit gut zur Geltung, und mein schwarzer Lockenkopf bildet einen wunderbaren Kontrast. Schade nur, dass es so richtig, richtig unmodern ist. Und dann auch noch in Kombination mit diesen unmöglichen Jeans. Wenn ich wenigstens meine Manolos (schluchz!) als Eyecatcher trüge ... Nein, orangerote Hawaii-Flipflops mussten es sein. Wie eine einfältige Landpomeranze sitze ich in der heimlichen Hauptstadt des Saarlandes im Callcenter und würde am liebsten im Boden versinken.

Warum ist dieser Traumtyp nicht gestern hier aufgetaucht, als ich meinen Minirock, mein Blüschen und vor allem meine Manolos trug? Ich bin nicht die Einzige, deren Blick zum Fahrstuhl wandert und dort hängen bleibt, als der große Dunkelhaarige heraustritt. Kennen Sie die Coca-Cola-Werbung mit diesem Kerl, der eine Kiste auf der Schulter trägt? Dann wissen Sie, was ich meine.

Ich gebe mich einem Tagtraum mit diesem Mann hin, den ich noch nie zuvor gesehen habe. Ich male mir aus, wie sein wohldefinierter Körper ohne Hemd aussieht, und stelle mir vor, seine Bauchmuskeln zu berühren. Fast nehme ich den Geruch seiner Haut wahr. Ob er seine Brust epiliert?

Ich beobachte jeden seiner Schritte und bewundere seine Gesäßmuskulatur. Er sucht Dürris Büro auf, und ich darf den Anblick seiner Kehrseite noch eine Weile genießen, da dessen Bürotür aus Glas ist. Sein Gesicht habe ich mir noch gar nicht richtig angesehen, oberflächlich wie ich bin. Diese selektive Wahrnehmung kann ich nur auf mein einsames Dasein zurückführen. Meine letzte Beziehung liegt schon fast ein Jahr zurück. Und mein Ex war rein optisch nicht direkt eine Offenbarung. Im Gegensatz zu dem Typ mit dem Knackarsch in Dürris Büro.

Ich stütze das Kinn auf und betrachte ihn genau, als er sich in Zeitlupe umdreht, sodass ich jede Einzelheit seines Gesichts scannen kann. Dunkelbraune Augen hinter einer klassischen Hornbrille, an der rechten Wange eine kleine helle Narbe. Sofort stelle ich mir vor, diese Narbe zu küssen, und spüre, wie Hitze in meine Wangen steigt. Seine Nase ist gerade und nicht zu schmal, die Lippen sehen einfach nur appetitanregend aus. Sie kommen immer näher, mitsamt dem ganzen Kerl, zu dem sie gehören. In meinem Kopf erklingt epischer Singsang wie aus einer alten Hollywoodschnulze.

»Sind Sie Lucinda ... äh ...?«, fragt mich dieser Gott mit seiner wohlklingenden Stimme, sieht auf einem kleinen Notizblock in seiner Hand nach und hängt dann »Schober« an. Ist er nicht süß? Mein Inneres schmilzt und schwemmt ihm mein Herz entgegen. Und ob ich die bin, die du suchst.

»Ja.«

Er rückt seine Brille zurecht und richtet diese Glutaugen auf mich. Ich schlucke. Er zögert, wirkt irgendwie verwirrt. Ist er nicht süß? Ich kann mich gar nicht an ihm sattsehen. Selbst Dürris Geruchsfahne stört mich nicht, obwohl ihre steigende Intensität mir anzeigt, dass mein Chef mir auf die Pelle rückt. Ich lächle einfach nur selig diesen Wahnsinnstypen an, und er strahlt zurück. Für einen Moment höre ich noch lauter elysische Chöre singen wie in den Uraltschmachtfetzen, die Kat und Susa sich immer reinziehen, und alles um uns herum wird klein, leise und unsichtbar. Nur er und ich stehen noch hier, von einem Leuchten umgeben. Ich nehme ihm zärtlich die Brille ab und nähere mich seinem Gesicht. Er öffnet die Lippen ...

Plopp, löst sich die Seifenblase auf, als Dürri sein misstönendes Organ erklingen lässt. »Das ist Kriminalkommissar Frank Kraus. Er untersucht den Tod von Harko Schaaf und möchte Ihnen ein paar Fragen stellen.«

Irre ich mich oder zuckt auch Frank Kraus bei Dürris ungebetener Einmischung zusammen, gerade so, als wache er aus einem erotischen Traum auf? Ich jedenfalls sprühe vor Geist, als ich darauf in meiner tiefsten Tonlage antworte: »Ähm ...«

Er lächelt. Es wundert mich gar nicht, dass er eine Reihe ebenmäßiger, weißer Zähne enthüllt. Dieser Mann ist einfach zu perfekt, um wahr zu sein.

»Ihr Chef hat mir gesagt, dass Sie unter dieser Telefonnummer arbeiten.« Er hält mir seinen kleinen Block hin, auf dem Hieroglyphen und mehrere Ziffern stehen, die ich nach wenigen Sekunden als meine persönliche Callcenternummer identifiziere.

»Ja, das stimmt, aber immer nur in der ersten Schicht. Danach übernimmt jemand anders meinen Platz.« Die Sauklaue auf Frank Kraus' Block beeindruckt mich nachhaltig. Immerhin kann ihm so niemand ins Handwerk pfuschen oder vor der Zeit Ermittlungsergebnisse herausposaunen. »Können Sie lesen, was Sie da notiert haben?« Ich beiße mir auf die Unterlippe. Wie doof kann man eigentlich sein?

Er lacht auf. Herrlich tief und guttural, und auf seiner Wange zeichnet sich unter der Narbe doch tatsächlich ein winziges Grübchen ab.

»Ehrlich gesagt, nein. Nicht immer.« Er wendet sich Dürri zu, um ihn mit einzubeziehen, doch beim Anblick dessen verkniffenen Mundes lässt er sein Lächeln wieder aus dem Gesicht fallen und räuspert sich. »Wo können wir uns ungestört unterhalten?«

Er lässt seinen Blick über das voll besetzte Büro schweifen, in dem alle so tun, als seien sie hoch konzentriert bei der Arbeit. Dabei beobachten sie Frank und mich mit neidvollen Argusaugen, sowohl Männlein als auch Weiblein. Ich zweifle nicht eine Sekunde daran.

Dürri streckt den Rücken durch, die Hände dahinter verschränkt. »Sie können mein Büro benutzen.« Seiner gerunzelten Stirn nach zu urteilen, verursacht dieses Angebot ihm körperliche Schmerzen.

»Prima, vielen Dank. Kommen Sie, Frau Schober.« Frank berührt mich für den Bruchteil einer Sekunde am Rücken, um mich vorgehen zu lassen. Ob er das absichtlich macht? Seine Berührung fühlt sich tausendmal besser an als jeder gierige Blick, den Dürri mir jemals nachgeworfen hat. Ich empfinde Franks Größe als sehr angenehm. Er überragt mich um einen halben Kopf, und seine Schultern schirmen mich gegen die Blicke der anderen ab. Seine Nähe ruft ein Kribbeln in mir hervor. Ob ich mich auf das Gespräch überhaupt konzentrieren kann?

Er macht die Bürotür hinter uns zu, vor Dürri. Dann tut Frank etwas ganz und gar Unerhörtes: Er schließt die Jalousien, die Dürri immer offen lässt, um uns überwachen zu können. Fast meine ich, neidvolles Seufzen von draußen zu hören.

Dann ändert sich plötzlich die Stimmung. Kommissar Kraus zieht wieder seinen kleinen Block hervor. Ich begreife: Jetzt ist er ganz der Ermittler. Auch als solchen finde ich ihn noch sehr süß.

»Frau Schober, wir haben auf der Anrufliste von Harko Schaaf und auf der Liste des Malermeisters Müller Ihre Nummer gefunden. Deshalb muss ich Sie befragen, ist reine Routine.«

»Nennen Sie mich Lucy.«

Irritiert hält er inne und notiert etwas. Lucy? »Können Sie sich an Ihre letzten Telefonate mit den Verstorbenen erinnern? Das eine fand statt am …« Er kratzt sich am Kopf und blättert in seinem Block zurück, runzelt die Stirn. »Verdammt, ich kann das nicht lesen.« Er hält mir die Seite hin. »Sie?«

Ich sehe ein krakeliges Muster, das wohl »Müller« heißen soll, und darunter ein Datum. »2. Mai.«

»Genau.« Er schlägt eine andere Seite im Block auf. »Und das andere am 27. Mai, vor zwei Wochen. Wissen Sie noch, worum es in den Gesprächen ging?«

»Es geht immer darum, den Kunden etwas zu verkaufen. Bei Malermeister Müller war es ein edler Wein, den er aber nicht mehr will … wollte. Und bei Harko Schaaf ging es um …«, ich erröte, »na ja, erotische Spielsachen.«

Kommissar Kraus betrachtet mich einen Moment nachdenklich. Er kaut auf seinem Stift herum und macht sich dann Notizen. »Ist Ihnen bei den Gesprächen etwas aufgefallen?«

»Ich dachte, der Malermeister sei vom Gerüst gestürzt? Wieso ermitteln Sie eigentlich in seinem Fall?«

Er fährt sich mit der Hand durch das Haar, worauf eine widerspenstige Strähne in seine Stirn fällt. Ich suche einen Ring an seiner Hand. Er trägt keinen! Sollte er tatsächlich solo sein?

»Wegen der Übereinstimmung der Telefonnummer. Wir müssen jeder Spur nachgehen.« In seiner Stimme schwingt Langeweile mit, wenn ich mich nicht sehr täusche. Und richtig, nach kurzem Zögern fügt er an: »Ich bin der Meinung, dass es Unfälle waren. Aber Frau Schaaf glaubt an einen Mord, und auch im Fall des Malermeisters ist ein Restzweifel geblieben.«

»Und was habe ich damit zu tun?«

»Nichts. Hoffe ich. Zurück zu meiner Frage: Ist Ihnen bei den Gesprächen etwas aufgefallen?«

»Nein. Beide gehörten zu den unangenehmeren Kunden. Aber das ist bekannt.«

»Unangenehme Kunden?« Er kritzelt weitere Symbole auf seinen Block.

»Ja.« Ich versuche, durch die Ritzen der Jalousie zu erkennen, ob Dürrbier an der Tür lauscht. Der Kommissar sieht mich abwartend an. Solche Augen sollten polizeilich verboten werden, wenn sie im Dienst sind.

»Wir alle haben gelegentlich mit Kunden zu tun, die sehr … unfreundlich reagieren. Manche von ihnen werden beleidigend. Es ist nicht schön, solche Menschen am Telefon zu haben.«

Er nickt. »Ja, ich kann es mir vorstellen. Und Müller und Schaaf gehörten zu diesen Kunden?«

»Genau. Beide wurden regelrecht ausfallend, wenn man sie anrief.«

»Warum werden sie dann nicht einfach aus den Listen gestrichen?«

Ich verschränke die Arme. »Unser Chef hat einen ganz bestimmten Ehrgeiz: Er will, dass wir nach und nach auch die Horrorkunden überzeugen.«

Frank Kraus lehnt sich mit dem Oberschenkel gegen Dürris Schreibtisch. Beim Anblick des Muskels, der sich unter dem Stoff seiner Jeans abzeichnet, fließt meine ganze Konzentration in die unteren Körperregionen.

Reiß dich zusammen, Lucy, das ist ja nur peinlich!

»Sind die beiden in den genannten Telefonaten denn besonders ausfallend geworden?«

»Tja … Malermeister Müller stöhnte mir Obszönitäten ins Ohr …« Ich erröte. Wenn der süße Kommissar mir derartiges ins Ohr stöhnen würde, hätte es auf mich eine ganz andere Wirkung.

Er sieht mich an, als denke er darüber nach, ob er den Wortlaut der Obszönitäten notieren muss, schüttelt dann leicht den Kopf. Mir fällt auf, dass er mich, seit wir im Büro stehen, nicht ein einziges Mal wie ein Mann angesehen hat, sondern nur wie ein Kommissar. Plötzlich fällt es mir wie Schuppen von den Augen. Heißt es nicht immer, die attraktivsten Testosteronschleudern seien schwul? Ob Frank Kraus, ein wahrgewordener Mädchen-, Frauen-, Schwiegermutter- und Omatraum, gar nicht auf Frauen steht? Das muss ich sofort herausfinden. Noch bevor mein Kopf Einhalt gebieten kann, gebietet mir mein Unterbewusstes (oder der eine innere Zwilling), mich in aufreizender Pose auf den Dürri-Schreibtisch zu setzen und dabei mein kaum vorhandenes Dekolleté herausfordernd ins rechte Licht zu rücken. Frank Kraus reagiert nicht darauf, sondern macht lediglich einen winzigen Schritt zur Seite. Nun gut, gestehe ich mir zähneknirschend ein, mein Outfit trägt nicht gerade zu einem sexy Auftreten bei. Ich setze mich aufrecht hin und schlage die Beine übereinander. Es bereitet mir eine gewisse Genugtuung, auf Dürris Schreibtisch zu thronen, ohne dass der davon weiß. Im Augenwinkel sehe ich eine Zigarillopackung und rutsche noch ein Stückchen zur Seite, bis es unter meinem Po knistert.

Franks Blick hat sich indessen verhakt, und zwar in der kleinen Plastikblüte an meinem Flipflop. Von dort aus spüre ich ihn wie ein Blütenblatt über meine Zehen streichen. Ich beglückwünsche mich dazu, gestern Morgen meine Füße von Hornhaut befreit und die Nägel für die Manolos in einem kräftigen Orange lackiert zu haben, das aus den Peeptoes herausleuchtete. Dieses Orange harmoniert mit den Flipflops und stellt zum Türkisblau meines T-Shirts die unmittelbare Komplementärfarbe dar. Es sieht ganz so aus, als gefalle die Farbe auf meinen Zehennägeln auch Frank, denn er betrachtet sie ziemlich eingehend, und sein Gesicht ändert sich von dem des Kommissars in das des Traumtypen. Ein kleiner Fußfetischist also. Innerlich jubiliere ich. Fußfetischisten lieben Schuhe! Und ziehen sie gern langsam und genüsslich – oder hektisch und leidenschaftlich – von Füßen herunter.

Er hebt den Kopf wieder. »Und Harko Schaaf?«, fragt er. Das Braun seiner Iris scheint mir noch einen Tick dunkler als vorher.

»Der hat mich beschimpft. Ich sei dumm wie ein schwarzes Schwein.«

»Und Sie?«

Was meint er mit dieser Frage? Ob ich zurückkeife, wenn ich beleidigt werde? Ob ich Rache schwöre? Erst jetzt begreife ich: Ich könnte eine Verdächtige sein! Schlagartig verflüchtigt sich das Gefühl, eine Interessensschnittmenge mit Frank Kraus gefunden zu haben, und mit kaltem Bedauern rutsche ich vom Bürotisch hinunter. Nervös verschränke ich die Hände.

Mordverdächtig war ich noch nie.

»Wir haben Anweisung, immer freundlich zu bleiben. Natürlich können wir unsere Kunden nicht beleidigen. Ich beende solche Gespräche zügig und versuche, sie zu vergessen.«

Es klopft an der Tür. Dürri streckt seinen Kopf herein. »Brauchen Sie noch lange? Frau Schober hat zu arbeiten ...« Unzufriedener kleiner Scheißer!

Ein Glück, dass ich nicht mehr auf seinem Tisch sitze.

Frank Kraus dreht sich um. »Nein, wir sind gleich fertig. Nur noch eine Minute, bitte.«

Er wartet, bis Dürri die Tür wieder geschlossen hat, dann zieht er ein Portemonnaie aus seiner Gesäßtasche und daraus eine Visitenkarte, die er mir überreicht. »Wenn Ihnen noch etwas einfällt, melden Sie sich bitte.«

An den Kuppen von Daumen- und Zeigefinger, mit denen ich die Karte halte, spüre ich noch seine Körperwärme. Ich betrachte das neutral gehaltene Kärtchen.

Frank Kraus
Kriminalkommissar
Polizeiinspektion
Alte-Brauerei-Straße 3
66740 Saarlouis

Unter der Adresse stehen seine dienstliche Telefonnummer und eine Handynummer. Ob er unter der zweiten jederzeit zu erreichen ist?

»Danke«, murmle ich und spiele für eine Sekunde mit dem frechen Gedanken, die Karte in meinen BH zu schieben, doch dann behalte ich sie einfach in der Hand, um sie nachher in meiner Geldbörse zu verstauen.

»Auf Wiedersehen, Frau Schober.« Er streckt mir die Hand hin, die ich sehr gern ergreife. Sie fühlt sich leicht schwielig an, trocken und warm. Und groß. Eine echte Männerhand eben.

»Lucy«, murmle ich.

»Bitte?« Seine Hand umfasst die meine noch immer. Ich ziehe sie natürlich nicht zurück. Soeben beginnen unsere Hautzellen, Informationen auszutauschen. Sind wir kompatibel, empfinden wir uns gegenseitig als angenehm, können wir gemeinsam gesunde Kinder zeugen? *Meine Güte, jetzt reiß dich aber zusammen!*

»Sie sollen mich Lucy nennen.«

Er lacht, und dann zieht er bedauerlicherweise seine Hand zurück. »Danke für Ihre Hilfe.«

Schade.

»Gerne. Auf Wiedersehen.« »Frank« würde ich am liebsten noch hinzufügen, aber ich traue mich nicht. Er öffnet die Tür und lässt mich vor. Nachdem ich zurück an meinem Platz bin, geht er – nur für mich, scheint mir – langsam und geschmeidig durch den Mittelgang bis zum Fahrstuhl. In meinem Kopf erklingt abermals der elysische Chor.

Plopp, steht Dürri wieder neben mir. »Was haben Sie dem Kommissar erzählt?«

»Nichts. Er fragte nur nach den Telefonaten mit den beiden Toten.«

»Und was haben Sie gesagt?«

»Nur dass sie sehr unfreundlich waren. Die Toten.«

»Mehr nicht?«

»Nein, mehr nicht. Was denn auch?«

»Schon gut. Dann arbeiten Sie jetzt mal weiter. Ihre Pause dürfen Sie trotzdem noch machen.«

Trotzdem noch? Zählt mein Gespräch mit dem Kommissar etwa als Pause, und ich »verplempere« wieder mal Dürris wertvolle Zeit? Boah, dieser eingetrocknete, stinkende, wandelnde Zigarillo!

Ich traue mich nicht, Kat während der Arbeit noch mal anzurufen. Wir haben uns gestern lose für heute Abend verabredet, wenn mich nicht alles täuscht. Zwar habe ich eigentlich kein Geld mehr, und der Monat ist erst zu einem Drittel vorbei, aber meine Manolos schreien danach, zu einem Doktor gebracht zu werden. Außerdem will Susa sie unbedingt sehen. Ich gebe mich der irrsinnig anmutenden Hoffnung hin, dass sie mir eine Lösung nennen kann. Also schlendere ich nach der Arbeit zum Twingo, nehme das obligatorische Knöllchen von der Scheibe, vergewissere mich, dass der Karton mit den verletzten Schuhen im Kofferraum liegt, und rufe dann mit dem Handy meine Rebellenschwester an.

»Kat Schober.«

»Hi, ich bin's. Wie geht es den Hühnern?«

Sie stöhnt. »Wir haben ein Drittel davon geschlachtet und in die Tierkadaverbeseitigung geschickt. Die anderen bleiben in Quarantäne. Zur Sicherheit.«

Ich schnaube entsetzt. »Wie lang? Was macht ihr jetzt? Wie schlimm ist es?«

Sie lacht freudlos. »Es ist sehr schlimm. Wir haben Glück, dass wir den neuen Pferch noch nicht benutzt haben. Die Hühner bleiben jetzt erst mal auf dem mittleren Streifen, wir streuen alles mit Kalk ab und graben um. Ich kann nur hoffen, dass keines mehr infiziert ist.«

»Und die Eier?«

»Vorerst werden sie verworfen. Wir müssen die Inkubationszeit abwarten. Wenn kein Huhn mehr krank wird, stocken wir den Bestand von einem anderen Züchter auf, aber die frischen Hühner werden dann komplett in den neuen Stall ziehen. Drück uns die Daumen, dass wir nicht den Hof schließen müssen.«

Stimmt, sie hatte mir erzählt, dass sie und Susa einen weiteren Stall gebaut haben, aber ich hatte mich nicht wirklich dafür interessiert. Für mich ist ihre Liebe zu den gackernden Viechern nicht nachvollziehbar.

»Könnt ihr den Ausfall verkraften?«

»Wir müssen.«

»Klappt es denn mit unserem Treffen heute Abend?«

»Ach, nee, Süße. Wir können hier nicht weg.«

Na ja, vielleicht ist es besser so. Ich kann mir den Italiener eh nicht leisten.

Ich fahre spontan ins Klopfer-Parkhaus und beschließe, mir in der Lebensmittelabteilung des Kaufhauses noch irgendeine Kleinigkeit zu gönnen, die den Geschmack der Tütensuppe ausgleichen wird. Aufgrund meiner gestrigen Fressorgie muss es heute ja wieder billig sein ... Lange schleiche ich um das Regal mit den Pralinen herum. Ich sollte mein Konto nicht noch mehr überziehen. Nachdenklich stehe ich schließlich vor der kleinsten Packung Trüffelpralinés und versuche, sie per Telekinese in meine Tasche zu befördern. Ich rechne im Kopf nach, ob ich genügend Cents in meiner Börse habe, um sie mir doch zu gönnen. Vielleicht wenn ich sie anstatt der Suppe zum Abendessen verspeise?

»Die sind lecker«, höre ich eine Stimme, wirble herum und sehe mich einem großen, hageren Mann in den Fünfzigern gegenüber. Seine unnatürlich gebräunte Haut schlägt ledrige Falten im Gesicht, sein wabbelnder Hals lässt mich an die Kehllappen von Kats Hühnern denken. Die Farbe seiner Krawatte ist genauso blassrosa, wie sie mir die kranken Hühner heute Morgen beschrieben hat. Wässrige blaue Augen mustern mich mit einem Ausdruck, den ich nicht mag. Aber so ganz und gar nicht. Außer natürlich, die Augen wären 20 Jahre jünger und dunkelbraun ...

Ich ziehe einen Mundwinkel nach oben, um Freundlichkeit vorzutäuschen, und nicke vage. Dann lasse ich die Pralinen liegen und haste Richtung Rolltreppe. Der Typ kommt mir nach. Muss ich jetzt auch noch einen aufdringlichen Hagestolz ertragen, nach einem Tag wie diesem?

»Warte doch, Fräuleinchen, ich kaufe die Pralinen.«
Im Augenwinkel sehe ich, dass er mir mit der Packung
zuwinkt.

»Nein, danke.« Ich wende ihm nicht mal das Gesicht
zu, will ihn nicht mehr ansehen. Gleich habe ich die
Treppe erreicht.

»He, Sie ...«, höre ich eine Frauenstimme. Ich spüre,
dass der Typ mir immer noch auf den Fersen ist, höre
seine Schuhe auf der Metallfläche am Fuß der Rolltreppe.

»Sie müssen erst noch bezahlen«, fährt die Frau fort.
Ich drehe mich, nach oben gleitend, um und sehe eine
Verkäuferin, die aus einem der weiter entfernten
Gänge meinem Verfolger hinterherläuft und wild mit
der Hand fuchtelt. Er seinerseits scheint nicht zu bemerken, dass er angesprochen wird, sondern stakst auf
seinen langen, dünnen Beinen weiter. Schon steht er
hinter mir.

»So ein Mädchen wie du hat sich eine Leckerei wirklich verdient.«

Hat der Typ noch alle beisammen? Entgeistert drücke
ich mich an die Seite, als er die Stufe erklimmt, auf der
ich stehe, und sich neben mich schiebt. Meine Hose
schrappt am Geländer der Rolltreppe entlang. Unmöglich! Sein Gesicht schwebt über meinem, und ich rieche
den Geruch eines langen Bürotages aus seinem billigen
Sakko aufsteigen. Jetzt legt er eine Hand auf meinen
Arm.

Ich sehe rot! Ich denke daran, ihn heftig von mir zu
schubsen, dann geht plötzlich alles ganz schnell. Er
stolpert und fällt die Treppe nach oben. Seine Krawatte
beschreibt einen Bogen wie eine Fahne im Wind. Wir

haben fast das Ende der Rolltreppe erreicht, da wird die Krawatte unerbittlich mit der obersten Stufe eingezogen. Es dauert nicht lange, bis der Typ, Pralinenschachtel und Aktentasche weit von sich werfend, mit dem Kopf auf dem unbeweglichen Metallteil landet, sein Gesicht sich immer röter färbt, die Augen aus den Höhlen quellen, und ich, über ihn hinweghüpfend, voller Schrecken erkenne, dass er gerade von der Rolltreppe stranguliert wird, die seine Krawatte stetig weiter einzuziehen versucht.

Der Notknopf! So eine Treppe hat doch irgendwo einen Notknopf! Hektisch und laut kreischend suche ich nach einer Art Buzzer, aber ich kann keinen finden. Die Treppe gibt fürchterliche Töne von sich, der lange Dürre gibt fürchterliche Töne von sich. Ich finde noch immer keinen Knopf, mit dem ich die Treppe anhalten kann. Dann rutscht ein stabiler Kugelschreiber aus der Hemdtasche des inzwischen krebsrot angelaufenen Menschen zwischen die Stufen, und mit einem grässlichen Kreischen hören die Stufen endlich, endlich auf, sich zu bewegen.

Ich knie mich neben den unglücklichen Mann hin. Er keucht schwer. »Geht es Ihnen gut?«

»Ich – hhh –«, er pfeift, »Ich – hhh –«

Ich Idiotin! Der Mann muss befreit werden! Endlich haben andere Menschen bemerkt, dass da etwas nicht stimmt, und eilen herbei. Von irgendwoher wird mir ein Messer gereicht. Ich nähere es der Gurgel des nach Luft ringenden Menschen, seine vorquellenden Augäpfel verfolgen meine Bewegung beinahe beängstigend weit, dann befreie ich ihn endlich mit einem *Ratsch* von dem Schlips. Er setzt sich auf, hält sich den Hals und atmet tief. Es hört sich an wie eine Dampfmaschine. Irrsinnigerweise muss ich an den Lehrer aus dem alten Film mit Heinz Rühmann denken, »Feuerzangenbowle«. »Wat is 'n Dampfmaschin? ... Nun, da stellen wa uns ma janz dumm ...«

Bist du noch zu retten?, rufe ich mich selbst zur Ordnung. Meine abwegigen Gedanken kann ich mir nur mit einem Schock erklären.

»Lassen Sie mich mal zu dem Mann, ich bin Arzt.«

Ich stehe auf und rücke zur Seite. Niemand hat den Krankenwagen gerufen! Also ziehe ich mein Handy hervor und wähle die 112.

»Notrufzentrale Saarlouis, kann ich Ihnen helfen?«

»Ja, bitte, kommen Sie schnell her, hier ist ein Mensch verunglückt, auf der Rolltreppe. Er braucht Hilfe.«

»Wo sind Sie?«

»Beim Klopfer.« Ich lege auf, weil ich viel zu durcheinander bin und nachsehen muss, ob der Mann wieder zu Atem kommt. Nach und nach wird mir klar: Ich bin schuld, dass er gestürzt ist. Mir wird schlecht. Ich hätte beinahe einen Menschen umgebracht!

»Was ist passiert?«

»Viel zu gefährlich, diese Rolltreppen, ich sage es immer wieder.«

»Wer weiß, wann die zum letzten Mal kontrolliert wurde.«

»Wieso hat die nicht sofort angehalten?«

»Der Schlips ist zu leicht, da muss was Festeres in die Walzen geraten, ist ein Manko im System.«

»Geht es ihm gut?«

»Kommt denn kein Krankenwagen?«

So reden alle durcheinander. Ich selbst kann keinen klaren Gedanken fassen. Der Verunglückte nimmt nach und nach wieder eine gesündere Farbe an. Aber er zittert am ganzen Leib. Ich versuche indessen, mich zu erinnern, ob ich ihn geschubst habe oder nicht. Muss ich zur Polizei und ein Geständnis ablegen? War das fahrlässige Tötung?

Nein, er ist ja nicht tot.

Ich durchforsche die Gesichter der Gaffer. Wo bleibt der Notarzt? Der Mann, der immer noch neben dem Dürren kniet, hilft ihm jetzt vorsichtig auf die Beine und begleitet ihn durch die sich bildende Gasse der Neugierigen zu einem Stuhl, auf den man sich üblicherweise setzt, um Schuhe anzuprobieren.

»Sie sollten auf jeden Fall zu einer eingehenderen Untersuchung ins Krankenhaus«, spricht er auf ihn ein. Dann sieht er mich an. »Und Sie auch. Sie haben sicher einen Schock erlitten.«

Ein Handwerker und ein wichtig wirkender Typ machen sich an der Rolltreppe zu schaffen. Letzterer ist bestimmt der Filialleiter.

»Polizei, bitte lassen Sie uns durch.« Ich drehe den Kopf in die Richtung, aus der die männliche Stimme kommt. So viele Gaffer! Ich kneife die Augen zusammen; die Person da hinten kommt mir doch bekannt vor? Zwei Polizisten eilen herbei und versperren mir die Sicht. Schade, Frank Kraus ist nicht dabei.

Der Arzt richtet sich an die Polizisten: »Wo bleibt denn der Krankenwagen? Die Dame hat schon vor zehn Minuten einen Krankenwagen angefordert.«

Einer der Polizisten wendet sich mir zu: »Ach, Sie waren das. Unsere Notrufleitzentrale hat keinen brauchbaren Notruf von Ihnen bekommen. Wir wussten nicht, was los ist. Sie müssen immer die W-Fragen beantworten, wenn Sie einen Notruf absetzen wollen. Wo, was, wie viele Betroffene, welche Art Verletzung? Und dann sollten Sie weitere Fragen abwarten.« Er schüttelt streng den Kopf. Der Verletzte scheint ihn nicht großartig zu interessieren. Sein Kollege ruft über Funk einen Krankenwagen herbei. Dann wendet er sich wieder dem Unfallopfer zu und fragt nach dessen Namen, während der Kollege, der mich vor allen Anwesenden so schulmeisterlich getadelt hat, mich das Gleiche fragt.

»Lucinda Schober«, sage ich und stutze, weil ich den Namen des Dürren höre. In mir zieht sich alles zusammen.

»Rupert Kunze.«

Natürlich! Jetzt erkenne ich auch die Stimme. Sicher war sie mir vorher schon aufgefallen, aber nur unbewusst. Kunze ist der nette Mensch, der mich gestern als »Stück Scheiße« titulierte. Meine Knie sacken weg; ich muss mich setzen. Das sieht nicht gut für mich aus ...

»Polizei, bitte lassen Sie mich durch. Gehen Sie nach Hause, hier gibt es nichts mehr zu sehen.«

Die Stimme rieselt durch mich durch. Frank Kraus bahnt sich einen Weg durch die Schaulustigen und versucht, sie dazu zu bewegen, sich zu zerstreuen. Die Ersten ziehen tatsächlich schulterzuckend von dannen.

Ich höre auf zu zittern. Wie wohltuend sein Anblick auf mich wirkt!

»Frau Schober, ich habe bei Ihrem Notruf Ihre Stimme erkannt.« Er hält zielstrebig auf mich zu. Die Uniformierten grinsen dämlich bei seinen Worten. Anscheinend bemerkt er es nicht. »Ist alles in Ordnung?« Sein Tonfall klingt ehrlich besorgt.

Nun, es kommt gerade wieder in Ordnung. Denn jetzt ist er ja da.

Der Kommissar geht zu Rupert Kunze, um ihn zu befragen.

»Hat der nichts Besseres zu tun?«, murmelt einer der Streifenpolizisten seinem Kollegen zu.

»Wenn er auf der Wache ist, hört er immer den Notruf mit. Ist so ein Spleen von ihm.« Der Zweite deutet neben seinem Kopf eine Spirale an. Mein Herz klopft heftig vor Empörung, trotzdem lausche ich gierig ihrem Austausch über Frank Kraus. Jeder Infosplitter interessiert mich. Außerdem fühle ich mich wie berauscht. Frank Kraus hat meine Stimme erkannt!

»Das hier ist doch ein blöder Unfall. Wozu die Kriminalpolizei?«, hakt sein Kollege nach.

Endlich hören wir das Martinshorn, das immer lauter wird, und kurz darauf stürmen zwei Notärzte herein. Gegen Rupert Kunzes Willen, den er lautstark und mit energischem Kopfschütteln kundtut, nehmen sie ihn mit. Dürfen die das? Ein Glück, dass sie mich vergessen haben. Ich habe eh keinen Schock mehr, den hat der sexy Kommissar vertrieben. Endlich verziehen sich auch die restlichen Gaffer, die beiden Streifenhörnchen stellen fest, dass sie noch anderes zu tun haben, und verschwinden, nachdem sie meine Adresse notiert haben.

Frank Kraus bleibt zurück. Seine Nähe macht mich nervös. Kurz huscht sein Blick zu meinen Flipflops, dann wieder hoch. Er zögert.

»Dummer Zufall.« Ich kichere einfältig. Mein Gott!

»Was meinen Sie?« Er nimmt meinen Ellbogen und führt mich zum Ausgang. »Lassen Sie uns nach draußen gehen.« Von seiner Hand aus pulsiert es wohlig in meinen Körper.

Wir verlassen das Kaufhaus durch den Haupteingang. Ach, herrlich! So riecht nur Saarlouis im Sommer. Frank Kraus sieht sich suchend um. Dann zeigt er auf das kleine Kaffeehaus »Plaisanterie« gegenüber. Ein runder Glastisch mit Bistrostühlchen ist frei. Sollte er mich etwa fragen, ob wir einen Kaffee trinken? Wirklich und wahrhaftig? Er lächelt, mir wird ganz warm.

»Trinken wir einen Kaffee?«

Er hat es getan!

Einige Minuten später sitzen wir entspannt vor unseren Cappuccinos. Mir gefällt der Gedanke, man könnte uns für ein Paar halten. Ich lasse den Blick schweifen, beobachte die Passanten, die im Kaufhaus und in den kleineren Geschäften ihre Besorgungen erledigen, betrachte aber immer wieder auch das Gesicht von Frank Kraus, der sich Notizen in seinem unvermeidlichen kleinen Notizbuch macht. Mein Gott, ist der Mann schön, und mein Gott, was hat er für eine Sauklaue!

Als ich wieder mal zum Klopfer gucke, sehe ich eine zierliche Gestalt durch die Schiebetür huschen. Ihre tiefschwarzen Haare sind kurz geschoren und toupiert, sodass sie wie die Stacheln eines Kaktus vom Kopf abstehen, und sie trägt Springerstiefel unter Baggyjeans.

Das ist doch meine Rebellenschwester! Sie ist bereits verschwunden, bevor ich auch nur daran denken kann, aufzustehen, und da richtet endlich Frank das Wort an mich. Ich vergesse Kat.

»'tschuldige, ich musste noch ein paar Dinge notieren.«

Hat er mich geduzt? Hat er mich tatsächlich geduzt? Mein Herz dehnt sich aus. Ich nippe an meinem Kaffee und lächle ihn selig an. Er fährt sich grinsend mit dem Finger über die Oberlippe, und hastig lecke ich den Milchschaum ab, den der Cappuccino auf meiner Haut hinterlassen hat.

»Du ...«, er räuspert sich und errötet ein winziges bisschen. Ist er nicht süß? »Sie sagten vorhin etwas von einem dummen Zufall. Was meinten Sie damit?«

Mein Herz zieht sich wieder zusammen. »Ach so ...« Uff, schlagartig erinnere ich mich daran, was ich vorhin von mir gegeben habe. Und auf einmal bin ich mir gar nicht sicher, ob ich dem Kommissar das alles sagen soll.

»Ja?«, hakt er nach.

Mist!

»Ja, äh, ich meinte damit, dass der Mann auf der Rolltreppe auch einer der Horrorkunden ist, mit denen ich vor Kurzem telefoniert habe.« Das Gefühl, mein eigenes Grab zu schaufeln, kann mich nicht davon abhalten, weiterzusprechen. »Rupert Kunze hat mich gestern als ›verfluchtes Stück Scheiße‹ bezeichnet.«

Frank Kraus schweigt.

4

Alles nur Zufall?

Sein Blick verfing sich in den Flipflops von Lucinda Schober, und zum zweiten Mal an diesem Tag erklang ein sommerlich-leichter Refrain in seinem Kopf, den man aus der Kinowerbung für eine berühmte Eissorte kannte, und in dem es um sommerleichte Gefühle ging.

Was hatte sie gerade gesagt? Sein Hirn weigerte sich, zu akzeptieren, welche Schlüsse ihre Aussage nahelegte. *Rupert Kunze hat mich gestern als »verfluchtes Stück Scheiße« bezeichnet.*

Von den Flipflops lenkte er seinen Blick auf den kleinen Block und erkannte jetzt, dass er um den Namen in der Mitte des Blattes – es sollte Lucy heißen – Ranken malte. Verlegen schlug er rasch die nächste, unbeschriebene Seite auf. Lucy hatte seine Kritzeleien offenbar nicht bemerkt; sie starrte ihn an, die Unterlippe eingezogen. Ach, wie gerne würde er diese Lippen mit einem Kuss entspannen.

Frank, sie ist eine Tatverdächtige, ermahnte er sich selbst.

Er räusperte sich. »Als ›Stück Scheiße‹ hat er Sie bezeichnet?« Das unpersönliche Sie half ihm kurzzeitig, sich auf seine Arbeit zu konzentrieren. Sie nickte. Glitzerten in ihren Augenwinkeln Tränen?

»Ja, gestern habe ich mit ihm telefoniert. Er wurde zudringlich, sodass ich das Gespräch rasch beenden wollte, aber da wurde er total ausfallend.« Sie verzog das Gesicht zu einer missbilligenden Grimasse. »Das hat mich verletzt, und ich musste weinen. Aber ich bin keine Heulsuse«, beeilte sie sich zu versichern. Dann lehnte sie sich zurück und runzelte die Stirn. Sie schien in Gedanken versunken, als führe sie ein inneres Zwiegespräch und sei mit sich selbst unzufrieden.

Faszinierend! Lucy – Lucinda Schober – war in sich so widersprüchlich. Einerseits hatte sie diesen wenig anspruchsvollen und undankbaren Job im Callcenter, andererseits redete sie nicht wie eine ungebildete Frau. Sie trug relativ billige Kleidung, bewegte sich darin aber so selbstverständlich und natürlich, dass man denken konnte, sie trage Designermode. Und dann diese zierlichen Füßchen mit den lackierten Nägeln. Schon wieder wanderte sein Blick zu ihren Zehen, und er konnte nur mit Mühe die Vorstellung vertreiben, wie sie sich in seinem Mund anfühlen würden.

»Bin ich jetzt verdächtig?«

»Hm ... Es gibt eine Verbindung von allen dreien zu Ihnen, das lässt sich nicht leugnen.«

»Sie meinen den Müller, den Schaaf und den Kunze. Aber das waren doch alles Unfälle ...« Sie beugte sich vor und schlug dabei das eine Bein über das andere, der obere Flipflop hing lose herunter. »Und bei dem Schaaf war ich definitiv nicht in der Nähe.«

»Alibi«, kritzelte er auf den Block und setzte ein Fragezeichen dahinter. »Heißt das, beim Sturz des Malermeisters *waren* Sie in der Nähe?«

Sie ließ den Flipflop vom Fuß gleiten und legte den Unterschenkel quer über das andere Bein, dann begann sie geistesabwesend ihre Fußsohle zu kneten. Er konnte sich von dem Anblick nicht losreißen. Sie hatte außergewöhnlich schöne Füße, ganz ohne Hornhaut, leicht gebräunt, die Sohle hellrosa.

»Er strich ja das Haus meiner Eltern an, und ja, unmittelbar vor dem Unfall des Malermeisters habe ich sie besucht. Aber mit ihm habe ich gar nicht gesprochen ... Entschuldigen Sie, das ist so eine Marotte, wenn ich nervös bin.« Sie setzte das Bein wieder ab und schlüpfte in den Flipflop. Schade.

»Wo waren Sie, als Harko Schaaf in der verkehrsberuhigten Zone verunglückte? Vorgestern Abend gegen 20 Uhr 30.«

»Wo genau war das denn?«

»Das war ganz in der Nähe. Warten Sie ...« Er blätterte im Block zurück. Auf der Seite vor der Befragung von Frau Schaaf hatte er die Straße notiert. Er runzelte die Stirn.

Lucinda schob den Kopf näher. Er sah auf. Ihre Pupillen zeigten grüne Einsprengsel im Ozeanblau. Dann schob er den Block zu ihr hinüber. »Hier, können Sie das lesen? Ich meine, es war die Deutsche Straße.«

Sie betrachtete seine Schrift. Er nahm den Hauch eines Parfums an ihr wahr. Sie trug den Duft, den er Ellen immer hatte nahebringen wollen, den diese aber zu kapriziös gefunden hatte – »Coco Mademoiselle«. An

Lucy wirkte er genau richtig. Er unterstrich das Verletz-lich-Feminine an ihr ebenso wie das Unbekümmert-Burschikose. Ja, im Grunde war dieses Parfum genauso widersprüchlich wie sie selbst. Frank schloss für eine Sekunde die Augen und konnte nur feststellen, dass Chanel diesen Duft offensichtlich für Lucinda Schober kreiert haben musste.

»Ja, tatsächlich, Deutsche Straße.« Sie keuchte.

»Waren Sie doch in der Nähe?«

»Ich fürchte, ja. Ich lief an dem Tag nach der Arbeit noch zum Kino, das sind ja nur ein paar hundert Meter. Ich wollte einen Gutschein für einen Geburtstag kaufen.«

»Nach der Arbeit – also gegen ...?«

»Na, eigentlich gegen sechs, halb sieben, aber vorher war ich rasch einkaufen. Ich suchte einen Nagellack, der zu meinen neuen Manolos passt.« Sie errötete.

Manolos? Madame lebte auf großem Fuß, aber wieso trug sie dann diese alten Jeans, das verwaschene T-Shirt und Flipflops? Oder waren das teure Marken-schuhe, die nur aussahen, als wären sie billig? Raffi-niert!

»Meinen Sie diesen orangefarbenen Nagellack?«, fragte er. Idiot!

»Ja, genau, ich musste lange danach suchen. Aber dann fand ich ihn bei Klopfer, reduziert ...« Wieder er-rötete sie, was Frank sehr charmant fand.

»Er ist sehr hübsch ...« Er räusperte sich. Idiot!

Sie stellte die Zehen hoch. »Finden Sie?«

Er bemühte sich um Konzentration. Irgendwie schaffte sie es, ihn abzulenken. »Ja. Und um wie viel Uhr waren Sie dann in der Deutschen Straße?«

»Ich glaube, es war nach acht. Ganz genau weiß ich es nicht. Doch, ja, der Klopfer schloss schon, ich habe als eine der letzten Kundinnen den Laden verlassen.«

»Dann müssten Sie Herrn und Frau Schaaf begegnet sein.«

Sie zog die Schultern hoch. »Das ist möglich. Ich kenne sie nicht.« Sie beugte sich wieder ein Stück vor. »Wissen Sie, ich merke selbst, dass das alles so richtig dumm aussieht. Aber andererseits klingt es doch völlig an den Haaren herbeigezogen. Da stirbt ein Malermeister durch einen Unfall, ein anderer Mann wird überfahren, ein Dritter stürzt unglücklich auf der Rolltreppe ...« Sie biss sich auf die Unterlippe, ihr Blick huschte zur Seite.

»Ja, was wollten Sie sagen?«

Sie griff mit beiden Händen nach der Kaffeetasse und drehte sie auf dem Unterteller. »Äh, ja, alle drei verunglückten, und zufällig war ich wohl in der Nähe. Und zufällig haben sie alle mich schon mal beleidigt. Aber wissen Sie, wenn ich jeden Kunden, der mich beleidigt, um die Ecke bringen würde, dann hätte ich viel zu tun.« Sie lachte auf. »Wenn ich so etwas im ›Tatort‹ sähe, würde ich mich über das Drehbuch aufregen.«

Er kratzte sich hinter dem Ohr. »Tja. Fernsehkrimis haben nicht immer viel mit der Realität gemeinsam. Allein die Kommissare, die dort gezeichnet werden ... *Das* regt mich regelmäßig auf. Ich sehe mir keine Krimis an.«

Sie drehte noch immer die Tasse und verursachte damit ein klirrendes Geräusch, das ihn nervös machte. Er legte seine Hand auf ihre, woraufhin sie mit der Bewegung aufhörte. Er zog die Hand wieder weg. Auf einen Flirt konnte er sich jetzt nicht einlassen … Leider.

»Wissen Sie, Lucy«, ihre Augen leuchteten kurz auf, »ich glaube nicht, dass Sie eine Mörderin sind. Für mich scheinen die Todesfälle tatsächlich Unfälle zu sein. Aber bis das eindeutig geklärt ist, werde ich ein Auge auf Sie haben.«

Sie lächelte. »Gern.«

In seiner Brust kribbelte es. Wann hatte er das zum letzten Mal gespürt? Vor seiner Hochzeit?

Mit Bedauern verabschiedete er sich schließlich von Lucy Schober und lief zum Büro. Er musste seine Berichte schreiben.

Er brütete gerade über dem Unfallbericht von Harko Schaaf, als sein Handy klingelte. »Kraus?«

»Warum siehst du nie auf das Display, Frank? Dann wüsstest du schon, wer dran ist.«

»Oh, hi, Ellen.«

»Willst du zum Abendessen zu uns kommen? Der Dieter würde sich freuen.«

»Ich sitze an einem Bericht …«

»Macht doch nix, bring ihn mit. Ich helfe dir beim Entziffern. Wäre ja nicht das erste Mal.«

»Was gibt es denn?«

»Dibbelabbes.«

Ellen wusste ganz genau, dass er da nicht widerstehen konnte. Sie machte den zweitbesten Dibbelabbes der Welt. Den besten machte natürlich seine Mutter. Ihm lief das Wasser im Mund zusammen. Es war schon eine Weile her, seit er diese saarländische Spezialität das letzte Mal genossen hatte. Er steckte einen USB-Stick in den Rechner und zog den angefangenen Bericht darauf. Ellen hatte recht, er konnte ihn zu Hause fertig schreiben.

»Bin schon unterwegs.«

»Gut, bis gleich.«

Als er an Tinas Schreibtisch vorbeiging, fragte er sie, ob sie etwas für ihn habe. Sie schüttelte den Kopf. »Nicht wirklich. Herr Kunze kann sich nicht erinnern, ob ihn jemand gestoßen hat. Er sagte aus, dass Frau Schober sehr freundlich zu ihm gewesen sei.«

»Ist er noch im Krankenhaus?«

»Nein, man hat ihn entlassen.«

»Schönen Feierabend dann.«

»Ja, und schönes Wochenende! Wie kommst du eigentlich zurecht, so allein? Das zieht sich jetzt schon ganz schön lang hin, oder?«

Frank runzelte kurz die Stirn. Sein Partner hatte sich im Frühjahr im Dienst verletzt und zog seit Monaten von einer Rehaklinik in die nächste. Wenn kein Kontaktpolizist in der Nähe war, begleitete ihn meist ein anderer Kollege oder eine Kollegin der Kripo zu Außenermittlungen, aber ihm war es lieber, wenn er auf niemanden Rücksicht nehmen musste. Es gab in den Bestimmungen eine Grauzone, die er weidlich ausnutzte.

Wie fast immer ging er zu Fuß. Er zog das Handy aus der Tasche, um Lucinda Schobers Nummer zu wählen, da klingelte es plötzlich. »Kraus?«

»Lucy Schober hier. Ich ... ich wollte Ihnen noch mal sagen, dass das alles wirklich nur blöde Zufälle sind. Ich bin keine Mörderin.« Ihre Stimme kroch in sein Inneres hinein.

»Herr Kunze hat ausgesagt, dass Sie sehr freundlich zu ihm waren. Können Sie sich erinnern, ob jemand hinter ihm auf der Rolltreppe gestanden hat, der ihn vielleicht geschubst haben könnte?«

»Es war ziemlich viel los, und ich konzentrierte mich so darauf, nicht von ihm berührt zu werden ... Schon möglich, ich weiß es nicht genau.«

»Na, machen Sie sich mal keine Sorgen, Lucy. Es wird sich sicherlich herausstellen, dass keiner der drei Fälle Mord war.«

»Äh, der Herr Kunze lebt ja noch, das ist dann ja eh kein Mord, oder?«

»Nein, das stimmt, der Fall Kunze wird nicht weiterverfolgt werden.«

Sie räusperte sich. Frank näherte sich bereits seinem Haus in der Ludwigstraße. Schon von Weitem wehte ihm der herzhafte Duft von Dibbelabbes entgegen; Ellen hatte offensichtlich das Küchenfenster gekippt.

»Dann kann ich nur hoffen, dass sonst niemand mehr zu Tode kommt, mit dem ich zu tun hatte.« Sie lachte auf. »Tschüss, Herr Kommissar ...«

Wollte sie noch etwas sagen?, fragte er sich. Doch sie schwieg.

»Ja, dann tschüss.« Er legte auf und zog den Schlüssel heraus, um aufzuschließen, drinnen stieg er die Treppe hoch zur Wohnungstür. Er zögerte. Seit der Dieter darin wohnte, konnte er nie wissen, was die beiden gerade machten. Bis zu diesem Moment hatte er nicht daran gedacht, dass es angebracht wäre, anzuklopfen und zu warten, bis Ellen ihn hereinrief. Er hielt den Schlüssel wie einen fremden Gegenstand in der Hand und starrte darauf. Noch nie hatte er einen Gedanken daran verschwendet, ob Ellen und der Dieter sich in ihrer Privatsphäre gestört fühlen könnten, weil er noch immer den Wohnungsschlüssel besaß.

Er beschloss, ihn nicht mehr zu benutzen, und klopfte an.

»Komm doch rein!«

Nun gut, wenn sie darauf bestand. Doch dann sah er eine dunkle Gestalt hinter dem Glas. Der Dieter öffnete die Tür und grinste.

»Tach! Un?«

»Un selwer?«

Der Dieter nickte und schien auf etwas zu warten. Frank friemelte den Türschlüssel vom Bund und hielt ihn dem Dieter hin. Dieser streckte automatisch die Hand danach aus, sah den Schlüssel an und dann Frank. »Komm rein. Was ist mit dem Schlüssel?«

Frank folgte ihm in das Esszimmer, wo Ellen gerade den Tisch deckte. Aus der Küche hörte er es brutzeln.

Ellen huschte zu ihm und hauchte ihm einen Kuss auf die Wange.

»Sieh mal, er hat mir den Schlüssel gegeben«, sagte der Dieter.

Sie sah Frank forschend an. »Warum das denn?«

»Na ja, ich dachte, das gehört sich so.«

Ellen lachte auf. »Wieso auf einmal?«

Er druckste herum. »Hm, bei euch ändert sich doch jetzt auch einiges ...«

Wieder sah der Dieter ihn erwartungsvoll an.

Idiot!, schalt er sich innerlich. Er hatte noch gar nicht zu der freudigen Nachricht gratuliert. Er strich seine

Hand an den Jeans ab und streckte sie dem Dieter entgegen. »Übrigens noch meinen herzlichen Glückwunsch!«

Der Dieter ergriff sie mit feuchtwarmen Fingern und drückte sie. »Danke, Kumpel, danke! Das bedeutet mir viel, weißt du?«

»Äh, was?« *Dass du meine Frau geschwängert hast?*, schlich es sich in seine Gedanken, doch er wischte den Satz mit einem Schulterzucken fort. Dann entzog er seine Hand dem schwitzigen Griff, wischte sie verstohlen wieder an der Hose ab und streckte sie Ellen entgegen, die die Szene mit einem Grinsen beobachtete.

Der Dieter legte seinen Arm um Ellens Schultern und beantwortete Franks Frage. »Na ja, dass du so cool bleibst bei alledem.«

Ellen befreite sich aus Dieters Umarmung und nahm Frank in die Arme, drückte sich an ihn. »Danke, Frank.« Sofort löste sie sich. Es war die Umarmung einer Freundin. »Aber den Schlüssel behältst du mal. Es ist immer besser, wenn noch jemand den Schlüssel zu einem Haus oder einer Wohnung hat.«

»Wenn ihr meint ...« Er befestigte ihn an seinem Schlüsselbund. Ellen kreischte auf und rannte in die Küche, aus der ein sehr intensiver Duft herüberzog. Dibbelabbes musste man im Auge behalten, das wusste doch jedes Kind. Boah, wenn sie ihn hatte anbrennen lassen ...

»Mist!«, schrie sie. Er folgte ihr an den Herd. Sie drehte mit dem Pfannenwender ein großes Stück der Kartoffel-Lauch-Speck-Masse um und verfuhr mit dem Rest in der riesigen Pfanne genauso, dann tat sie das Gleiche in der etwas kleineren Pfanne. Es roch immer noch verdammt gut, aber ein wenig angebrannt. Frank stellte sich neben sie und betrachtete die Masse. »Es geht noch! Man kann den Dibbelabbes noch essen. Ein Glück!«

Der Dieter war im Esszimmer geblieben. Frank hörte, wie er eine Bierflasche öffnete. »Na, Gott sei Dank. Trinkst du auch ein Bier, Frank?«

»Ja, gern.«

Der zweite Kronenkorken poppte, als Frank ins Esszimmer trat. Der Dieter grinste ihn an. »Du weißt aber schon, dass das, was Ellen da in der Pfanne brät, kein Dibbelabbes, sondern Schaales ist? Dibbelabbes wird im Backofen gegart, Schaales, wie es der Name schon sagt, in der ›Schale‹.«

Frank winkte ab. »Ja, ich weiß. Für mich ist alles Dibbelabbes, egal, ob auf dem Feuer gerührt und gewendet oder im Backofen knusprig gebacken.«

Der Dieter schnalzte mit der Zunge, lachte aber wohlwollend.

Eine halbe Stunde später hatten sie die Pfannen restlos leer gegessen und tranken ihr drittes Bier. Nur Ellen hielt sich an ihrem Wasserglas fest. »Hat es euch geschmeckt?«

»Ja, Mamilein, prima.«

Mamilein? Frank starrte den Dieter entgeistert an.

Ellen hingegen tätschelte dessen Wange. »Dann ist es ja gut, Papilein.«

Wo war er da hingeraten?

Ellen warf ihm einen prüfenden Blick zu und grinste. Als sie Anstalten machte, den Tisch abzuräumen, stand er auf, um ihr zu helfen.

»Mamilein und Papilein?«, fragte er, während sie die Teller unter fließendem Wasser vom gröbsten Schmutz befreite und ihm anschließend reichte, damit er sie in die Spülmaschine räumte.

Sie kicherte. »Ja, wir machen uns einen Jux daraus.«

Ob das für den Dieter tatsächlich ein Jux war? Der saß satt und zufrieden am Tisch und kippte sein Bier. Vermutlich hielt er sich treu an die Regel, dass werdende Väter auch schwanger gingen. Die Zeiten des durchtrainierten Bodys würden damit bald ein Ende haben.

»Bist du dir sicher, dass das für ihn auch ein Jux ist?«

Ellen hielt inne und starrte eine Sekunde ins Leere. Dann zuckte sie die Schultern. »Und wenn nicht, dann ist es auch egal ...«

»Findest du? Willst du ab jetzt seine Mami sein?«

Sie schmiss den Schwamm in die Spüle und fuhr zu ihm herum. »Ach, was weißt du schon!«

Er hob beide Hände. Ganz sicher wollte er keinen Streit provozieren. »Nichts. Ich gönne euch euer Glück. Du wolltest jemanden zum Kuscheln, der nicht dauernd Überstunden macht – den hast du. Du wolltest ein Kind – das wirst du haben. Ich wünsche euch Glück, ganz ehrlich.« Ja, er meinte es ehrlich.

Sie rieb sich mit der Hand über die Stirn. »Ich glaube, ich bin ein bisschen durcheinander. Ich finde es gut, dass du so offen damit umgehen kannst. Wir wollten auch noch etwas anderes mit dir besprechen.«

Sie trocknete sich die Hände mit einem Küchenhandtuch ab und winkte ihn zurück ins Esszimmer. Als sie sich setzte, lächelte sie feierlich. »Dieter und ich möchten dich etwas fragen.«

Der Dieter setzte sich aufrecht hin und rülpste leise. »'tschuldigung.«

»Worum geht es?« Ihm war nicht wohl zumute.

»Wir möchten dich fragen, ob du Pate unseres Kindes sein willst?«

»Äh ...« Wie Sirup sickerte die Frage in sein Hirn. »Also ... Das ist ... äh ... lieb von euch.« Er räusperte sich. Wie kam er aus der Nummer wieder raus? Wie waren sie auf den Gedanken verfallen, ausgerechnet ihm eine Patenschaft anzutragen?

»Siehst du, er will es nicht.« Komischerweise war Ellen diejenige, die das sagte. Demnach war der Dieter auf diese hirnverbrannte Idee gekommen. Innerlich atmete Frank auf.

»Es ist nicht direkt so, dass ich nicht will. Das kommt ein bisschen überraschend. Ich weiß ja erst seit gestern, dass ihr Eltern werdet.« Er verstummte. Überhaupt würde sich alles ändern dadurch.

Ellen legte eine Hand auf seine. »Denk gut darüber nach, Frank. Wir würden uns freuen, wenn du ja sagst, aber es ist keine Pflicht. Du musst dich nicht an uns binden.«

Ihm wurde flau im Magen. Der Dibbelabbes begann zu arbeiten. An uns binden – wie sich das anhörte.

»Wir sollten uns scheiden lassen«, hörte er sich plötzlich sagen.

Ellen erblasste. Der Dieter verschluckte sich an seinem Bier.

Franks Wangen wurden heiß. »Du hast doch gestern selbst gesagt, dass wir darüber nachdenken müssen.«

Ellen stützte das Kinn auf die Hand. »Ja, habe ich. Und es stimmt ja auch.«

Hatte er etwas Falsches gesagt? Die beiden wurden Eltern! Da war es doch an der Zeit, die Angelegenheiten zu regeln.

Der Dieter lachte plötzlich aufgesetzt fröhlich. »Na, dann seid ihr euch ja einig. Ist doch prima!« Er nahm seine Bierflasche, zog sich auf das Sofa zurück und schaltete den Fernseher ein.

Ellen zuckte mit den Schultern, dann sah sie Frank an. »Sollen wir nach unten gehen?«

»Bitte?«

»Um deinen Bericht zu schreiben.«

»Ach so. Ich helfe dir noch, den Rest wegzuräumen.«

Sie lächelte müde. »Lass nur, das mache ich nachher.«

Während er vor ihr die Treppe hinunterging, fragte Frank sich, woher sein schlechtes Gewissen kam. Was hatte er falsch gemacht? Er schloss auf und ließ Ellen vorgehen. Sie setzte sich auf seine Couch und sah ihn abwartend an.

»Sag mal, geht es dir gut?«

Sie wirkte so anders als in den letzten Monaten, irgendwie verletzlich.

Sie nickte. »Ja, mach dir keine Sorgen. Mir geht es gut. Du hast mit allem recht, und im Grunde wusste ich, dass du so reagieren würdest. Die Sache mit der Patenschaft war Dieters Idee. Du musst das nicht machen.«

»Wie kommt er denn auf so einen Gedanken? Nicht dass ich irgendetwas gegen dich oder ihn oder euer Kind hätte. Aber für einen Paten bin ich innerlich doch viel zu weit weg von euch.«

Sie winkte ab. »Ich denke, er wollte dir zeigen, wie sehr er dich mag. Immerhin hat er deinen Platz eingenommen.«

»Ja, das hat er. Aber es ist in Ordnung. Ich kann damit umgehen.«

An seiner inneren Gelassenheit erkannte er, dass er das tatsächlich konnte. Als Ellen ihn um die Trennung gebeten hatte, hatte er gewusst, dass es die richtige Entscheidung war; trotzdem hatte es wehgetan. Doch in der Zwischenzeit hatte er begonnen, sich als Singlemann wohlzufühlen. Seine Arbeit füllte ihn aus, und es gefiel ihm, dass niemand auf ihn wartete, wenn er zu den unterschiedlichsten Zeiten nach Hause kam.

»Soll ich mich um einen Termin bei einem Scheidungsanwalt bemühen?«, fragte sie. »Ich weiß nichts über Scheidungen. Du?«

»Nein. Aber wir werden uns einigen, denke ich.«

Sie sah ihn lange an. Sein Magen zog sich zusammen.

»Ja, ich glaube auch. Du wirst immer mein Freund sein, oder?«

»Klar.«

Sie klatschte in die Hände. »Dann gib mal dein unmögliches Notizbuch her und schnapp dir deinen Laptop.«

Er las ihr vor, was er über den Unfall von Harko Schaaf bisher geschrieben hatte. Ellen lachte. »Das ist ja wirklich ein abgefahrener Tod. Die arme Frau. Und außer ihr hat niemand einen Menschen mit Sweatshirt gesehen?«

»Nein. Niemand.« Frank dachte eine Sekunde an Lucy.

»Der Bericht ist so gut wie fertig, oder?«

»Ja, im Prinzip schon.«

Ellen blätterte in dem Block herum. »Wer ist denn Rupert Kunze?«

»Das ist ein neuer Fall, der aber weitestgehend schon abgeschlossen ist. Ich glaube, den Bericht brauche ich nicht mal zu schreiben, das machen die Kollegen von der Streife. Die waren als Erste vor Ort. Ich bin da sowieso nur aufgekreuzt, weil ...« Er hielt inne.

»Und wer ist Lucy?« Sie hielt ihm die vollgekritzelte Seite unter die Nase. »Was hast du denn da gemacht?«

Verlegen wollte er den Block an sich nehmen, doch sie zog ihn weg. »Sag mal, entdecke ich da Frühlingsgefühle? Gefällt sie dir?«

»Äh ...«, druckste er herum.

»Gib es zu, die Frau gefällt dir. Ist sie eine Tatverdächtige?« Sie blätterte zurück. »Callcenter«, buchstabierte sie. »Nummer überprüfen. Lucinda Schober.« Sie sah wieder zu ihm auf. »Erzähl!« Im Schneidersitz setzte sie sich hin und wartete auf seinen Bericht.

Warum nicht? Er konnte Ellen vertrauen. Er erzählte ihr, dass die beiden eigenartigen Unfälle mit Todesfolge und der heutige Unfall im Kaufhaus allesamt eine Verbindung zu Lucinda Schober aufwiesen, dass das aber ganz offensichtlich nur Zufall sei.

Ellen lachte. »Das klingt zu verrückt, um wahr zu sein. Drei Mal ein solcher Zufall? Ich würde die Lady im Auge behalten.«

»Ja, das mache ich auch.« Er errötete.

»Was sehe ich denn da? Nachtigall, ick hör dir trapsen. Diese Lucy hat dich beeindruckt, oder?«

»Ja, ich finde sie sympathisch.«

Sie zeigte mit dem Finger auf ihn. »Pass bloß auf, Frank. Sie ist eine Verdächtige.«

Er winkte ab. »Nicht wirklich.«

Sie verschränkte die Arme vor der Brust. »Du bist verliebt. Meine Güte, du bist tatsächlich verliebt.«

Er konnte nicht recht einschätzen, ob sie sich für ihn freute oder ob sie das als Gefährdung ihrer eigenen Rolle betrachtete.

Ellen war wieder nach oben gegangen, und Frank hatte plötzlich das dringende Bedürfnis zu laufen. Er zog seine Laufklamotten an und joggte stundenlang an der Saar entlang. Die frische Luft pustete ihm die ungebetenen Gedanken aus dem Kopf. An Ellen, an den Dieter, an das Kind. Und die Scheidung. An Herbert, der mühsam das Gehen wiedererlernte. Vielleicht sollte er ihn am Wochenende besuchen oder wenigstens anrufen. Und an Lucy, immer wieder Lucy.

Er drehte den MP3-Player lauter. »Trust I seek and I find in you …« James Hetfields Stimme überschwemmte sein Hirn und ließ ihn alles vergessen. Den Refrain sang er halblaut mit. Eine Gänsehaut überzog seinen Körper, als er nassgeschwitzt und erschöpft spät in der Nacht zu Hause ankam. Er duschte ausgiebig und fiel endlich ins Bett. Durch seine Träume geisterte eine zierliche, dunkelhaarige Frau mit wunderschönen Füßen. Als er in den frühen Morgenstunden erwachte, verschaffte er sich Erleichterung, bevor er aus dem Bett aufstand.

Lucy war keine Mörderin. Sie durfte keine sein.

5

Reine Nachlässigkeit

Am Samstagmorgen fahre ich zu Kat und Susa raus. Ich muss mir selbst ein Bild von den kranken Hühnern machen. Und siehe da – der Albtraum löst sich in Wohlgefallen auf. Der Verdacht auf Geflügeltuberkulose bestätigt sich nicht. Der Betrieb muss nicht stillgelegt werden, und es gibt auch keine weiteren Erkrankungen. Kat und Susa haben trotzdem eine Wahnsinnsarbeit, weil sie ja alle Hühner in den neuen Pferch setzen und schnellstens den Stall fertigstellen wollen.

Was soll's ... Handwerklich bin ich nur bedingt einsetzbar, aber sie freuen sich trotzdem über meine Hilfe beim Zaun-Ziehen und Ausstreuen von Stroh auf dem Stallboden. Ich finde es schön, dass Kats Hühner so natürlich leben. Ich weiß nicht, ob es stimmt, jedenfalls behaupten die beiden Frauen, dass sie durch meine Hilfe schneller fertig geworden sind, und so können wir bei einem Kaffee endlich über die Manolos fachsimpeln. Susa nennt mir besagten Schuhmacher, der die göttlichen High-Heel-Peeptoes wieder hinkriegen könnte. Und sie meint, dass ich es auf jeden Fall über die Versicherung abrechnen soll.

Als ich zurück in die Stadt fahre, begegnet mir ein dunkelgrüner Mini Cooper S, und ich bin mir sicher, dass Frank Kraus – mein Kommissar – hinter dem Steuer sitzt. Am liebsten würde ich sofort umkehren, um ihm zu folgen und mit ihm zu plaudern, aber ich bin zum Geburtstag einer ehemaligen Studienkollegin eingeladen.

Gegen Abend ruft meine Schwester auf dem Handy an. Ich hänge noch immer auf dem Geburtstag fest und schaufle Torte in mich hinein, um auf die nervigen Fragen nach Haus, Mann und Kindern nicht antworten zu müssen. Gleichzeitig versuche ich, den beiden Brüllwürfeln meiner ehemaligen Freundin nonverbal zu kommunizieren, dass ich keine »liebe Tante« bin und nicht knuddeln oder spielen oder vorlesen will. Aus dieser Situation rettet mich Kat mit ihrem Anruf. Ich zeige auf mein Handy, stehe auf, die Kuchenkrümel von der Hose schüttelnd, und murmle etwas von Notfall. Dann hänge ich mir meine Tasche über die Schulter, werfe meiner armen Freundin, der Grundschullehrerin, eine Kusshand zu und verlasse fluchtartig ihre Wohnung.

Draußen lehne ich mich gegen die von der Abendsonne aufgewärmte Hausfront und stöhne. »Uff, Kat, dein Anruf kam genau rechtzeitig. Danke, dass du mich von diesem Geburtstag geholt hast!«

»So schlimm?«

»Ich war die einzige kinderlose Singlefrau. Und die Einzige, die das Studium geschmissen hat ...«

Sie schnaubt. »Alles klar, brauchst nicht weiterzusprechen. Hör mal, weshalb ich anrufe: Mich hat heute ein Kriminalbeamter nach dir ausgefragt.«

Mein Herz vollführt einen Hüpfer. »Frank?« Ich stoße mich von der Hauswand ab und mache mich auf den Weg.

Ich höre, wie sie die Luft einsaugt. »Frank? Ja, Frank Kraus. Er hat mir Fragen über dich und deine Arbeit gestellt, und ob du zu Wutausbrüchen neigst.«

»Puh, ja, da geht es um diese Unfälle. Stell dir nur vor, der Schaaf und der Kunze hatten einen Unfall, und ich war jedes Mal in der Nähe. Außerdem haben sie kurz vorher mit mir telefoniert und wurden ziemlich ausfallend.«

»Das weiß ich ja, aber wieso ermittelt deshalb die Kriminalpolizei? Vermutet sie Morde hinter den Unfällen?« Ihre Stimme schraubt sich in eine unangenehme Höhe. »Bist du etwa verdächtig?«

»Tja, das ist wirklich eine blöde Sache. Malermeister Müller hat auch noch mit mir gesprochen, bevor er vom Gerüst segelte.« Ich schließe den Twingo auf, werfe meine Tasche auf den Beifahrersitz und lasse mich hineinfallen. »Verstehst du? Alle haben sie mich beleidigt, und dann war ich auch noch immer in der Nähe, als die Unfälle geschahen.«

»Pff, das ist lächerlich. Du hast doch überhaupt kein Motiv. Genauso gut könnte die Polizei mich verdächtigen! Ich hasse diese Flachwichser, die ihren Frust an dir am Telefon auslassen. Das sagte ich übrigens auch dem Kommissar.«

Ich stöhne. »Ach, Kat, hoffentlich hast du dich damit nicht auf die Liste der Verdächtigen gebeamt!«

»Äh ... Der Kommissar hat mich tatsächlich nach meinen Alibis gefragt. Als ob ich noch lückenlos rekonstruieren könnte, wo ich am 2. Mai, vorgestern Abend und gestern Nachmittag war. Ich hatte mit den Hühnern so viel zu tun!«

Mir fällt schlagartig wieder ein, dass ich Kat gestern bei Klopfer gesehen habe. »Was hast du ihm denn gesagt?«

»Dass ich es nicht mehr weiß. Der soll sich einen anderen Idioten suchen für seine Verdächtigungen. Bullenschwein.«

Ich zucke zusammen. »Kat, ich mag den Kommissar sehr!«

»Oh nein, sag mir, dass das nicht wahr ist. Ich höre es an deiner Stimme. Du hast dich in ihn verknallt.«

»Er ist unglaublich nett und süß und sexy.«

»Tja, das macht die Sache nicht gerade einfacher.«

»Hey, Kat, ich bin doch unschuldig! Das wird sich herausstellen, und dann ist gut.«

»Ja, hast ja recht. Weißt du was?«

»Was denn?«

»Er ist tatsächlich ganz süß. Wenn Jungs mir gefallen würden, dann wäre er einer davon.« Sie seufzt. »Meinen Segen hast du. Nicht dass dich das interessieren würde.«

Ich lache. »Immerhin: schön zu wissen.«

»Noch was, Schwesterlein. Wir müssen morgen bei den Altvorderen antanzen. Pfingstbrunch. Ich soll es dir sagen. Mutter hat dich auf dem Festnetz nicht erreicht, auf den AB wollte sie nicht sprechen und auf dem Handy ruft sie grundsätzlich niemanden an, wie du weißt.«

Mein schöner fauler Pfingstsonntag. Damit geht er dahin. Wenn die Eltern zum Appell rufen, haben wir Kinder strammzustehen. Na gut, es ist ja auch schön, die Familie wieder mal zu sehen. Außerdem haben meine Eltern für Pfingstmontag schon einen Ausflug mit irgendeinem ihrer diversen Bonzenvereine geplant. Den freien Montag werden sie mir demnach nicht stehlen.

Am Sonntag heißt es also in der Villa antreten. Natürlich ist das kalt-warme Büfett ganz vorzüglich, das die Haushälterin meiner Eltern gezaubert hat. Meine Mutter hat ja auch höchstselbst die Speisenfolge festgelegt. Davon abgesehen entwickelt sich der Brunch dann allerdings zu einer mittleren Katastrophe. Der süße Frank hat offenbar meine gesamte Familie kontaktiert, um sie über meine Gewohnheiten auszufragen.

»Kind, wo hast du dich denn da wieder hineinmanövriert?«, fragt Paps, nachdem wir den ersten Schluck Champagner getrunken haben.

Meine Juristengeschwister nicken vielsagend. Mutter schüttelt geringschätzig den Kopf, Rebellenkat hingegen verschränkt die Arme, eine Geste, mit der sie mir ihre emotionale Unterstützung signalisiert.

»Keine Sorge, die können dir ja nichts beweisen«, sagt A-Mi und richtet die Scheibe Lachs auf ihrem Brötchen fein säuberlich mit dem Messer aus, bevor sie einen hauchdünnen Zwiebelring darauf legt.

»Was heißt denn hier beweisen? Ich habe gar nichts getan!« Unglaublich, aber allein mit einem Satz hat sie mich in die Defensive bugsiert.

Rouwen wischt sich einen Rest Beluga-Kaviar aus dem Mundwinkel und grinst. Eines der winzigen Fischeier klebt zwischen seinen Schneidezähnen. Er hat etwas Erschreckendes. »Natürlich hast du nichts getan ... oder vielleicht doch?«

Sie kichern.

Ist das zu glauben?

Sie *kichern* über meine Lage!

»Vielleicht eine Persönlichkeitsstörung«, sagt mein Vater, der Herzchirurg, und verzieht dabei keine Miene.

»Du machst manchmal Dinge, von denen du hinterher nichts mehr weißt«, unkt meine Mutter. Kat runzelt nur die Stirn und schweigt.

Ich steige darauf ein. »Was soll das heißen? Ich mache Dinge, von denen ich hinterher nichts mehr weiß?«

»Du schläfst mit irgendwelchen Kerlen und kannst dich am nächsten Morgen nicht mehr erinnern, wie sie in dein Bett gekommen sind.« Anna Maria beißt in ihr Brötchen und sieht dabei aus wie eine Hexe. Ihre roten Haare kräuseln sich in wilden Locken um ihr Gesicht und unterstreichen den Eindruck.

»Oder du wachst morgens im Bett eines Kerls auf und hast keine Ahnung, wie du hineingeraten bist.« Rouwens Grinsen wirkt ausgesprochen geringschätzig.

Kat schnaubt. »Hört doch auf!«

»Das ist doch alles längst Geschichte«, schreie ich, »und es kam auch nur einmal vor.«

Vater hebt den Zeige- und den Mittelfinger. »*Je* einmal.«

»Und dann die Sache mit Tante Edelgunda und Onkel Hubertus.« Mutter schiebt sich ein Löffelchen ihres Spezialmüslis in den Mund.

Ich stöhne. Diese Geschichte hängt mir an, seit ich zwanzig war. Wahrscheinlich wird sie auf jedem verdammten Familienfest aufgewärmt, bis ich alt und grau bin und alle überlebt habe, die sie kennen. Oder selbst in der Kiste liege und mir nichts mehr daraus mache, dass auch Generationen nach meinem Tode noch darüber lachen ...

»Mann, damals ging es mir echt nicht gut.«

»Kein Wunder«, zischt meine Juristenschwester. Ihr steht die Missbilligung ins Gesicht geschrieben. Jedes Mal, wenn sie mich so ansieht, möchte ich ihr einen Zettel an die Stirn pappen mit der Aufschrift »Tu nicht so erwachsen«.

»Mann, A-Mi, du und Rouwen seid die einzigen Jurastudenten, die es jemals gab, die nie an einer Semesterabschlussfete teilgenommen haben. Ihr könnt gar nicht mitreden.«

Kat zwinkert mir zu.

Rouwen lacht trocken. »Klar, jetzt kommt die Leier wieder. Schwesterlein, man kann auch völlig ohne hemmungslose Besäufnisse durchs Studium gehen ... Wenn man es denn überhaupt zu Ende bringt.«

»Jetzt lasst sie aber in Frieden. Sie war an dem Morgen wirklich nicht ganz da, und eigentlich hätte auch einer von uns ihre Aufgabe übernehmen können.«

Dankbar nicke ich meiner einzigen Freundin in diesem Hyänenrudel zu. Kat war damals erst siebzehn und hatte noch keinen Führerschein. Deshalb konnte sie mich nicht retten. Wenn man es genau betrachtet, hätten meine Eltern sie vermutlich ohnehin nicht an meiner Stelle fahren lassen. Sie vertreten selbstverständlich den Standpunkt »Wer lange feiert, kann auch morgens früh aufstehen«. Eine Logik erkenne ich dahinter zwar nicht, aber ich musste ja akzeptieren, was sie verlangten.

Es war seit Tagen abgesprochen, dass ich Tante Edelgunda in Vertretung der Familie zum 70. Geburtstag gratulieren sollte. Dazu musste ich nach Sankt Wendel fahren. An jenem Tag war ich ein körperliches Wrack. Mein Kopf dröhnte, und es pulsierte eine nicht unbeträchtliche Menge Restalkohol durch meine Blutbahn. Ja, im Nachhinein betrachtet waren meine Eltern geradezu leichtsinnig, mich fahren zu lassen. Aber wie dem auch sei, ich kutschierte durch die Lande, mein Kopf hämmerte trotz Schmerzmitteln, das Geschenk lag auf dem Beifahrersitz. Ich wunderte mich noch, warum nicht wenigstens ein Blümchen mit dabei war, wo wir doch alle wussten, wie sehr Tante Edelgunda Blumen liebte. Überhaupt verstand ich nicht, warum ich ihr dieses Geschenk bringen sollte – wenige Tage später sollte doch der große Empfang stattfinden. Vermutlich war alles reine Schikane. Vielleicht, um mir klarzumachen, welch inakzeptablem Lebenswandel ich frönte. Nach mehreren Anläufen fand ich endlich den Weg durch die Stadt, und als ich unter der Eisenbahnbrücke durchgefahren war, wusste ich wieder, wie ich an Tantchens Haus gelangte.

Langer Rede kurzer Sinn – ich wollte ihr zum Geburtstag gratulieren, dabei hatte sie gar nicht Geburtstag, sondern ihr Bruder, Onkel Hubertus, wohnhaft in Saarlouis.

»Mann, warst du damals sauer, als du nach Hause gekommen bist.« Rouwen lacht hämisch.

Ich lege mein Besteck aus der Hand und schiebe meinen Stuhl zurück. »Wisst ihr, das hier muss ich mir echt nicht geben. Ich gehe!«

Vater legt eine Hand auf meine. Er lächelt mich mit diesem weisen Ausdruck an, mit dem er seine Patienten tröstet, wenn er ihnen schwierige Operationen ankündigt. »Wir machen doch nur Spaß, Kind.«

»Pff, schöner Spaß«, murrt Kat. Ich liebe sie heiß und innig, meine Rebellenschwester.

Mutter will wie immer alles mit Essen gutmachen. »Nein, wirklich, nun bleib doch hier. Sieh mal, ich habe dein Lieblingsgelee bestellt.« Sie hält mir das teure Quittengelee »nach alter Tradition« unter die Nase.

Ich seufze. »Aber um noch mal auf den Kommissar zurückzukommen: Seid ihr etwa auch alle befragt worden?« Ich wende mich an Anna Maria. »Ist das überhaupt üblich? Es waren doch nur Unfälle.«

»Ich hatte den Eindruck, dass er entweder völlig verzweifelt war, weil er sonst keine Spur hatte, oder er interessiert sich für dich, Schwesterlein!«

»Was irgendwie ja auf das Gleiche herauskommt«, ergänzt Rouwen. Sein Seitenhieb kann mich nicht schocken, denn die zweite Möglichkeit, die meine Schwester da angedeutet hat, wärmt mir das Herz. Frank Kraus interessiert sich vielleicht für mich!

Die Woche verlief gut bisher. Ich blicke auf ein paar Tage des völligen Friedens und zahlreicher erfolgreicher Abschlüsse zurück. Ich freue mich schon darauf, dass ich später meine Manolos zu Susas Schuhdoktor bringen werde, um sie reparieren zu lassen – falls das denn möglich ist.

»Heut alles gut bei dir?«, höre ich eine sanfte Stimme und sehe hoch. Tatsächlich hatte ich bis zur Mittagspause mein Soll schon erfüllt, und in der letzten Stunde lief es genauso gut weiter. Gerade habe ich einen Gang zurückgeschaltet, um ein wenig zu träumen. Frank Kraus hat sich diese Woche noch nicht gemeldet, aber ich sage mir, dass das ein gutes Zeichen ist. Ich will diese Geschichte ganz langsam angehen. Vielleicht rufe ich ihn heute Abend an. Mal nach dem Stand der Ermittlungen fragen.

»Ja, Maurice, heute läuft es sehr gut.«

»Ich freu mich für dich.«

»Danke.« Ich wähle die nächste Nummer. Brunhilde Schnatterbeck. Schon nach ihren ersten Sätzen seufze ich. Nomen est Omen. Die Schnatterbeck lässt mich kaum zu Worte kommen und textet mich stattdessen ungeniert in breitestem Saarländisch Platt zu. Ich schiele auf ihre Adresse – sie wohnt in Riegelsberg, in der Nähe der Hauptstadt und spricht demzufolge einen etwas anderen Dialekt als wir hier.

»Ach, wisse Se, mei Enkelin heißt aach Lucinda. So ein liewes Ding. Aber stelle Se sich nur vor, das is mit 16 schon schwanger. Was sagen Se dazu?«

»Vielleicht wäre dann unsere Zeitschrift ›Ratlose junge Eltern‹ etwas für Sie? Die könnten Sie im Abo ...«

»Ach was, ich unterstütze das Kind nit ach noch. Aber mei Tochter, das is schuld an allem. Es hätt dem Kind genauer erklären müssen, wie das funktioniert mit de Blume un de Biene. Die junge Leut heut. Alles wissen se, mit allem kennen se sich aus. Aber die einfachsten Dinge des Lebens verstehn se nit.«

»Vielleicht möchten Sie für Ihr Urenkelchen ein schönes Spielzeug bestellen, wir haben auch Baby...«

»Ach was, is doch noch alles do, vom Lucy, alles noch wie neu. Die Kinder werde jo mit allem zugeworfen, und dann wissen se nimmeh, was die Sache wert sind. Geht ebbes kaputt, schwupp, wird es neu gekauft. Bestimmt sind Se ach so eine, oder? Wie alt sind Se denn, Kindchen?«

»Äh, das tut eigentlich nichts zur Sache, Frau Schnatterbeck ...«

Wieder unterbricht sie mich. »Ach, jetzt werden Se ach noch unverschämt ...«

»Nein, Frau Schnatterbeck, gar nicht. Vielleicht würden Sie gern eine Fernsehzeitschrift abonnieren? Wir hätten bestimmt die richtige für Sie ...«

»Warum wollen Se mir nit sagen, wie alt Se sind? Haben Se aach schon ein Kind? Sie sind doch noch ganz jung, oder? Meine Tochter is aach schon mit siebzehn Mutter geworden.«

»Nein, ich habe noch kein Kind, und ich bin nicht mehr soo jung. Jedenfalls älter als Ihre Enkelin.«

»Sie sind aber sehr vorlaut, Fräuleinchen, wissen Se das?«

»Äh ...«

Im Hintergrund höre ich Stimmen. Anscheinend wird Frau Schnatterbeck angesprochen.

Sie wehrt sich. »Jetzt lass mich doch emol, ich bin aach froh, wenn ich emol mit einem anderen reden kann! Lass de Hörer los!«

Offensichtlich versucht jemand, der guten Frau das Telefon zu entreißen. »Hilfe!«, gellt es in mein Ohr. Ich überlege, ob ich einfach auflegen soll. Aber da meldet sich eine jüngere Frauenstimme. »Schnatterbeck hier. Wer is da?«

»Schönen guten Tag, hier ist Lucinda Schober von der Mediaboutique ...«

»Mediaboutique? Was soll das? Ständig ruft jemand von Ihrem Verein hier an und will irgendwas verkaufen! Ich habe Ihnen schon tausendmal gesagt, dass wir nix kaufen!«

Ihr Tonfall ist extrem unfreundlich. Ich spüre sofort, dass die junge Frau Schnatterbeck – der Stimme nach nicht älter als ich, und die wird schon Oma – zur Gruppe der Energievampire gehört.

Es gibt solche Menschen, die rauben einem jede Energie, durch Unfreundlichkeit, durch überbordende Mitteilsamkeit oder einfach, indem sie im falschen Moment in Ihrem Leben aufpoppen. Frau Schnatterbeck junior gehört zur ersten Sorte, Frau Schnatterbeck senior zur zweiten und beide gehören sie der dritten Sorte an. Diese Familie hätte ich mir am heutigen, bisher so gut verlaufenen Tage wirklich gern erspart.

»Entschuldigen Sie bitte, aber Sie haben vielleicht mit einem anderen Anbieter gesprochen. Wir notieren die Wünsche unserer Kundinnen und richten uns danach.«

»Ach, hören Se doch uf. Ihr gehört doch alle zu demselben Pack! Ja, Pack seid ihr. Asozialer Abschaum. Habt nix Besseres zu tun, als wie den Leuten das Geld aus der Tasche zu ziehen. Ich hab euch allegar gefressen!«

Im Hintergrund höre ich die Stimme der alten Schnatterbeck. »Jo, sag der emol Bescheid. Die wollt mir Babyspielsachen verkaufen. Und eine Zeitung. Ich hätt beinahe schon zugesagt.«

»WAS? Du verbrecherische Halsabschneiderin!« Damit meint sie mich.

Ich schlucke. Meine Hochstimmung verabschiedet sich. Klar, ich könnte einfach darüber lachen. Aber mit der Zeit bleibt mir bei solchen Kunden das Lachen im Halse stecken. Muss ich mir so etwas wirklich bieten lassen?

»Du bist doch eine ganz bescheuerte dumme Fotze! Wir kaufen nix! Klar?«

Ich lege auf. Eigentlich könnte mir Frau Schnatterbeck leidtun. Sie hat es offensichtlich nicht ganz leicht im Leben. Ich seufze.

Okay, das war jetzt ein Satz mit x. Meine Stimmung ist hin, aber wenigstens muss ich nicht weinen.

»Noch 'n Kaffee für dich, Lucy?« Maurice steht neben meinem Schreibtisch und sieht mich fragend an. Ich nicke dankbar.

»Wird hier auch noch *gearbeitet*?« Wo kommt denn Dürri so unverhofft her? Er steht im Mittelgang und wippt von den Fersen auf die Zehen und zurück.

»Ich habe heute schon viele Verkäufe geschafft, Herr Dürrbier. Ich gehe jetzt an die Arbeit, wenn Sie nichts dagegen haben.« Mist! Ich weiß doch genau, wie überempfindlich er auf solche Spitzen reagiert. Und, *wumm*, kriege ich die Quittung für mein vorlautes Verhalten.

Er lächelt hauchdünn. »So! Ja, dann arbeiten Sie mal schön weiter, Frau Schober.« Schon öffnet er eine seiner Horrorlisten. Ich stöhne.

»Bitte sehr, unsere ganz speziellen Spezialfälle.«

Maurice zieht den Kopf ein und entschwindet in die Küche. Na, wenigstens bekomme ich gleich einen frischen Kaffee.

Ich wähle die Nummer von Mark Friskeel. Ausnahmsweise ein normaler Name. Wieder mal bedauere ich es, dass Dürri in seine Liste keine Warnhinweise aufnimmt. Hier sind nur die letzten Produkte vermerkt, die Herr Friskeel bestellt hat oder bestellen sollte. Wieder mal Wein, ein Abo für eine Wissenschaftszeitung und – hihihi – Kuschelhandschellen und Samtpeitsche.

»Kapuzinerbank Saar, Friskeel.«

Ups, eine dienstliche Telefonnummer? Was hat das wohl zu bedeuten? Die Kapuzinerbank ist mir ein Begriff, ich sehe ihren Schriftzug jeden Morgen, wenn ich in den Fahrstuhl steige. Die Vorstellung, dass Mark Friskeel, der auf der Horrorliste steht, einige Meter unterhalb von mir sitzt, beflügelt mich nicht gerade.

»Einen wunderschönen guten Tag, hier ist die Mediaboutique, Lucinda Schober am Apparat.«

Ein genervtes Stöhnen. »Nicht Sie schon wieder!«

»Ich glaube, wir hatten noch nicht das Vergnügen, Herr Friskeel. Darf ich Ihnen ein Angebot unterbreiten? Sie haben vor 27 Monaten den roten Spanier bei uns bestellt.«

»Stopp! Ich will den roten Spanier nicht, klar? Streichen Sie mich doch endlich aus Ihrer gottverdammten Liste, Sie bescheuertes Weibsbild!«

Ehrlich, nachdem ich mich schon von den Damen Schnatterbeck habe beleidigen lassen müssen, sehe ich gar nicht ein, brav die Klappe zu halten.

»Herr Friskeel, Sie haben keinerlei Anlass, mich zu beschimpfen ...«

»Beschimpfen nennen Sie das? Ich sage Ihnen, was beschimpfen bedeutet. Eine dumme, fette, pickelige Kuh sind Sie. Hohl in der Birne noch dazu. Und wahrscheinlich machen Sie für alles die Beine breit, was an

Ihnen vorbeikommt und Eier hat ...« Plötzlich hält er die Klappe. Wartet er auf eine Reaktion von mir? Der Typ muss einen grässlichen Tag hinter sich haben, wenn er mich ganz ohne Grund dermaßen schamlos beschimpft. Und überdies muss er furchtbar schwanzfixiert sein, wenn ihm keine sachlicheren Beleidigungen einfallen. Tja, ich fühle mich aber nicht zu seinem persönlichen Blitzableiter berufen. No, Mister!

Ein angenehmer Duft steigt unverhofft in mein Näschen. Maurice stellt einen herrlichen Latte macchiato neben meine Tastatur. Er runzelt die Stirn, ich schüttle den Kopf und winke ihm, dass er einfach weitergehen soll.

»Herr Friskeel, jetzt reicht es. Wie kommen Sie dazu, mir solche Unverschämtheiten an den Kopf zu werfen?«

Ich weiß ja, dass es überhaupt nichts bringt, mich auf sein Niveau herabzubegeben. Außerdem ist Deeskalation das Gebot der Stunde. Aber wenn ich selbst nicht irgendwann mal Dampf ablassen kann, dann nützt mir die beste Deeskalation nichts mehr! »Ich kenne Sie nicht, und Sie kennen mich nicht.«

»Brauche ich gar nicht. Was für Typen in den Callcentern arbeiten, weiß ich auch so. Ich sehe euch täglich zum Fahrstuhl watscheln. Ihr könnt alle froh sein, wenn ihr überhaupt jemanden abbekommt. Streichen Sie mich endlich von der gottverdammten Liste, Sie dumme Pute!«

»Herr Friskeel, ich verbitte mir das!« Ich schlucke, meine Sicht verschwimmt. Ich werfe Lena einen verzweifelten Blick zu. Sie nickt verständnisvoll. Wir sitzen doch alle in einem Boot, soll das heißen.

Der Friskeel scheint ein wenig zum Jähzorn zu neigen. Nur so kann ich mir seinen folgenden, völlig überzogenen Ausbruch erklären. »Schluss, aus, es reicht! Verpiss dich, dumme Sau!«

Tut, tut, tut, hat er endlich aufgelegt.

»Na? Lief wohl nicht so toll, oder?« Dürri ist neben meinem Schreibtisch aus dem Nichts aufgetaucht und wippt wieder mal auf seinen Füßen vor und zurück. Er verschränkt die Arme hinter dem Rücken und beugt sich zu mir. Schon rieche ich seinen Muff-Rillo-Kaffee-Atem.

Wi-der-lich!

Mir laufen Tränen die Wangen herunter.

Aber immer wenn ich weinen muss, passiert eine Katastrophe.

Schon klar, oder?

»Ich habe übrigens eine gute Nachricht für Sie, Frau Schober.«

Ich blinzle zu ihm hoch. Mein eingeschüchterter, larmoyanter und vertrauensseliger Zwilling überwiegt gerade. Meint mein hutzeliger kleiner Chef es doch gut mit mir? Obwohl ich ihn um eine halbe Haupteslänge überrage?

Er entblößt seine Zähne. »Sie dürfen am Wochenende arbeiten. Ist das nicht schön?«

Schön soll das sein?

»Das bringt Ihnen extra Geld.«

Ach so, klar, *deshalb*. Ich schluchze auf. Dürri lächelt weiterhin sardonisch. Endlich verzieht er sich. Anscheinend muss er noch ein paar anderen Glücklichen verklickern, dass sie am Wochenende antanzen dürfen.

Ich ziehe das Headset herunter, greife meine Handtasche und stolpere tränenblind durch den Gang Richtung Toilette. Die Tür zu Dürris Glaskasten steht offen. Interessanterweise hat er die Jalousien, die Kommissar Frank Kraus letzte Woche heruntergelassen hat, nicht wieder hochgezogen. Von seinem Schreibtisch blinkt mir etwas entgegen. Ein Lichtstrahl wird von der neuen Packung reflektiert, die er anscheinend immer am gleichen Ort abzulegen pflegt. Das ist die Gelegenheit, ihm eins auszuwischen. Diese Zigarillos wird er vermissen! Ohne lange nachzudenken, husche ich in sein Büro, schnappe mir die Schachtel und lasse sie in der Hosentasche verschwinden, bevor ich zur Toilette gehe.

Dort brauche ich ein paar Minuten, bis ich die Tränenspuren beseitigt habe, und während ich vor dem Spiegel stehe und neue Wimperntusche auftrage, kommt mir ein Gedanke. Ich werde mir ganz heimlich eine kleine Wellness-Auszeit gönnen. Neben der Toilette gelangt man durch eine Tür ins Treppenhaus. Ich kann also ganz unauffällig auf das Flachdach verschwinden.

Ich trete durch die weiße Metalltür nach draußen. Ein herrlicher Sommertag umfängt mich. Niemand hält sich hier oben auf. Es ist das erste Mal, dass ich auf das Dach steige. Warum habe ich das nicht früher schon getan?

Langsam gehe ich über den Kies. Das Dach ist mit einem niedrigen Metallgeländer eingefasst, das mich nicht ganz bis zum Rand vortreten lässt. Mit einer Drehung um die eigene Achse lasse ich meinen Blick über die Dächer von Saarlouis schweifen. Ich meine, einen sachten Hauch von der blühenden Linde vor den Kasematten aufzufangen. Dann entdecke ich ein Türchen, das das Geländer unterbricht, und beschließe, bis zum äußersten Rand vorzugehen. Ich bin völlig schwindelfrei und liebe es, meine Beine frei in der Luft baumeln zu lassen. Also klettere ich vorsichtig auf die Brüstung, die ein wenig tiefer liegt als das eigentliche Dach, und setze mich auf den warmen Beton. In meiner Hosentasche knistert etwas. Richtig, Dürris Rillos. Eigentlich bin ich keine Raucherin, aber es kribbelt in meiner Brust, wenn ich mir sein Gesicht ausmale, würde er sehen, was ich hier habe und was ich damit mache. Irgendwo in den Tiefen meiner Handtasche müsste ich noch ein Feuerzeug haben. Diese Tasche besitze ich seit mindestens zehn Jahren. Sie ist riesig, abgewetzt, kultig. Und darin findet sich alles Mögliche, womit man rechnen kann oder auch nicht. Ich wühle darin herum und fördere eine Kondompackung zutage (abgelaufen), zwei Schokoriegel (abgelaufen), eine leere Plastikflasche, einen Minizerstäuber von »Coco Mademoiselle« (wie lange ich den schon suche!), mein Schminktäschchen, mehrere Tampons und Binden, mein uraltes Schulledermäppchen, haufenweise Krümel von diversen Broten und Brötchen und einen angenagten Kauknochen. Der gehörte dem Hund meines letzten Freundes und hat demnach ebenfalls jegliche Gebrauchsdauer überschritten. Entnervt will ich aufgeben. Wohin habe ich letztes Mal das Feuerzeug gesteckt, das ich immer bei mir trage, seit meine Oma gestorben ist? Damit ich auf dem Friedhof ein Kerzlein anzünden kann. Da fällt es mir ein: Im hinteren Innenfach, in dem ich auch meine Geldbörse aufbewahre, habe ich noch nicht nachgesehen.

Ja! Da ist es. Genüsslich ziehe ich einen Zigarillo aus der Packung. Wie herum steckt man die Dinger in den Mund? Beißt man die Spitze ab? Keine Ahnung. Ich beschließe, das Teil, so wie es ist, anzuzünden. Klemme mir also das nach getrockneten Bitterkräutern riechende, bräunliche Stänglein zwischen die Lippen und halte die Flamme daran, dabei atme ich ein.

Igitt! Ich huste. Aber irgendwas muss doch an den Dingern interessant sein. Mich ekelt der bittere, trockene Rauch in meiner Mundhöhle, aber ich will versuchen, richtig zu rauchen. Also mache ich weiter. Irgendwie klappt das nicht, doch so schnell gebe ich nicht auf. Vermutlich paffe ich nur. Wie zieht man denn auf Lunge, verdammt? Ich schließe meine Lippen fest um das Teil und atme konzentriert ein.

Würg, ja, jetzt habe ich es wohl geschafft. Ich huste und röchle. Kann man sich an so was gewöhnen? Ich starre den glimmenden Stängel an, und mir wird klar, dass dieser Geruch, der da in weißen Fähnchen emporkräuselt, genau Dürris Ausdünstung entspricht, nur Muff und Kaffee fehlen noch.

Mir wird schlecht. Was hat mich bloß geritten, einen von Dürris Rillos zu rauchen? Ich hinterlasse auf dem weiß gestrichenen Beton einen schwarzen Fleck, als ich die Kippe ausdrücke. Dann schnipse ich den angerauchten Rillo in die Luft und sehe ihm nach, wie er in die Tiefe trudelt. Mein Blick wandert zum Kirchengebäude direkt vor mir. Von hier oben sieht der Turm ganz anders aus als von unten. Es ist irgendwie witzig, mit dem lieben Gott so ein bisschen auf Augenhöhe zu sitzen. Ist natürlich Quatsch, aber trotzdem. Ich mag Gott. Und diese Kirche mag ich auch. Ich kichere. Hat der Rillo eine halluzinogene Wirkung? Oder eine lalluzinogene ... Wieder giggle ich.

Mit Wonne ziehe ich langsam alle Glimmstängel aus der Packung und lege sie neben mir auf die Brüstung, schön aufgereiht. So wie ich es früher immer mit Gummibärchen gemacht habe. Ach, was heißt da früher? Auch heute mache ich es noch so. Ich baue kleine Szenarien mit den bunten Bärchen auf, bevor ich sie nach und nach verspeise. Geht natürlich nur, wenn ich allein bin. Aber das bin ich ja abends in der Regel.

Dann wage ich einen erneuten Blick nach unten. Kein Fußgänger weit und breit zu sehen; die schlendern alle vor den Gebäuden vorbei, nicht dazwischen. Ganz schön tief geht es hinunter. Verbundsteine dort unten. Die lassen sich leicht von den Rilloresten säubern, man muss bloß einmal kehren. Ich atme tief durch, das Kribbeln in meiner Brust verstärkt sich wieder. Dann zerfleddere ich einen Zigarillo nach dem anderen und lasse die Fetzchen und Tabakkrümel hinunterrieseln.

Welch ein innerer Vorbeimarsch!

Als die letzten braunen Krümelchen vom Winde verweht sind, stehe ich langsam auf, raffe meine Tasche an mich und klettere zurück auf das Dach.

Umpf! Ich krümme mich zusammen. In meinem Magen ist der Teufel los. Dann spüre ich ein fieses Ziehen im Unterleib. Schnell zur Toilette! Ohne das City-Panorama, den Zaun oder das Türchen ein letztes Mal zu beachten, renne ich rasch zu der weißen Metalltür und haste an einem jungen Mann vorbei, der gerade auf das Dach tritt – bin ich also doch nicht die Einzige, die den

Gedanken an diesem holden Sommertage hatte – und hinunter, bis ich in der zum Glück leeren Toilette ankomme. Niemand wird Zeuge der Geräusche und Gerüche, die ich in mehrfacher Ausfertigung produziere. Meine Güte, so übel war mir noch nie!

Ich brauche eine längere Rekonvaleszenzzeit, bevor ich auf zittrigen Knien zurück zu meinem Arbeitsplatz wanke. Wie durch ein Wunder hat Dürri nichts von meiner Abwesenheit bemerkt. Er steht am Schreitisch einer Kollegin und unterhält sich mit ihr. Die Fahrstuhltür öffnet sich soeben, und Maurice tritt ein. Als er mich entdeckt, lächelt er beruhigt. Anscheinend hat der Gute nach mir gesucht. Vielleicht wollte er mich warnen, bevor Dürri meine Abwesenheit bemerkte. Lena beugt sich neben unsere Bildschirme und fragt besorgt: »Sag mal, geht's dir gut, Lucy, du bist ganz grün um die Nas. Wo warst du denn so lang?«

»Mir ist ein bisschen schlecht, ich war auf der Toilette.«

»Eine Dreiviertelstunde?«

»War es echt so lang?«

Sie wirft einen Blick auf den Bildschirm und nickt. »Ja, doch.«

Ich seufze und wende mich erneut der Horrorliste zu. Mark Friskeels Namen werde ich wohl nie vergessen. Den überspringe ich nächstes Mal einfach, sollte ich je wieder die spezielle Spezialliste auf den Schreibtisch bekomme. Ich wähle die nächste Nummer und lasse es lange klingeln, obwohl ich natürlich relativ schnell einsehe, dass diese Kundin offensichtlich nicht zu erreichen ist.

»Was ist denn da los?«, höre ich Lenas Stimme. Sie erhebt sich halb aus dem Bürostuhl, um über die Reihen hinweg zum Fenster zu schauen. Draußen scheint ein ziemlicher Tumult zu herrschen. Jetzt höre ich die Sirenen eines Kranken- oder Polizeiwagens. Vom Fenster aus wird die Meldung schnell weitergeleitet: »Da ist was passiert!«

»Was denn?«, fragt meine Kollegin Sabine, die nicht das Glück hat, so dicht am Fenster zu sitzen.

»Weiß nicht. Anscheinend zwischen unserem Gebäude und der Kirche. Ich sehe einen Krankenwagen ... Und jetzt kommt die Polizei!«

Uns hält nichts mehr auf den Stühlen, auch nicht ein drohend Handzeichen gebender Dürri, der sich seinerseits in einer sehr seltsam anmutenden Gangart seitwärts zu den Logenplätzen vorschiebt. Bald drängen alle an die Fenster, um da draußen etwas zu erkennen. Da sie sich nicht öffnen lassen, können wir nicht sehen, was sich unten abspielt. Kurz kommt mir der Gedanke, dass die sicher nicht die Zigarilloreste zusammenkehren, die ich vorhin habe hinunterrieseln lassen.

Endlich erkennt Lena, die das Glück hat, ganz vorne zu stehen, mehr: »Sie tragen einen auf einer Bahre zum Krankenwagen. Ein Mann, jung, geschäftsmäßig gekleidet.«

»Was ist mit ihm?«

»Oh je, der sieht übel aus. Wart mal ... da is alles voller Blut. Seine Haare ... Iih, er hat eine Blutspur am Mund ... Ich glaub, der is tot!«

Mir wird schon wieder ganz flau im Magen, ich renne zur Toilette und übergebe mich. Dürris Zigarillos sind echt das Letzte und nicht gerade eine gute Grundlage für solche Gräuelszenarien. Als ich wieder ins Büro komme, hat Dürri alle auf ihre Plätze zurückgescheucht. Schließlich haben wir noch zu arbeiten. Aber das Getuschel kann er nicht unterbinden.

»Is er überfahren worden?«

»Doch nicht zwischen der Kirche und unserem Gebäude!«

»Is er niedergeschlagen worden?«

»Die Polizei hat niemanden abgeführt, der war anscheinend allein.«

»Also Selbstmord. Wohl vom Dach gesprungen.«

»Ja, sieht ganz danach aus. Schrecklich. Warum muss der sich ausgerechnet von unserem Dach stürzen? Ich werde jetzt jeden Morgen daran denken, wenn ich ins Büro komme.«

»Ich versteh gar nit, wie der das machen konnte. Da oben is doch e Geländer angebracht.«

»Vielleicht is er drüber geklettert.«

In meinem Kopf setzt sich eine Gedankenmühle in Gang. Hatte ich das kleine Türchen des Geländers offenstehen lassen? Zur Abwechslung suche ich mal wieder die Toilette auf. Für heute werde ich keinen einzigen Anruf mehr auf die Reihe kriegen, fürchte ich. Während ich auf der Klobrille sitze und die Ellbogen auf den Oberschenkeln abstütze, rufe ich mir in Erinnerung, wie ich noch vor einer guten Stunde dort oben die Beine baumeln ließ. Das kann doch alles gar nicht wahr sein. Ich dachte noch darüber nach, wie das für jemanden sein muss, der nicht schwindelfrei ist.

Dann erst fällt mir der junge Mann ein, der auf das Dach kam, als ich es verließ. Ist er etwa der Tote? Ich versuche, mich an sein Gesicht zu erinnern. Wirkte er verzweifelt? Doch ich war in dem Moment so sehr bemüht, trocken zur Toilette zu gelangen, dass ich nicht weiter auf ihn achtete.

Ich schleiche zurück an meinen Platz. Inzwischen gehen die Mutmaßungen dahin, dass der junge Mann vermutlich in unserem Gebäude arbeitet, vielleicht bei der Versicherung oder der Bank. Mein entleerter Magen hat eigenartige Auswirkungen auf mein gesamtes Wohlbefinden. Mich schwindelt regelrecht. Wenigstens lassen auch die Kolleginnen die Telefone ruhen. Selbst Dürri steht in seinem Büro vor dem Schreibtisch, wie ich durch die offene Tür sehen kann, und reibt sich das Kinn. Er wirkt verwirrt, fast schon verzweifelt. Sein Blick ruht auf der leeren Stelle, an der er seine Zigarillos abzulegen pflegt.

Ich sehe auf die Uhr. Gott sei Dank, ich kann nach Hause! Auch meine Kolleginnen verlassen das Büro, außergewöhnlich schweigsam dieses Mal. Wie die anderen schlage auch ich den Weg Richtung Kirche ein. Dort steht schon ein kleines Grüppchen Schaulustiger an der Absperrung, die die Polizei gezogen hat. Ich muss an Szenen aus den amerikanischen CSI-Serien denken. »Crime Scene Investigation«.

Schon von Weitem entdecke ich ihn. Wie Monk steht er da und betrachtet die Verbundsteine. Weiß gekleidete Gestalten sichern die Spuren. Ich schlucke, als ich die riesige, dunkelrote Pfütze sehe. Darin dürften ein paar Reste von Dürris Rillos kleben.

Ich bleibe wie erstarrt stehen und beobachte, wie einer der Weißmänner Krümel eintütet. Frank Kraus nimmt das Tütchen entgegen, der Weißgekleidete scheint ihm dazu ein paar Erklärungen zu liefern.

Frank nickt, sein Blick geht kurz zum Himmel. Mir scheint, dass er sich fragt, woran ihn diese braunen Fitzelchen erinnern – und dass er relativ schnell eine Antwort darauf findet.

Mist, Lucy, wo hast du dich da wieder hineingeritten?

Alles Quatsch, sage ich mir. Was haben Dürris Rillos mit dem Selbstmord dieses Menschen zu tun?

»Mark«, höre ich da eine Stimme, die flüsternd zu jemandem spricht. »Mark Friskeel war das.«

Mich durchläuft es heiß und kalt. Dann nur noch kalt. Mark Friskeel? Den Namen gibt es sicher nicht so oft in Saarlouis. Und ganz sicher nicht gleich zweimal in einem Gebäude. Mir sacken die Knie weg.

Anscheinend verursache ich mit meinem Ohnmachtsanfall reichlich Aufsehen, denn als ich zu mir komme, bahnt sich jemand einen Weg zu mir durch die Gaffer. Ich setze mich auf. Die gute Lena beugt sich zu mir und fragt, ob es mir besser geht, ich nicke und sehe mit Tunnelblick dem Menschen entgegen, über dessen Gegenwart ich mich gerade jetzt am meisten freue, die ich aber auch am meisten fürchten muss.

Frank Kraus geht neben mir in die Hocke. »Geht es Ihnen gut?«

Jetzt schon, mein Geliebter, würde ich gern hauchen, aber wie sollte ich so eine beknackte Antwort hinterher begründen? Ich nicke und lasse mir von ihm auf die Beine helfen. Ich rieche sein dezentes Deo und einen Rest Aftershave, darunter seinen Körpergeruch, den ich in dieser Sekunde in sämtlichen Synapsen meines Körpers abspeichere. Sind wir kompatibel? Meine Eierstöcke erhöhen sofort die Produktion, scheint mir. Ich schüttle verwirrt den Kopf. Wie kann ich in dieser Lage solch abstruses Zeug denken? Bin ich eigentlich noch ganz dicht?

»Sind Sie sicher?«, fragt Frank, dessen Hand noch immer auf meinem Ellbogen liegt.

»Kommissar Kraus«, durchbricht jemand mit einem misstönenden Organ diesen innigen Moment.

Frank lässt meinen Ellbogen los und dreht sich um, er wirkt ungehalten. »Ja?«

Einer der Weißmänner bringt ein weiteres Plastiktütchen und hebt es hoch. Darin erkenne ich einen Tampon, unbenutzt, das Plastik darum herum an den Kanten ein wenig angefleddert. Ich keuche. Es ist die Marke, die ich immer benutze. Bestimmt gehört der mir; er muss mir unbemerkt aus der Tasche gefallen sein, als ich nach dem Feuerzeug kramte. Einer meiner Zwillinge setzt sich in mein Herz und lässt es rasen, der zweite bleibt zum Glück im Hirn und pafft gelassen ein Tütchen. Dann höre ich meine beiden inneren Stimmen fast plastisch. Der erste schreit »Shit, die haben dich!« in meinem Ohr, der zweite lässt Rauch aus den Nasenlöchern steigen und schüttelt den Kopf. »Tampons gibt es wie Sand am Meer. Kein Beweis.«

»Nehmt ihn mit ins Labor«, sagt Frank, »damit wir ihn auf Fingerabdrücke untersuchen können.«

In meinem Kopf hallt es: »Shit! Shit! Shit! ...« Wie bei Jim Knopf und Lukas, dem Lokomotivführer aus der Augsburger Puppenkiste. Die alte Lok von Lukas, Emma, wenn sie den Berg hinaufschnauft? In exakt dem gleichen Rhythmus pafft es in meinem Kopf und Herzen: »Shit! Shit! Shit!« Bei Emma hieß es damals: »Ich *schaff* es nicht – Ich *schaff* es nicht – Ich *schaff* es nicht ...«

Frank Kraus wendet sich wieder zu mir um. Er runzelt die Stirn. Anscheinend sehe ich nicht gerade präsentabel aus. »Lucy, Sie wirken erschöpft.«

»Wer ist der Tote?«

»Ein Bankangestellter, Mark Friskeel.« Er fährt sich mit der Hand durch das Haar. »Kennen Sie ihn?«

Eigentlich bin ich nicht nah am Wasser gebaut. Aber man muss einfach mal bedenken, was ich heute alles durchmachen musste. Und wie sehr mir die Zigarillos von Dürri zugesetzt haben. Und überhaupt. Meine Manolos liegen ja auch noch immer unbehandelt in meinem Auto. Ich meine, ist es da ein Wunder, wenn meine Tränenkanäle sich wie Schleusen öffnen?

»Lucy, was ist denn los?« Der unwiderstehliche Traummann legt einen Arm um meine Schulter. Dass die Umstehenden inzwischen voller Interesse verfolgen, was sich hier abspielt, registriere ich zwar, aber ich kann nicht dagegen angehen.

»Ich«, schluchze ich, »er ... wir ...« Mein Gestammel geht in einem Heulkrampf unter.

Er führt mich von der Menge der Gaffer weg zum Eingang des Gebäudes. Sein Arm ruht warm auf meinen Schultern und fühlt sich an, als gehöre er dorthin. In meinem Kopf, meinem Herzen und meinem ganzen Körper herrscht ein heilloses Durcheinander. Wir gehen durch die Tür und ziehen uns in eine ruhige Ecke zurück.

»Lucy.« Ich könnte meinen Namen aus seinem Mund immer und immer wieder hören. »Sie kennen Mark Friskeel also.«

»Nein. Doch. Nur telefonisch.«

Er zischt. Dann zieht er seinen kleinen Notizblock hervor. »Haben Sie mit ihm telefoniert?«

Ich nicke und ziehe die Nase hoch. »Das ist es ja.«

»Wann war das?«

»Heute Nachmittag. Es ist vielleicht zwei, drei Stunden her.«

Er kritzelt etwas auf den Block. Sein Blick wird streng, als er mich wieder anschaut. Oder bilde ich mir das nur ein? »Sieht scheiße aus, oder?«

Er kratzt sich mit dem Stift an der Schläfe. »Tja. Irgendwie schon.« Dann schüttelt er den Kopf. »Bisher haben wir keinen Hinweis auf einen Mord. Alles deutet auf Selbstmord hin. Aber dazu werde ich erst einmal seine Kollegen befragen.«

Er steckt Stift und Block zurück in die Gesäßtasche seiner Jeans. »Lucy, ich muss Sie bitten, heute Abend zu Hause zu bleiben. Ich komme später zu Ihnen. Allerdings weiß ich noch nicht, wann das sein wird.«

Er legt die Hand auf meinen Arm. »Können Sie zu Ihrem Auto gehen? Sind Sie in der Lage zu fahren?«

»Ja, das wird schon gehen.« Wie in Trance folge ich ihm nach draußen und stoße dort beinahe mit Kat zusammen. Sie wirkt nervös.

»Lu! Was ist hier los?«

Ich schaue zur Seite. Die Leute haben sich offenbar verlaufen, anscheinend gibt es nichts mehr zu gaffen.

»Ich muss jetzt weitermachen«, sagt Frank.

»Ist denn schon jemand zu seiner Familie gefahren?«, frage ich. Ich stelle mir vor, wie das ist, wenn man die Nachricht bekommt, dass der eigene Mann plötzlich tot ist. Grauenhaft.

»Er hat keine Familie, nur eine Verlobte. Jemand wird sie benachrichtigen, vielleicht ich selbst, sobald ich hier wegkomme.«

Ich schlage mir die Hand vor den Mund. Schon wieder rebelliert mein Magen.

Kat greift nach meinem Arm. »Lu, was ist los mit dir?«

»Kannst du mich vielleicht nach Hause bringen? Ich glaube, ich habe etwas Falsches gegessen.«

»Frau Schober ...« Warum spricht Frank mich denn jetzt wieder mit meinem Nachnamen an und in diesem eher ... feindseligen Ton? Doch er sieht unverwandt Kat an. »Ich würde Sie später gern befragen. Bitte halten Sie sich zu meiner Verfügung.«

Während ich bei Kat untergehakt zum Parkplatz wanke und dann das übliche Knöllchen auf den Rücksitz schmeiße, ruft sie Susa an, um ihr zu sagen, dass sie aufgehalten wurde. Dann fährt sie mich in meinem Auto nach Hause.

Ich erzähle meiner liebsten Schwester alles, was heute passiert ist, und sie fiebert und leidet mit mir.

»Ich fasse es nicht, dass du jetzt schon wieder mit einem Todesfall in Verbindung gebracht werden könntest, Kleines.«

Dann kräuselt sie die Nase. »Puh, wenn ich das richtig sehe, zieht dein Kommissar mich allerdings auch in Betracht. Oder wieso sollte er mich verhören wollen?«

»Ach nein!«, wiegle ich ab.

»Tja, Süße, er wird mich sicher fragen, wieso ich da aufgekreuzt bin.«

Ich schüttle den Kopf, dann blitzt die Erinnerung an Kat vor dem Klopfer wieder auf, als ich mit Frank Kraus über den Unfallverlauf von Rupert Kunze sprach. Meine Bewegung verlangsamt sich, und ohne dass ich es will, frage ich mich, ob das alles eigentlich reiner Zufall ist.

Sie zeigt auf mich. »Aah, jetzt denkst du selbst darüber nach!« Dann lässt sie sich auf dem Zweisitzer nach hinten fallen und lacht sich scheckig.

Zögerlich stimme ich in ihr Lachen ein. »Du hast ja von Mark Friskeel nichts wissen können.«

Sie hält inne. »Genau! Es ist tatsächlich reiner Zufall. Wir wohnen in Saarlouis, da kommt es einfach des Öfteren mal vor, dass man sich in der City über den Weg läuft. Und überhaupt, was ist denn mit deinem Chef?«

»Meinem Chef? Was soll mit dem sein?«

»Na, der kann doch dann auch verdächtig sein, oder nicht? Wenn einer weiß, wer eure Kunden sind, dann ja wohl der.« Sie kneift die Augen zusammen. »Der hat dich auch auf dem Kieker, oder?«

»Na, der Dürri hat so ungefähr alle auf dem Kieker. Einen unzufriedeneren Menschen kenne ich nicht.«

»Aber der wollte doch mal was von dir! Bei dieser Weihnachtsfeier, zu der ihr alle was mitbringen solltet.«

Ich schnaube. Ja, vor zwei, drei Jahren hat Dürri uns mit der Einladung zu einer Weihnachtsfeier in der Mediaboutique überrascht, und dann hat er ein paar Tage vorher eine Liste aufgehängt, in die man eintragen konnte, was man zu der Feier beiträgt. Die Feier war auch der Anlass, auf den meine Kollegin Herta neulich auf der Toilette angespielt hat.

»Und wo ist jetzt der Zusammenhang zu den Mordfällen?«

Kat zuckt die Achseln. »Weiß ja nicht, aber wenn ich verdächtig bin, dann der doch erst recht. Vielleicht eine eigensinnige Form von Rache. Du hast ihm damals ja wirklich gezeigt, wo der Hammer hängt.«

Ich kichere, obwohl es eigentlich nichts zu kichern gibt. »Ja, wenigstens das hat der damals kapiert. Sonst wäre ich auch nicht bei der Mediaboutique geblieben.« Dann wackle ich mit dem Kopf hin und her. »Das wäre aber schon eine sehr eigenartige Form von Rache. Ich weiß nicht ...«

»Stimmt, vergiss es.« Kat zuckt wieder die Achseln, dann machen wir uns ein Abendessen aus den Zutaten, die Kat eingekauft hat, und endlich geht es mir wieder besser. Gegen acht bringe ich sie in die Stadt zu ihrem Transporter. Hinter dem Scheibenwischer findet sie ebenfalls ein Parkknöllchen.

Ich fahre nach Hause und warte auf den Anruf von Frank Kraus.

6

Überstunden

»Friskeels Verlobte weiß also Bescheid?« Frank hielt das Handy ein Stück von seinem Ohr weg, um einem der Weißmänner zuzunicken, die die Unfallstelle freigaben und mit ihren Fundstücken zum Labor aufbrachen.

Tina antwortete: »Ja, ich habe Kommissarin Schlick zu ihr geschickt. Ich denke, das ist für dich in Ordnung, oder? Seine Verlobte war zu Hause und ahnte nichts. Sie ist jetzt bei ihren Eltern. Willst du sie selbst befragen?«

»Nein, vielleicht kann das auch die Schlick machen?«

»Ja, sie hat ihre Bereitschaft schon signalisiert. Dann gebe ich ihr Bescheid.«

»Danke. Die Spusi bringt jetzt alles ins Labor. Melde dich bitte, sobald es Ergebnisse gibt, ja?«

Frank hastete in das Bürogebäude. Es war schon weit nach siebzehn Uhr, und er wusste nicht, wie ernst die Bankangestellten seine Anweisung nahmen, auf ihn zu warten. Einige hatten sich sofort beschwert, dass sie nach Hause zu ihren Familien müssten; die hatte er für morgen Vormittag auf die Wache in der Alte-Brauerei-Straße bestellt.

Die Befragung der beiden Jungs, die Zeugen des Sturzes von Mark Friskeel geworden waren, beschäftigte ihn noch. Der Anblick und das Geräusch eines auf dem Boden aufprallenden Menschen war nichts, was zwei Zwölfjährige live erleben sollten. Sie hatten eindeutig unter Schock gestanden. Zum Glück waren ihre Mütter schnell an Ort und Stelle gewesen und hatten sich nach kurzer ärztlicher Untersuchung um sie gekümmert.

Vor dem Sturz hatte nichts darauf hingewiesen, dass da oben ein Mensch stand, der in den Tod springen wollte. Normalerweise verabschiedete sich jemand, der an so prominenter Stelle den Freitod wählte, nicht ohne Publikum. Das ließ starke Zweifel in Frank aufkommen, ob es sich tatsächlich um Suizid handelte.

Als er die Räume der Bank betrat, warteten fünf typische Banker auf ihn, alle in austauschbaren Anzügen mit gestreiften Krawatten und sogar fast identischen Haarschnitten. Für eine Sekunde fragte Frank sich, ob er genauso sehr dem Klischee seines Berufes entsprach wie diese Männer ihrem.

Dann begann er mit den langwierigen und langweiligen Verhören.

Hatte Mark Friskeel Feinde?

Anscheinend nicht. Er war allerdings nicht über alle Maßen beliebt, dazu schien er sich zu blasiert zu geben. Doch richtiggehend unbeliebt hatte er sich nie gemacht. Ein Mensch mit wenig Profil. Vielleicht, weil er noch relativ jung gewesen war. Achtundzwanzig war einfach kein Alter, um zu sterben.

Hatte er Grund zum Suizid gehabt?

Wohl kaum. Er wollte im September heiraten. Seine sympathische Verlobte war eine junge Referendarin, die demnächst ihren Abschluss machte und eine Stelle an einem Gymnasium in Aussicht hatte.

Hatte jemand gesehen, wie er die Büroräume verlassen hatte?

Nein, niemand hatte darauf geachtet, aber die Treppe zum Dach ging ja auch nach hinten raus. Allerdings war Mark Friskeel immer sehr korrekt, was die Arbeitszeiten anging.

Suchte er öfter das Dach auf und begleitete ihn dabei jemand?

Schon möglich, aber das wusste man nicht genau. Da könne vielleicht eine Kollegin Auskunft geben, die für morgen bestellt war. Mit ihr wäre er seit Schulzeiten befreundet gewesen.

Unzufrieden entließ Frank die Männer. Das war ja nicht gerade ergiebig. Dann stieg er selbst zum Dach hinauf, um sich ein Bild von der Unglücksstelle zu machen. Er fand das Geländer und das Türchen, betrachtete die Brüstung, von der Mark Friskeel hinabgestürzt war. Die Spusi hatte ganze Arbeit geleistet – nicht ein Fetzen Abfall fand sich im Umkreis, Frank sah lediglich die Rückstände am Geländer, wo man Fingerabdrücke genommen hatte. Er zog sein Handy aus der Tasche und wählte die Nummer seines Büros.

»Ja?« Tina kannte seine Nummer und meldete sich immer so knapp.

»Gibt es schon Ergebnisse vom Dach? Habt ihr die Fingerabdrücke überprüft?«

»Sie laufen noch durch. Bisher Fehlanzeige. Aber das war ja zu erwarten. Ich glaube kaum, dass ein registrierter Straftäter da oben war.«

Frank seufzte. »Tja, und die Personalausweise mit gespeicherten Fingerabdrücken werden von den Bürgern einfach nicht so angenommen wie erhofft. Bleibt mir wohl nichts anderes übrig, als Fingerabdrücke der Menschen zu nehmen, die in dem Gebäude arbeiten. Sind ja nur eine Handvoll.« Er grinste.

Tina lachte auf. »Na, dann fang halt mit den Verdächtigen an.«

Frank betrachtete einen dunklen Fleck außerhalb des Geländers am Rand der Brüstung. Sicher hatte die Spusi den auch untersucht. Es sah aus, als habe jemand eine Zigarette ausgedrückt. »Apropos Verdächtige. Wisst ihr schon, wovon die Tabakreste stammen, die man unten gefunden hat?«

»Von Zigarillos, aber die Marke hat das Labor noch nicht bestimmen können.«

»Okay, melde dich, sobald du die Marke weißt.«

»Noch was ...«

»Ja?« Frank öffnete das Türchen und ging in die Hocke, um sich den Fleck aus der Nähe anzusehen.

»Unter den Tabak war Cannabis gemischt.«

Er pfiff durch die Zähne. »Da hat sich wohl jemand das Leben leichter gemacht. Hat man bei Mark Friskeel Zigarillos gefunden?«

»Davon hat der Kollege von der Rechtsmedizin nichts gesagt.«

»Okay, danke dir, Tina.«

»Frank?«

»Ja?«

»Du weißt, dass ich längst Feierabend habe. Ich bin quasi schon weg. Ciao!« Sie legte auf.

Frank schloss das Gatter wieder und machte sich auf den Weg zurück. Vor dem Gebäude hielt er einen Moment inne. Die restlichen Kollegen von Mark Friskeel würde er morgen befragen. Die Autopsie-Ergebnisse würden ebenfalls frühestens morgen auf seinem Schreibtisch landen. Von Interesse war für ihn die Marke der Zigarillos, weil er den Verdacht hegte, dass sie mit der von Herrn Dürrbier, Lucys Chef, übereinstimmte. Ihm war vergangene Woche das Päckchen auf dem Schreibtisch nicht entgangen, ebenso wenig wie Lucys Reaktion darauf.

Er lächelte. Zu dumm, dass sie seine Hauptverdächtige war. Kaum zu fassen, dass sie auch mit dem neuesten Opfer telefonischen Kontakt gehabt hatte. Er seufzte. Sinnvollerweise sollte er ihre Arbeitskolleginnen befragen, ob sie zu Wutausbrüchen neigte. Ihre Familie hatte ja ein relativ widersprüchliches Bild von ihr gezeichnet. Die Eltern hielten sich verständlicherweise zurück, während die beiden Juristen jedes ihrer Wörter auf die Goldwaage legten und letzten Endes keine brauchbaren Aussagen machten. Lediglich die jüngste Schwester nahm kein Blatt vor den Mund und ließ durch ihr unbekümmertes Reden genau die Lucy vor seinem inneren Auge erstehen, die er kennengelernt hatte. Allerdings legte Katharina Schober den Verdacht nicht nahe, dass Lucy sich tatsächlich so weit in ihre Wut hineinsteigern könnte, um Morde zu begehen. Sie selbst hingegen schien einen geradezu flammenden Hass auf Männer, aber auch Frauen, zu haben, die ihre

Schwester in schöner Regelmäßigkeit am Telefon beleidigten. Katharina war schon eine Marke für sich. Jedoch zweifelte Frank daran, dass sie ihrerseits ein ausreichend starkes Motiv für die Morde hatte. Brauchbare Alibis hatte sie aber auch nicht liefern können. Schon sehr eigenartig, die ganze Sache.

Frank lief zur Polizeiwache, um sich mit einem Kit für Fingerabdrücke auszustatten. Er musste Lucy überprüfen, daran führte kein Weg vorbei. Von seinem Büro aus rief er im Labor an.

»Habt ihr schon die Zigarillomarke herausgefunden?« Während er dem Mann zuhörte, kontrollierte er den Rechner, an dem noch immer das Programm zur Erkennung von Fingerabdrücken lief. Keine Treffer bisher.

Er notierte die Marke der Rillos auf seinem Block, war sich sicher, dass es der Name war, den er auf Dürrbiers Schreibtisch gelesen hatte. Was hatte Dürrbier mit den Morden zu tun?

Dann verließ er das Gebäude und stieg in seinen Dienstwagen, um nach Saarlouis-Beaumarais zu fahren. Er nahm den Umweg über die Ludwigstraße und bemühte sich, so leise in seine Wohnung zu gelangen, dass Ellen und der Dieter ihn nicht hören konnten. Dort legte er seine Waffe ab, sprang rasch unter die Dusche und zog anschließend Jeans und T-Shirt an. Den Dreitagebart rasierte er ab. Er musste über sich selbst grinsen. In den letzten Monaten war ihm Rasieren nicht mehr wichtig gewesen, er hatte es bei ein- bis zweimal pro Woche bewenden lassen.

Doch die Frau, die er jetzt aufsuchen wollte, beschäftigte ihn fast rund um die Uhr. Auch so etwas hatte er in den letzten Monaten, sogar Jahren, nicht mehr erlebt. Immer geisterten nur Leichen und Verdächtige durch seinen Kopf. Wobei Lucy ja auch eine Verdächtige war ... Aber nicht so wirklich.

Sein Herzschlag beschleunigte einen Takt, als er kurz darauf an dem Haus, in dem sie wohnte, nach der Klingel mit ihrem Namen suchte.

Die Gegensprechanlage knackte. »Ja, bitte?« Hörte er einen aufgeregten Unterton heraus?

»Hier ist Frank Kraus.«

Es brummte, er drückte die Tür auf und stieg die Stufen in den zweiten Stock hinauf. Zu beiden Seiten gingen Türen ab, eine davon war angelehnt. Er klopfte an, dann streckte er den Kopf in das Zimmer. »Frau Schober?«

Sein Blick fiel in einen großzügigen Raum mit einem quadratischen Esstisch und vier Stühlen auf der einen Seite und zwei abgewetzten Sesseln und einer ebensolchen Zweisitzercouch auf der anderen Seite, die um einen rustikalen, niedrigen Holztisch gruppiert waren. Gegenüber dem Tisch stand ein altmodischer Röhrenfernseher auf einem Schränkchen. Über die Hälfte des Zimmers reichte eine niedrige Holzdecke; eine Raumspartreppe wand sich hinauf, vermutlich zu Lucys Schlafzimmer. Aus einer breiten Nische trat soeben Lucy heraus. Dort, in der winzigen Kochzeile, hatte sie zwei Gläser und eine Flasche Rotwein hervorgeholt. Mit einer einladenden Geste winkte sie ihn in den Raum, der gemütlich, aber nicht überaufgeräumt wirkte. Auf dem Couchtisch stapelten sich Zeitschriften und ein paar Bücher, das Sideboard stand voller Gilde-Clowns, die ein wenig angestaubt wirkten. Über einem der Stühle hingen ein paar Kleidungsstücke, auf der einen Ecke des Tisches lag ein Haufen Prospekte und Briefe.

»Trinken Sie ein Glas mit mir?« Lucy stellte Gläser und Flasche auf dem Esstisch ab, dann lächelte sie ihn an. Ja, er mochte sie sehr, wie sie da vor ihm stand, die weichen Locken mit einem Band aus der Stirn gehalten, die Daumen seitlich in die Taschen ihrer 7/8-Jeans gehakt, der Hitze wegen in ein schlichtes Top gekleidet. Ohne BH. Und barfuß. Kaum vorstellbar, dass es Menschen gab, die diese junge Frau ohne triftigen Grund beschimpften.

Frank warf einen Blick auf die Uhr. Nach neun. »Ja, gern. Eines.«

Lucy schenkte die Gläser voll, gab ihm seines und sah ihn von unten herauf an. Er spürte, wie ihr Blick an seiner Narbe hängen blieb, aber ausnahmsweise störte es ihn nicht. Ihre Pupillen weiteten sich; anscheinend fand sie den kleinen Fehler eher anziehend.

»Prost.« Sie lächelte und stieß ihr Glas sacht gegen seines. Auch während sie trank, ließ sie ihn nicht aus den Augen. Ihr Blick perlte durch ihn hindurch.

Er räusperte sich. »Ich muss Ihnen ein paar Fragen stellen.«

»Aber sagen Sie bitte nicht mehr Frau Schober zu mir, ja?«

»Habe ich das gemacht?«

Zum ersten Mal hörte er ihr Lachen. Von jetzt an würde er es immer und überall erkennen.

»Vergesslich sind Sie also auch noch, Frank?« Lauernd sah sie ihn an.

Er rückte seine Brille gerade. »Wieso ›auch noch‹?«

»Na ja, Ihre eigene Schrift können Sie nicht lesen ...«

»Ach so.« Er lachte.

»Möchten Sie sich hierhin setzen oder auf die Couch?« Fragend sah sie ihn an.

Er stellte das Kästchen für die Fingerabdrücke auf den Tisch. Sie runzelte die Stirn.

»Wie wäre es, wenn wir uns hierhin setzen? Ich muss Ihre Fingerabdrücke nehmen, Lucy.«

»Och nö ... Muss das wirklich sein?«

»Sie können morgen auch zur Dienststelle in der Altstadt kommen. Ich dachte mir, so ist es für Sie einfacher. Das ist noch die altmodische Methode, aber ich finde sie eigentlich ganz praktisch.«

»Na, dann los.« Sie grinste wissend.

Er fühlte sich durchschaut, packte aber die Paste aus, in die sie nacheinander jeden Finger tippen musste, um anschließend auf einem Bogen Papier in den vorgesehen Kästchen einen Abdruck zu hinterlassen.

Angeekelt betrachtete sie ihre Fingerkuppen. »Kriege ich das wieder ab?«

»Am besten waschen Sie sich sofort die Hände mit Seife.« Er zuckte die Schultern. Sie verschwand durch eine Tür, hinter der er das Bad vermutete. Zehn Minuten später erschien sie wieder und zeigte ihm ihre Hände. Die Farbe war verblasst, aber immer noch zu sehen.

»Ich hoffe, dass der Rest morgen beim Duschen verschwindet. Wofür brauchen Sie überhaupt meine Abdrücke?«

»Wir müssen sie abgleichen.« Er zögerte.

»Abgleichen?«

»Ja. Wir haben auf dem Dach am Türchen des Geländers haufenweise Fingerabdrücke gefunden.«

Sie stöhnte und nahm einen tiefen Zug aus ihrem Glas. Er nippte an seinem. Der Wein schien von hervorragender Qualität zu sein. Er kannte die Sorte nicht.

»Das hätten wir uns sparen können, wenn Sie mich gleich danach gefragt hätten. Ich war dort oben. Und ja, ich habe das Türchen angefasst.« Sie schluckte. Errötend setzte sie hinzu: »Auf dem Tampon, den Ihre Leute unten gefunden haben, sind auch meine Fingerabdrücke.«

Er seufzte. Diese Frau hatte wirklich ein Talent dafür, sich in Schwierigkeiten zu bringen.

»Und die Zigarillos habe ich auch hinuntergeworfen, nachdem ich sie Stück für Stück auseinandergepflückt habe.«

Er zog seinen Block heraus, suchte die Seite, auf der er den Namen der Zigarillos notiert hatte, und schrieb Lucys Namen dazu. »Waren das Ihre Zigarillos?«

Ihr Gesicht nahm die Farbe einer reifen Tomate an. »Nein, ich habe sie dem Dürri gemopst ... meinem Chef.«

Er schrieb den Namen Dürrbier ebenfalls auf das Blatt. Dann lehnte er sich zurück, blickte in Lucys ozeanblaue Augen und bemühte sich darum, nur noch Kommissar Kraus zu sein, der die wippenden nackten Füße ignorierte. »Wollen Sie mir erzählen, was genau heute Nachmittag da oben geschehen ist?«

»Ja, aber dazu muss ich ein wenig ausholen.«

»Kein Thema.« Er freute sich darauf, noch mehr Zeit in ihrer Gesellschaft zu verbringen. Nach und nach spielte es für ihn keine Rolle mehr, ob sie unter Mordverdacht stand oder nicht. Sie erinnerte ihn daran, dass es ein Leben außerhalb der Arbeit gab. Während sie ihren Nachmittag schilderte, nahm er ungewollt immer wieder ihre entzückenden kleinen Füße mit den knallig lackierten Nägeln wahr und musste sich anstrengen, konzentriert bei der Sache zu bleiben.

Er notierte sich die Namen der Kunden, die sie nannte, und fragte nach den genauen Uhrzeiten. Wann war sie auf dem Dach gewesen, wann hatte sie es verlassen? Um wie viel Uhr hatte das Telefonat mit Mark Friskeel stattgefunden? Sie konnte ihm die konkreten Uhrzeiten nicht nennen. Aber der Zeitpunkt des Telefongesprächs müsste im PC nachvollziehbar sein. Er machte sich eine Notiz für den morgigen Tag, da er dann ohnehin die anderen Mitarbeiterinnen der Mediaboutique befragen wollte.

»Mir war nach dem einen Zigarillo plötzlich so übel, dass ich wirklich nur noch rennen konnte.«

»Hat Sie jemand gesehen?«

»Ja, Mark Friskeel.«

»Sie sind ihm begegnet?«

»Ja, er kam auf das Dach, als ich es verließ. Aber ich wusste da noch nicht, dass er es war.«

»Haben Sie das Türchen am Geländer geschlossen, bevor Sie gegangen sind?«

Sie trank einen weiteren Schluck Wein und zog die Beine an, stellte sie auf der Stuhlkante ab und schlang die Arme um die Waden. »Das weiß ich nicht mehr. Ich weiß es einfach nicht. Ich bin wirklich *gerannt*.« Sie rieb sich mit einem Handrücken über die Stirn. »Sieht nicht so gut für mich aus, oder?«

Er seufzte. »Tja. Es könnte natürlich sein, dass Mark Friskeel hinuntergestürzt ist, weil er nicht schwindelfrei war und an der offenen Stelle das Gleichgewicht verlor. Andererseits könnte ihn auch jemand gestoßen haben.«

Sie ächzte. »Sie verdächtigen doch nicht mich?«

Er betrachtete sie lang. Ihre Pupillen weiteten sich, sie wirkte aufgeschlossen und ehrlich. Nein, sicherlich hatte sie nicht mit Vorsatz gehandelt. Blieb die Frage, ob sie trotzdem Verursacherin des Unglücks war. Er massierte mit Daumen und Zeigefinger seine Nasenwurzel. Dann nahm er die Brille ab, um sich die Augen zu reiben. Ihm fehlte Schlaf. Als er die Brille wieder aufsetzte, hatte Lucy einen noch weicheren Gesichtsausdruck als zuvor. Wenn er nicht alles vergessen hatte, was er in seinen Sturm-und-Drang-Jahren mit Frauen und, ja, mit Ellen erlebt hatte, dann erging es diesem zauberhaften Wesen vor ihm in dieser Sekunde genauso wie ihm selbst: Alles in ihm drängte danach, sie an sich zu ziehen und jeden Zentimeter ihres Körpers zu erkunden. Verlegen räusperte er sich.

»Können Sie sich vorstellen, dass Ihnen jemand diese Morde oder Unfälle in die Schuhe schieben möchte?«

»In die Schuhe schieben? Aber warum das denn?«

»Keine Ahnung. Ich glaube Ihnen, dass Sie die Morde nicht geplant haben ... Aber wer steckt dann dahinter?«

Sie setzte die Füße wieder auf dem Teppich ab und beugte sich leicht vor. »Auf diesen Gedanken bin ich noch gar nicht gekommen.«

»Gibt es jemanden, der Ihnen schlecht gesonnen ist?«

»Hm ... Vielleicht mein Chef.«

Dürrbier ... Die Wahrscheinlichkeit, dass er eine seiner Angestellten in Schwierigkeiten bringen wollte und dazu Morde beging, war nun nicht sehr hoch. Er hatte ganz andere Mittel und Wege, um ihr das Leben schwerzumachen. Die er ja auch einsetzte, wie sie ihm erklärt hatte. In den letzten Wochen hatte Lucy Schober übermäßig oft die Horrorliste der Saarländer auf dem Schreibtisch gehabt. »Fällt Ihnen jemand anderes ein?«

Sie verneinte.

»Was ist mit Ihrer Schwester Katharina?«

»Kat? Was soll mit ihr sein?«

»Könnte sie etwas damit zu tun haben?«

Sie schüttelte den Kopf, dass die Locken flogen. »Niemals. Wie kommen Sie denn darauf?«

»Sie wirkt ein wenig jähzornig und scheint sehr empfindlich zu reagieren, wenn es um Ihre Telefonate mit den Spezialkunden geht. Tatsächlich hat sie mir keine echten Alibis für die Zeitpunkte der Unglücksfälle nennen können.«

Lucy lachte auf. »Sie heißt nicht umsonst Rebellenkat.« Sie ließ den Blick in die Zimmerecke wandern. Zweifelte sie? »Nein, ausgeschlossen, dass Kat etwas damit zu tun hat. Dann hätte ich sie sehen müssen, schließlich war ich selbst immer in der Nähe.« Wieder huschte ihr Blick zur Seite, sie kaute auf der Unterlippe herum. Also doch ...?

»In allen Fällen hätte sie unbemerkt dabei sein können«, sagte er ruhig.

Sie stand auf, nahm ihr Glas und ging zu einem der Sessel, ließ sich hineinfallen. Der Wein schwappte über und hinterließ einen Fleck auf dem olivgrünen Top.

»Mist«, zischte sie, zog das Top ein wenig nach vorn – er konnte den Ansatz ihrer Brüste sehen – und rieb an dem Fleck herum, was natürlich überhaupt nichts brachte.

»Lucy, ich glaube auch nicht, dass Ihre Schwester etwas mit den Todesfällen zu tun hat, aber auch heute: Wenn sie oder jemand anderes unmittelbar nach Ihnen die Dachterrasse betreten hat ... Wir haben sie unten ja getroffen, nicht wahr?« Er setzte sich nun ebenfalls auf die Couch.

»Ja, schon«, sie nickte, »aber sie kann damit gar nichts zu tun haben. Sie wusste ja zu dem Zeitpunkt noch nicht, dass ich mit Mark Friskeel telefoniert hatte, geschweige denn, wo er war, und er ist doch nur durch Zufall auf das Dach gekommen.«

Er lehnte sich zurück. Er war müde, unendlich müde. Sein Kopf weigerte sich, weiter über diese Todesfälle nachzudenken. Vielleicht sollte er einfach nach Hause gehen und morgen die übrigen Verhöre führen. Er hatte ja bekommen, was er wollte: Lucinda Schobers Fingerabdrücke. Er nahm noch einen Schluck Wein. Lucy saß im Sessel, einen Fuß unter den Po geschoben, und schwenkte ihr Glas, in das Kreisen der dunkelroten Flüssigkeit vertieft. Ihr Knie war seinem ganz nahe. Er meinte, ihre Wärme zu spüren. Unversehens schoss sämtliches Blut in die Stelle seines Körpers, mit der er am wenigsten denken konnte. Er musste sehen, dass er hier wegkam. Er wartete ein paar Minuten, in denen er sich in den Anblick der Gilde-Clowns auf dem Sideboard vertiefte und darum kämpfte, klar zu werden. Dann stand er auf. »Ich gehe jetzt, Lucy. Bitte halten Sie sich erreichbar.«

Sie begleitete ihn zur Tür. Er zögerte einen Moment. Sie schien ihn mit ihrem Blick zu fesseln. Dann hob sie einen Arm und fuhr mit der Fingerspitze über seine Narbe. Wie ertappt zuckte sie zurück und errötete. Einfach unwiderstehlich.

»Äh … ja, gute Nacht dann.«

Er beugte sich vor, um sie auf die Wange zu küssen, doch gerade noch rechtzeitig hielt er inne. Was tat er dann da? Idiot!, schalt er sich, und bedauerte zugleich, dass er seinem Impuls nicht nachgab.

»Gute Nacht«, sagte er und verließ fluchtartig die Wohnung.

Der Schlüssel fiel zur Erde, als er seine Wohnungstür aufschließen wollte. Fluchend bückte er sich danach. Ellen kam bereits die Treppe herunter, wieder mal in den unvermeidlichen Männerbademantel gehüllt. Nein, er wollte jetzt nicht mit ihr reden.

»Frank?«

»Was ist denn? Ich bin müde.«

Sie verschränkte die Arme und lehnte sich an die Wand. Sie wirkte nicht glücklich. Sollte sie nicht fröhlicher aussehen, so als Frau »in guter Hoffnung«?

Er seufzte. »Willst du reinkommen?« Eigentlich wollte er nicht, dass sie mitkam. Doch sie nickte so dankbar, dass er mit schlechtem Gewissen einen Arm um ihre Schultern legte. Hinter der Tür kuschelte sie sich an ihn.

»Entschuldige, Frank, aber ich bin so durcheinander.«

»Sicher die Hormone.« Sanft schob er sie von sich. Ihre Züge hatten sich ein wenig verändert, vermutlich durch die Schwangerschaft. Sie hatte einen Ausdruck, den er vorher nie an ihr gesehen hatte. Hieß es nicht, dass man einer Frau schon in den ersten Tagen eine Schwangerschaft ansehen könne? Das schien zu stimmen. Wenn man genau hinsah.

Ellen trat einen Schritt zurück. »Ich bin mir plötzlich nicht mehr sicher.«

»Womit?«

»Damit, ob der Dieter der Richtige ist.«

Ihm wurde übel. »Wie bitte?«

Sie raffte den Mantel über der Brust zusammen und zog gleichzeitig die Schultern hoch. Damit erinnerte sie ihn einen Moment an die jugendliche Ellen, als deren Beschützer er sich früher, in ihren allerersten Tagen, manchmal gefühlt hatte. Der Eindruck verstärkte sich noch, als eine einzelne Träne über ihre Wange rollte.

Er räusperte sich und gab dem Fluchtimpuls nach, der ihn überkam, verschwand in der winzigen Küche, um sich ein Bier aus dem Kühlschrank zu holen. Für Ellen griff er sich ein Glas und eine Wasserflasche, dann ging er zurück in das Wohnzimmer. Sie saß auf der äußersten Kante des Ohrensessels und sah zu ihm auf. Ihre Gesichtszüge hatte sie wieder im Griff, von Tränen keine Spur.

»Dann schieß mal los.« Er stellte das Glas vor sie und goss Sprudel ein, dann nahm er einen tiefen Zug aus der Bierdose. Gott, war er müde!

Sie kicherte unsicher. »Ach, ich weiß auch nicht so richtig, was los ist. Seit du nach dem Essen in der Küche mit mir gesprochen hast, bin ich so verunsichert.«

»Du meinst die Sache mit ›Mamilein und Papilein‹?« Er wischte mit der Hand durch die Luft. »Mach dir doch nichts daraus. Viele Paare mutieren zwischendurch zu

Vater- und Muttertieren. Das gibt sich wieder.« Rasch trank er einen Schluck, weil er befürchtete, Ellen würde ihm sonst ansehen, dass er das selbst nicht glaubte.

Sie nahm ihr Glas, trank aber nicht, sondern sah Frank über den Rand hinweg an. »Bis gestern fand ich das ganz witzig, aber ehrlich gesagt zucke ich jetzt innerlich zusammen, wenn er mich so nennt.« Sie stellte das Glas zurück. »Bin ich schizo?«

»Nein, gar nicht.«

Sie rutschte in dem Sessel nach hinten. Na prima, dann musste er sich wohl auf ein längeres Gespräch einstellen. Er schielte möglichst unauffällig auf seine Uhr. Sie zog eine Grimasse.

»Frank, ich bleibe nicht lang, keine Angst.« Sie rieb sich über die Augen. »Ich glaube, es war ein Fehler.«

Er unterdrückte ein Stöhnen. »Was?«, fragte er so sanft er konnte.

»Das mit dem Dieter.« Sie beugte sich wieder vor. »Eigentlich wollte ich immer nur dich. Der Dieter ist doch nur ein Ersatz.«

»Das ist jetzt nicht dein Ernst. Wir haben uns einvernehmlich getrennt, Ellen. Unsere Liebe ist längst eingeschlafen.« Er schüttelte den Kopf. Das glaubte er alles nicht! Vor seinem inneren Auge sah er die zierliche, dunkelhaarige Lucy. »Außerdem habe ich mich gerade frisch verliebt.«

Ellen wirkte entsetzt, aber nicht überrascht. Ah, daher wehte der Wind! Sie hatte gespürt, dass sich bei ihm eine ernste Beziehung zu einer anderen Frau anbahnte. Hatte sie Angst, ihn als Freund zu verlieren? Schätzte sie plötzlich seine Vorzüge mehr als die vom Dieter?

Sie schluckte und nickte. Ihre Augen füllten sich mit Tränen. Er hatte schon gehört, dass schwangere Frauen übermäßig emotional reagierten, aber das nützte ihm jetzt herzlich wenig. Er kannte Ellen als kühle, sachliche Person – jedenfalls hatte sie sich zu einer solchen entwickelt im Laufe der Jahre, und das war für ihn immer okay gewesen. Er wusste einfach nicht, wie er auf dieses heulende Häufchen Elend vor sich reagieren sollte.

»Sieh mal, Ellen, eigentlich hast du genau das, was du dir jahrelang ersehnt hast. Der Dieter ist ein netter Kerl, er geht einer geregelten Arbeit nach, kuschelt gerne, und außerdem hat er dir ein Kind gem... geschenkt.«

Sie nickte bei seinen Worten, sah aber auf ihre verschränkten Hände im Schoß. Dann schniefte sie laut, die Tränen liefen immer noch. »Ja. Du hast recht. Er ist wirklich ein lieber Kerl. Ich gehe jetzt hoch zu ihm und kuschle mich an ihn. Entschuldige, Frank.« Sie rappelte sich auf, als hätte sie schon jetzt einen schweren Bauch vor sich herzutragen, und lächelte ihn zittrig an. Dann wedelte sie mit den Händen in der Luft herum. »Ich bin echt albern. Das müssen die Hormone sein. Ich weiß auch nicht, was los ist. Ich gehe jetzt, gute Nacht!«

Sie verschwand, noch bevor er fragen konnte, ob sie sich in Sachen Scheidung schon kundig gemacht hatte. Aber vielleicht war das auch nicht der richtige Zeitpunkt.

Als er endlich im Bett lag, spukte noch immer eine zierliche Person mit nackten Füßen durch seinen Kopf, und in dem tiefen Schlaf, in den er rasch sank, bescherte sie ihm eine aufregende Nacht, sodass er am nächsten Morgen mit einem seligen Lächeln aufwachte

und erst wieder die Brauen zusammenzog, als er an Ellens nächtliche Stippvisite dachte.

7

Da soll man sich konzentrieren können?

Normalerweise freue ich mich freitags immer, weil das Wochenende bevorsteht. Diesmal wird es ja leider nichts mit Freizeit, dafür hat Dürri gesorgt. Also mache ich mich eher missmutig für die Arbeit fertig, obwohl ich gestern Abend die Gesellschaft von Frank Kraus genießen durfte. Und wenn ich mich nicht sehr täusche, findet er mich wenigstens ein bisschen attraktiv. Ich glaube, er hätte mich beinahe geküsst. Zwar nur auf die Wange, aber immerhin. Und ich habe bemerkt, dass er immer wieder auf meine Füße gestarrt hat. Ach, was für Zukunftsvisionen sich da vor meinem inneren Auge abspielen ... Wenn diese Angelegenheit mit den Todesfällen erst mal überstanden ist, kann sich daraus vielleicht eine richtige Liebesgeschichte entwickeln. Ich habe da so ein Gespür. Und es spielt sich durchaus nicht nur in meinen unteren Körperregionen ab.

Als ich die Autotür öffne, fällt mir der Karton im Kofferraum ein. Meine Manolos! Noch immer liegen sie weidwund in der Pappschachtel. Ich beschließe, dass ich sie heute Nachmittag endlich zu diesem Schuhflicker nach Riegelsberg bringe, den Susa mir ans Herz gelegt hat. Freitags kann ich schon um zwei Feierabend machen, und das werde ich tun, da ich noch ein paar Überstunden mitschleppe. Ja, im Grunde wird die Wochenendschicht gar nicht so schlimm werden. Wir sind dann nur ein Drittel der Leute im Büro, brauchen nicht die Kunden anzurufen, sondern müssen eingehende Telefonate entgegennehmen. Dem Erfinder der Hotline sei Dank.

Wie dem auch sei: Der Gedanke, meine Schuhe endlich in begnadete Hände zu geben, sowie die Vorfreude auf Tage mit Frank Kraus, die da kommen mögen, söhnen mich mit dem Schicksal der Wochenendarbeit wieder aus, und ich betrete gut gelaunt das Büro. Es klingelt und schnattert und schwirrt schon wieder. Mit einem Lächeln setze ich mich auf meinen Platz, nicke Lena zu und wähle meine erste Nummer.

Anscheinend muss man selbst nur gute Laune mitbringen, dann klappt's auch mit den Kunden. Ich habe einen richtigen Lauf. Einen so guten, dass ich in meiner Arbeit versinke. Sie werden sich vielleicht fragen, wie man im Verkaufen von Zeitungen, Wein, Spielsachen und Sexspielzeug versinken kann – und dann auch noch am Telefon, aber das geht wirklich. Ich scherze mit jungen Müttern, deren Babys mir vergnügt ins Ohr krähen, flirte unverbindlich mit Männern, die sich die interessantesten Gegenstände aussuchen – natürlich nur mit jenen, die weit weg wohnen – und höre zwischendurch den Lebensgeschichten älterer Menschen zu. Dies ist es, was ich an meiner Arbeit liebe: mit Menschen Kontakt zu haben. Viele Kunden sind wirklich nett, manche interessieren sich für die Person hinter der Telefonstimme, und heute sind es eben diese Kunden, mit denen ich zu tun habe. Wie schön!

Aber warum erzähle ich, dass ich in meiner Arbeit versinke? Weil ich mir nur so erklären kann, dass ich erst spät registriere, was alle anderen schon von der ersten Sekunde an mitbekommen haben. Alle außer Lena, sonst hätte sie mir bestimmt einen Hinweis gegeben. Im Büro ist nämlich »the one and only« aufgetaucht. Und ich habe es nicht bemerkt! Ich muss dringend an meiner Wahrnehmung arbeiten. Wie geht es an, dass Frank Kraus durch den langen Gang zwischen den Schreibtischen wandelt und dann stundenlang Dürris Büro besetzt, ohne dass ich es mit jeder Faser meines Körpers spüre? Wieso vibriert nicht alles an mir, wo er doch die ganze Zeit meine Kolleginnen über mich ausfragt? Der Grund, aus dem er das macht, ist zwar nicht so romantisch, wie ich es mir wünschen würde. Aber immerhin interessiert er sich für mich. Im Moment vielleicht noch im Zuge der Mordermittlungen, aber das wird sich ändern, ganz sicher. Er fragt meine Kollegen und Kolleginnen über meine Gewohnheiten und Stimmungen aus, wie ich von der treuen Lena hinterher erfahre. Sie wird als eine der Letzten verhört. Da ist der Vormittag schon um, und gleich darauf verlassen wir das Gebäude für unsere Pause. Da die Sonne vom Himmel lacht, schlagen wir heute wieder den Weg in die Fußgängerzone ein. Bei der Kirche stockt Lena und legt nachdenklich den Kopf schief. »Findest du das nicht auch gruselig? Ich muss immer dran denken, wie Mark Friskeel hier runtergestürzt is. Ob er sofort tot war?«

Ich schaudere. »Ja, ich denke schon. Sein Genick war doch gebrochen.«

Sie stöhnt. »Furchtbar.«

»Ja, du hast recht.«

Wir setzen uns auf eine Bank unter einem der Bäume am Rand des Großen Marktes. Mir ist soeben wieder klar geworden, dass Friskeels Tod vielleicht meine Schuld ist, da ich möglicherweise das Türchen habe offen stehen lassen, und meine Hochstimmung vom Vormittag verabschiedet sich. Stattdessen male ich mir immer wieder aus, wie er dort oben vielleicht ins Leere getreten ist, weil ihm schwindlig wurde und die schützende Absperrung gefehlt hat.

»Sag mal ...« Lena beißt in ihr Sandwich und nuschelt kauend: »Hast du was mit dem Friskeel gehabt?«

Ich falle aus allen Wolken. »Was? Wie kommst du denn darauf? Nein.«

»Na ja, ich dacht' nur, weil der Kommissar so komisch gefragt hat.«

»Wie meinst du das, er hat komisch gefragt?«

Sie legt das Sandwich neben sich in der Plastikbox ab und schaut hoch in das Blätterdach. »Also, wenn es nicht um Mord gehen würd', dann könnt' man denken, der will was von dir.«

In mir krabbeln sofort tausend imaginäre Ameisen. Hat Kat nicht etwas Ähnliches gesagt?

»Was wollte er denn wissen, so im Einzelnen?«

Sie grinst mich an. »Also, zuerst mal, ob du den Friskeel kennst. Ich hab ihm erklärt, dass wir ihn fast alle kennen, weil er auf einer der Horrorlisten steht.«

Ich nicke. Das ist ja schon mal gut, das entlastet mich, oder? »Und dann?«

»Dann wollt' er wissen, ob du Mark Friskeel schon mal getroffen hast. Ich sagte, dass ich das nicht weiß. Dann wollt' er wissen, ob du andere Kunden schon mal getroffen hast. Ich sagte, dass ich auch das nicht weiß, aber dass ich es nicht glaube.«

Sie nimmt ihr Brot zur Hand und beißt hinein. Anscheinend findet sie, dass ich jetzt etwas sagen sollte. Ich denke darüber nach, ob man seine Fragen als Eifersucht auslegen könnte. Wenn ich doch nur wüsste, ob er sich für mich interessiert! Doch dann denke ich an den Beinahe-Kuss gestern, bevor er ging, und meine Zuversicht siegt. »Hat er noch andere Sachen gefragt?«

Sie nickt, dann schluckt sie. »Ja. Ob du zu Wutausbrüchen neigst.«

»Und?«

»Ich hab natürlich Nein gesagt. Aber ich weiß, dass andere die Frage anders beantwortet haben.« Sie beugt sich zu mir und zieht beim Sprechen die Brauen hoch. »Ich hab auf dem Klo gehört, wie sich zwei über dich ausgelassen haben. Dass du manchmal richtig wütend wirst und dass du sogar schon mal einen Kaffeebecher zerknüllt hast.« Sie lehnt sich zurück. »Aber ich glaub' nicht, dass das gilt. Die beiden können dich nicht leiden, das weiß doch jeder.«

Da gibt es zwei, die mich nicht leiden können? *Ich wusste das nicht.* »Wer denn?«

Als sie mir die Namen nennt, muss ich lachen. Die eine ist eine ältere Frau, der ich mal die Klotür vor der Nase zuschlug, als sie mich mit Ratsch und Tratsch über meine Kolleginnen belämmerte, die zweite ist die Ex eines Exfreundes. Sie war vor gefühlten dreißig Jahren mit ihm zusammen und würde am liebsten alle

Frauen töten, die nach ihr kamen. Ich kann nur hoffen, dass Frank die beiden nicht ernst nimmt.

Plötzlich habe ich es eilig, ins Büro zurückzukehren. Ich muss unbedingt mit Frank sprechen!

Lena bleibt allein sitzen; sie versteht nicht, dass ich meine Mittagspause freiwillig verkürze. Kaum verlasse ich den Fahrstuhl, checke ich Dürris Büro. Die Tür ist geschlossen, die Jalousie heruntergelassen. Gehetzt suche ich nach meinem Chef. Ist Frank noch da drinnen? Dann entdecke ich Dürri an meinem Arbeitsplatz. Was macht der da, verdammt? Kann er mich nicht einfach mal in Ruhe lassen? Ich gebe es zu, der Anblick meines missmutigen Chefs an meinem Schreibtisch löst sofort ein schlechtes Gewissen in mir aus. Habe ich aus Versehen Facebook offen gelassen oder eine andere verbotene Seite? Als ich zu meinem Platz komme, ist es dann allerdings der Rillomann, der erschrocken zu mir herumfährt. Ein Blick auf meinen Bildschirm zeigt mir, dass da nichts Verfängliches zu sehen ist. Offenbar hat Dürri sich meine bisherigen Abschlüsse angesehen. Dann wird er ja nichts zu meckern finden! Und mit einer Horrorliste wird er mich hoffentlich auch verschonen, wo ich morgen und übermorgen schon arbeiten muss.

»Frau Schober, Kommissar Kraus möchte Sie noch sprechen.«

Mein Herz schlägt einen Takt schneller. Wie schön! Ich will schon zum Büro eilen, doch er greift nach meinem Arm. Igitt!

»Nein, jetzt nicht, es ist noch jemand drinnen. Gehen Sie an Ihre Arbeit.« Nanu, so zahm?

Dürri schiebt sich zu Lenas Schreibtisch. Hoffentlich hat sie keine verfänglichen Seiten offen gelassen!

In dem Hochgefühl des erfolgreichen Vormittags und der Aussicht auf einen Plausch mit meinem Traummann – sowie der Vorfreude darauf, meine Manolos endlich in berufene Hände zu geben –, setze ich mein Headset auf und wähle die nächste Nummer auf meinem Bildschirm. Eine Dame aus Düsseldorf.

»Grätz«, meldet sie sich. Ihre Stimme lässt mir die Härchen auf den Armen zu Berge stehen. Sofort weiß ich, dass hiermit der gute Lauf endet.

»Einen wunderschönen guten Tag, liebe Frau Grätz, hier spricht Lucinda Schober von der Mediaboutique.«

»Boah«, fährt die Stimme mir dazwischen, »dat darf jetzt nich wahr sein! Sie haben mir grade noch gefehlt!«

»Darf ich Ihnen ein Angebot unterbreiten? Wir haben diese Woche supergünstige Konditionen für ein Abonnement der ›TVfix‹ in Kombination mit einem Probeabo einer Illustrierten Ihrer Wahl. Jederzeit kündbar.«

»Ach nee!«

Sonst sagt sie nichts. Irritiert hake ich nach. »Bitte? Haben Sie Interesse an dem Angebot?«

»Nee, hab ich nich.«

»Darf ich Ihnen stattdessen eine andere Zeitschrift anbieten?«

»Nee, dürfen Se nich. Ich will Ihnen jetzt ma wat sagen: Sie können mich kreuzweise.«

»Äh, Frau Grätz, interessieren Sie sich vielleicht für ein ganz anderes Produkt?«

»Nee, tu ich nich, und es kotzt mich echt an, dass Sie mich einfach so anrufen, noch dazu in der Mittagsstunde ...« Ich werfe einen Blick auf die Uhr. Tatsächlich, kurz nach eins. Frau Grätz legt indessen noch einen Zahn zu, sowohl lautstärkemäßig als auch in Sachen Höflichkeit. »Und wenn ihr nich in der Mittagsstunde nervt, wo alle normalen Frauen kochen oder essen, dann ruft ihr an, wenn man das Abendessen für die Familie macht.«

»Entschuldigen Sie bitte, Frau Grätz. Aber interessieren Sie sich für eines unserer Produkte? Wir können Ihnen zu günstigen Konditionen hochwertige Weine anbieten, Baby- und Kinderspielzeug sowie die zugehörigen Illustrierten oder auch Spielsachen für Erwachsene ...«

»Sind Sie so bescheuert oder tun Sie nur so? Begreifen Sie nich, dass ich die Nase gestrichen voll habe von Ihresgleichen?«

Ihresgleichen – wie sich das anhört! Als sei ich ein Mensch niederer Herkunft. Irgendwie piekt mich das ja schon. »Frau Grätz, bitte, werden Sie nicht persönlich. Ich habe Ihnen nichts getan.« Ich weiß ja, dass es ein Fehler ist, sich betroffen zu zeigen. Meistens bewirkt man damit genau das Gegenteil von dem, was man will.

»Ach nee, und ich? Habe ich Ihnen vielleicht was getan? Womit hab ich et denn verdient, dass dauernd diese Bauernfängeranrufe eingehen, zu den unmöglichsten Zeiten? Ich will Ihnen ma wat sagen: Mir reicht's endgültig. Ihr seid doch alle Arschlöcher!«

Ich könnte jetzt lachen. Wie armselig, sich mit diesen unflätigen Ausdrücken Luft zu machen. Außerdem kann sie mir sonst wo vorbeigehen, schließlich habe ich heute schon meinen Schnitt gemacht und gleich werde ich Frank Kraus sehen. Ich weiß nicht, was mich reitet, aber einer meiner Zwillinge hat gerade seine albernen zwei Sekunden.

»Ich habe Spiegelschutz!«, rufe ich ins Telefon, und meine Brust bebt vor unterdrücktem Lachen. Ich sehe die inzwischen zurückgekehrte Lena, deren Kopf ruckartig neben ihrem Bildschirm auftaucht. Sie grinst mich an und schiebt ihren hochgereckten Daumen über den oberen Bildschirmrand. Und Frau Grätz? Tja, die gute Dame hat wohl Kinder oder Enkel im Grundschulalter und versteht, was Spiegelschutz bedeutet: so viel wie früher der Spruch »Was man sagt, das ist man selbst, wenn man nicht die Klappe hält«. Ich hatte letzten Samstag schon geahnt, dass der Geburtstag meiner Freundin doch noch irgendeine positive Seite zeigen würde. Das schöne, völlig harmlose Wort »Spiegelschutz« habe ich bei einem der Kiddies aufgeschnappt, die mich unbedingt als Vorlesetante haben wollten.

»Also ...«, Gerlinde Grätz schnauft heftig, »dat ist doch die Höhe. Wollen Sie mich etwa als Arschloch bezeichnen?«

»Nein, ich habe nur gesagt, dass ich Spiegelschutz habe. Hören Sie da irgendeine Beleidigung heraus? Ich nicht, so sehr ich mich auch anstrenge. Spiegel ist ein harmloses Wort, und Schutz genauso. Nur mal nebenbei bemerkt.« Ich merke, wie viel Genugtuung es bereiten kann, den Kunden Paroli zu bieten. Einfach mal *nicht* lieb sein.

»Sie unterbelichtetes Weibsstück«, fängt die Grätz an, doch ich falle ihr ins Wort: »Spiegelschutz!« Ich bin so in dieses Spielchen vertieft, dass ich meine Umgebung nicht mehr wahrnehme. Mir scheint, Frau Grätz findet ebenfalls Spaß daran, denn sie hört nicht auf zu keifen.

»Grenzdebile Versagerin. Haben Sie je richtig gearbeitet? Außer ehrbaren Leuten den Tag zu verderben? Sie sind doch ein Nichts!«

»Spiegel...« will ich erneut rufen, da wird mir unsanft das Headset vom Kopf gerissen. Ich fahre herum und starre in das wutrote Gesicht eines verdorrten Zigarillos – und dahinter in die tiefbraunen Augen meines geliebten Kommissars. Mir rutscht das Herz in die Hose. Wie viel haben sie mitbekommen? Mann, Lucy, wo du dich nur immer wieder reinreitest!

»Bitte entschuldigen Sie die Belästigungen meiner Mitarbeiterin. Das wird nicht mehr vorkommen. Guten Tag!«, schnarrt Dürri ins Telefon und legt auf.

Ich sacke zusammen. Mist, Mist, Mist!

»Lucy.«

Die Stimme reißt mich sofort wieder raus. Ich lächle Frank Kraus an, wahrscheinlich mit grenzdebilem Gesichtsausdruck. Er räuspert sich. Bilde ich es mir nur ein, oder riskiert er einen Blick auf meine Füße, die heute in Riemchensandaletten stecken? Ich beglückwünsche mich zu der Wahl, denn das kleine Lächeln, das in einem seiner Mundwinkel zuckt, belohnt mich dafür.

»Ich möchte noch mit Ihnen sprechen.« Er wendet sich Dürri zu. »Kann ich sie nach draußen entführen?«

»Aber warum sprechen Sie nicht in meinem Büro mit ihr?« Dürri wirkt entsetzt, doch da kommt Maurice ins Spiel.

Er rettet mich mit den Worten: »Im Büro ist jetzt die Putzkolonne.«

Dürri runzelt die Stirn und wippt auf den Füßen vor und zurück, ehe er mürrisch nickt. »Dann gehen Sie halt. Ist eh gleich Feierabend.«

»Lucy hat ja auch schon viel verkauft heute«, fügt Maurice an. Überrascht sehe ich ihn an. Mir war nicht klar, dass er sich darüber eine Übersicht verschaffen kann. »Ich fahr auch gleich, besuch heute meine Eltern.« Damit meint er das dritte Ehepaar, dem er als Kind zu Pflege gegeben wurde und bei dem er endlich ein gutes Leben hatte. Mit ihnen versteht er sich heute noch super und er fährt jeden Freitag zu ihnen. Da erinnere ich mich, wo das ist.

»Ich fahre heute nach Riegelsberg, soll ich dich mitnehmen?« Sofort bereue ich mein Angebot, weil ich damit meine Zeit mit Frank selbst beschneide. Wie bescheuert kann man sein? Aber gut, jetzt ist es ausgesprochen. Maurice lächelt so glücklich, dass ich versöhnt bin. »Ich komme dich um zwei abholen«, murmle ich. Dann aber schnellstens hier weg. Mehr als eine halbe Stunde hat Dürri mir ja nicht geschenkt. Man muss die Gelegenheit ergreifen, wenn sie sich bietet. Ich schnappe meine Tasche und ziehe Frank an der Hand hinter mir her zum Fahrstuhl. Nichts wie raus, bevor der Chef es sich wieder anders überlegt!

»Ich wart vor der Tür auf dich«, ruft Maurice mir noch nach, ich winke ihm zu, ohne mich noch mal umzudrehen.

Wir setzen uns in der Fußgängerzone vor ein Café und trinken Latte macchiato. Daran könnte ich mich wirklich gewöhnen.

»Ich habe eine gute Nachricht für Sie«, eröffnet Frank das Gespräch. »Wie sich herausgestellt hat, hatte Herr

Kunze Alkohol im Blut, als er auf der Rolltreppe stürzte. Ein Fremdverschulden ist nicht nachweisbar, und er spricht dich ... Sie von jeglicher Schuld frei. Er bleibt dabei, dass Sie freundlich zu ihm waren.«

Mir fällt ein Stein vom Herzen. Damit ist einer dieser komischen Unfälle schon mal von meinem Konto gestrichen! Noch dazu einer, bei dem ich mir selbst unsicher war, ob ich nicht doch Schuld hatte.

»Okay«, sage ich zögernd. Er betrachtet mich abwartend. Mein Gott, diese Augen! Und die kleine Narbe! Und das Grübchen, das jetzt leider nicht zu sehen ist, da er ernst schaut. Er hat sich heute nicht rasiert. Einzelne silberne Bartstoppeln leuchten zwischen den dunklen. Ach, ich könnte mich an ihn kuscheln und schnurrend seine Brust kraulen. Ich räuspere mich, um mich selbst wieder ins Hier und Jetzt zu holen. »Und der Fall Friskeel? Gibt es da neue Erkenntnisse?«

Er beugt sich vor und greift nach der Zuckerdose in der Mitte des Tisches. Ich lasse meine Hand wie zufällig so nahe zu seiner rutschen, dass ich ihn beinahe berühre. Er sieht eine Sekunde hin, nimmt seine Hand aber nicht weg. Dann richtet er den Blick wieder auf meine Augen.

»Möglicherweise haben wir eine Verdächtige. Eine Kollegin scheint sich bei ihm Hoffnungen gemacht zu haben und erfuhr erst kürzlich, dass er verlobt war. Es soll vor zwei Tagen eine unschöne Auseinandersetzung gegeben haben.«

Das erleichtert mich ungemein! Ich weiß ja nicht, ob ich letzten Endes Schuld habe, weil ich dort oben vielleicht das Türchen offen ließ. Verdammt, wenn ich mich doch nur daran erinnern könnte! Plötzlich berührt Frank meine Hand. Stehen meine Gedanken wieder so deutlich in mein Gesicht geschrieben?

»Was ist los?«, fragt er und lässt seine kühlen Finger einfach liegen.

Ich streiche mir mit der freien Hand das Haar aus der Stirn. »Ich bin verunsichert. Wenn ich das Türchen dort oben wirklich habe offen stehen lassen ...« Ich beuge mich ebenfalls vor, meine Hand auf dem Tisch völlig bewegungslos haltend. Zu köstlich ist seine Berührung. »... dann ist es irgendwo doch meine Schuld, dass er hinuntergestürzt ist. Ich frage mich manchmal, ob ich unbewusst seinen Tod wollte.« Jetzt, wo ich es ausspreche, wird mir klar, dass es tatsächlich so ist. Mein Unbewusstes scheint ständig darüber nachzugrübeln, ob ein Teil von mir all diese Unfälle verursacht hat, um sich zu rächen. Vielleicht bin ich doch weniger kapitelfest, als ich dachte, und mache manchmal Dinge, von denen ich am nächsten Tag – ach was, im nächsten Moment – nichts mehr weiß ... Meine extreme Übelkeit gestern bekäme damit eine ganz neue Dimension.

Der zarte Druck von Franks Fingern holt mich aus meinem Gedankenkarussell heraus. »Das glaube ich nicht.« Er lächelt, dann zieht er die Hand zurück.

Schade.

»Deine Kolleginnen haben dich durch die Bank als besonnen beschrieben. Außer zwei Frauen hat niemand behauptet, dass du zu Jähzorn neigst, Maurice sagte sogar, dass du manchmal weinst, wenn dich jemand beleidigt hat.«

Ich verschweige lieber, dass diese Tränen ganz oft meiner Wut entspringen. Die Sekunde der Offenheit und der Selbstbezichtigung ist vorbei. Wenn Frank an meine Unschuld glaubt, dann kann ich das ja wohl auch! Außerdem hat er mich soeben ganz selbstverständlich geduzt. Ich werde das jetzt einfach auch so machen.

»Hast du irgendwelche Ergebnisse von der Autopsie?«

Er sieht mich eine Sekunde offen an und schenkt mir den Anblick seines Grübchens. »Die Sektion hat keine Anzeichen eines Kampfes hervorgebracht. Die Fingerabdrücke oben am Türchen geben auch noch nicht viel her. Deine sind natürlich dabei, aber viele andere ebenfalls. In unseren Karteien haben wir keine einzige Übereinstimmung.«

»Aber Selbstmord war es sicher nicht, oder? Also doch ein Unfall ...«

»Er kann auch ohne großen Kraftaufwand gestoßen worden sein. Wir wissen nicht, ob er allein dort oben war. Es könnte sich jemand herangeschlichen haben.«

»Also ist eigentlich noch alles unklar.«

»Ja, bis auf die Tatsache, dass besagte Kollegin ein Motiv für einen Mord hätte. Aber ich schätze, du musst los. Dieser Maurice wartet auf dich.« Er zögert. »Erstaunlich, dass dein Chef jemanden wie ihn beschäftigt.«

»Ja, da hast du recht. Irgendwo muss er einen guten Kern haben. Maurice ist ihm ans Herz gewachsen.«

Frank bezahlt, und gemeinsam eilen wir zurück zum Großen Markt. Ich liebe es, wenn er seine Hand in meinen Rücken legt, auch wenn es nur für eine Sekunde ist, bevor wir am Eingang angekommen sind. Ich unterdrücke den Impuls, ihn zum Abschied auf die Wange zu küssen. Er auch?

»Ich muss noch einmal mit den Kollegen von Mark Friskeel sprechen. Bis dann.« Weg ist er. Ich sehe ihm nach. Was für ein zauberhafter Traumbulle er doch ist.

»Lucy, wo steht denn dein Auto?«, fragt Maurice.

Ich reiße meinen Blick von der Glastür los, hinter der Frank verschwunden ist. »Dort hinten. Komm, wir fahren sofort los.«

Eine Dreiviertelstunde später parke ich hinter einem großen Schuhgeschäft. Maurice verabschiedet sich und geht in Richtung Marktplatz die Hauptstraße hinauf, während ich den Laden betrete, um herauszufinden, wo genau der Schuhdoktor seine Praxis hat. Im Geschäft nickt mir die Verkäuferin angesichts des Schuhkartons unter meinem Arm anerkennend zu. »Blahniks führen wir leider nicht.«

Ich lächle sie mit Verschwörermiene an. »Macht nichts. Ich suche nach einem Schuhmacher, der so etwas wieder hinkriegt.« Ich öffne die Schachtel, sie wirft einen Blick hinein, seufzt wohlig und schlägt sich dann entsetzt die Hand vor den Mund.

»Wie furchtbar!«

»Ja, nicht wahr? Wissen Sie, wohin ich muss, um sie abzugeben?«

»Das müsste unser Schusterhannes sein, der alte Herr Zimmer. Ein Stück die Straße hinauf, auf der rechten Seite, neben der Saarbahntrasse.« Sie zeigt in die Richtung, in die eben Maurice verschwunden ist.

Wenige Minuten später habe ich tatsächlich das winzige Kabuff gefunden, in dem der Schuhmacher noch nach alter Väter Sitte Schuhe flickt. Ein Duft nach Leder, Gummi und Klebstoffen umfängt mich, als ich es betrete, und ich fühle mich schlagartig in die Vergangenheit versetzt. Früher habe ich oft Schuhe zum Reparieren abgegeben, aber seit ich mir keine teuren Schuhe mehr leisten kann, mache ich das nicht mehr. Da lohnt sich einfach die Reparatur nicht.

Ein langer Kerl mit einer Knollennase im zerfurchten Gesicht kommt aus den hinteren Gefilden zum Tresen und blinzelt mich durch eine altmodische Hornbrille an. Alles an ihm ist schmutzig, die Hände, die Wangen, die riesige blaue Schürze. Seine Haare stehen wirr in die Höhe. Sie sind erstaunlich schwarz für ein so faltiges Gesicht. Die Augen leuchten hell aus dem Dunkel heraus. Umständlich nimmt er eine erloschene Zigarre aus dem Mundwinkel, in dem sie bisher wie festgepappt hing.

Er nickt in Richtung Schuhkarton. »Ui, Spezialkundschaft«, sagt er, wühlt ein Feuerzeug aus der riesigen Tasche seines Kittels und zündet unter lautem Paffen den Stumpen wieder an.

Sofort zieht herber Rauch in meine Richtung. Ich schlucke trocken. Ich mag es nicht, mit dem Wort »Spezialkundschaft« belegt zu werden; andererseits kann er ja nicht wissen, was ich darunter verstehe.

Er deutet auf den Karton. »Darf ich mal sehen?« Seine Frage kommt als Nuscheln, weil die Zigarre jetzt wieder im Mundwinkel hängt. Während er spricht, rieseln Aschepartikel herunter. In mir drängt alles nach Flucht, aber sind die skurrilsten Menschen nicht oft auch die größten Künstler? Vielleicht ist dieser Stumpen mümmelnde, alte Knorz ein Schuhgott ...

Ich öffne den Deckel und muss kurz schnaufen, als ich den verletzten Schuh heraushebe und dann den Absatz.

Er schnalzt mit der Zunge. »Mein lieber Mann, was ist denn da passiert? Nein, warten Sie, ich sage es Ihnen: Sie sind in einem Gitterrost hängen geblieben. Eine Schande!«

Fast liebevoll nimmt er den Schuh in seine schmutzigen Hände; ich befürchte schon, dass er schwarze Flecken darauf hinterlässt, aber offensichtlich sitzt die Farbe nur in den Rillen seiner Haut, die Schuhe bleiben sauber. Trotzdem fände ich es besser, wenn er sie mit Glacéhandschuhen anfassen würde. Auch die Zigarre dürfte er zur Seite legen. Aber so etwas zu verlangen, wäre vermutlich vermessen.

Er wiegt nachdenklich den Kopf, legt den Schuh sorgsam zurück und betastet den Absatz. »Also, das ist eine echte Herausforderung.« Er betrachtet das Leder unter seiner Brille hindurch, knipst eine kleine Lampe auf dem Tresen an und hält den Absatz darunter, dann schiebt er mit einer Art Spatel das Leder auseinander. Mir blutet das Herz, als ich die Fetzchen erkenne, in die es an den Rändern zerfasert ist. Die neuerlich herabrieselnde Asche macht da auch nichts mehr aus.

»Ich denke, den Absatz kann ich wieder aufbauen. Das Innenleben.« Er sieht mich über den Rand der Brille an. »Wenn nicht, müsste ich ihn ersetzen, das geht zur Not auch. Wird eine richtige Pionierarbeit werden. So was habe ich lange nicht mehr gemacht.« Er legt den Absatz hin und lockert seine Finger, dann lässt ein zufriedenes Grinsen die Furchen in seinem Gesicht noch ein wenig tiefer werden. »Das Leder ist allerdings hinüber.«

Ich stöhne. Ja, das habe ich gerade gesehen.

»Ich habe aber noch einen Rest, der wird passen, ganz sicher.«

»Wirklich?« Ich wage kaum zu glauben, was er mir da sagt.

»Ja, Fräulein. Ich kriege diesen Schuh wieder hin. Der olle Manolo selbst würde keinen Unterschied sehen.«

Ich quietsche. »Sie sind ein Schatz! Wie lange wird es dauern? Wie teuer wird es?«

Er wiegt wieder den Kopf. »Na ja, da müssen Sie mir schon ein bisschen Zeit lassen. Und ganz billig wird es nicht.«

Zu genaueren Auskünften lässt sich der Schusterhannes nicht verleiten, und so schiebe ich ab, in dem wunderbaren Gefühl, meine Schätzchen dem Richtigen überlassen zu haben. Und die Rechnung reiche ich beim Eigentümer des Bürogebäudes ein.

Beschwingten Fußes verlasse ich die Werkstatt und gehe auf dem Bürgersteig neben den Gleisen der Straßenbahn, die von hier aus nach Saarbrücken fährt, zurück. In meinem Übermut bemerke ich zu spät, dass von oben eine Radfahrerin herangebraust kommt, die für einen Fußweg eigentlich viel zu schnell unterwegs ist. Sie schreit kurz auf, muss ausweichen, wie ich erkenne, als ich herumwirble, und gerät mit dem Vorderrad in die Rinne neben der Straßenbahnschiene hinein. Die Frau schreit gellend um Hilfe. In mir wächst die Gewissheit, diese Stimme schon mal gehört zu haben, und der Zwilling, der immer alles sofort kapiert, stöhnt bereits auf, bevor das Hinterrad in die Luft schnellt und die Frau sowie den Inhalt ihres Gepäckträgerkörbchens wie ein bockendes Pferd nach vorn schleudert. Sie fliegt schreiend über den Lenker und prallt auf dem Boden und den Gleisen auf, das Fahrrad – der Vorderreifen ist noch immer im Gleis gefangen – landet halb auf der Frau. Gott sei Dank trägt sie einen Fahrradhelm. Ich bin sofort bei ihr. »Können Sie aufstehen?«

Jemand kniet sich neben mir hin, zieht das Fahrrad weg und berührt mich am Arm. Jetzt erst bemerke ich, dass es Maurice ist. Entsetzt sehe ich ihn an und frage: »Ist sie tot?«

Sein Gesicht ist seltsam ausdruckslos, dann verzieht er besorgt den Mund, schaut zuerst auf die Frau, dann auf mich. »Lucy, is alles in Ordnung? Hast du dir wehgetan?«

»Du saublöde Kuh!«, schreit da die Frau los, und in diesem Moment erkenne ich ihre Stimme: Es ist Frau Schnatterbeck die Jüngere. Die Arme hat einen Schock erlitten. Sie steht auf, als wäre nichts geschehen, wankt kurz, dann schüttelt sie sich. »Du bist mir in den Weg gelaufen!« Dann dreht sie sich zu Maurice um. »Oder warst du das, du Depp?«

»Bitte, beruhigen Sie sich. Sollen wir einen Krankenwagen rufen?«

»Nä!«, blafft sie und bewegt vorsichtig Arme und Beine. In ihrer Sommerhose klafft ein Loch, dessen Ränder sich rot verfärben. Also hat sie sich auf jeden Fall ein paar Schürfwunden geholt. Und ganz sicher Prellungen. Sie nestelt an ihrem Helm herum und zieht ihn aus, betastet ihren Kopf. »Nix passiert«, brummt sie. Sie sucht nach dem Plastikbeutel, der aus dem Gepäckträger geflogen ist. »Wo ist denn mein Grillhähnchen gelandet? ... Ah, da ist es ja.« Schimpfend trottet sie darauf zu und packt die Tüte, dann macht sie Anstalten, wegzugehen. Maurice hält noch immer das Fahrrad fest. Inzwischen sind einige Leute zu uns getreten. Sie helfen Maurice, das Rad zur Seite zu stellen, und reichen Frau Schnatterbeck und mir die Hände, damit wir von der Trasse hinunter auf den Bürgersteig treten.

Ein Mann zieht sein Handy heraus. »Ich rufe den Notarzt.«

»Nä, ich geh jetzt heim und guck mir alles an. De Arzt kann ich immer noch rufe. Außerdem wird unser Hähnchen kalt.« Sie lässt sich nicht aufhalten, sondern reißt Maurice mit einem bitterbösen Blick das Fahrrad aus der Hand und stapft, immer noch vor sich hin fluchend, davon.

Ich begreife nicht so ganz, was gerade geschehen ist. Ich verstehe nur, dass ich schon wieder beinahe eine Person zu Tode gebracht habe, die mich am Telefon beleidigt hat. Das kann doch kein Zufall mehr sein!

»Lucy, bei dir alles in Ordnung?«, fragt Maurice erneut und legt eine Hand auf meinen Oberarm. Ich merke, dass ich am ganzen Leib zittere, und schaue Frau Schnatterbeck nach.

»Das hat sie nicht besser verdient!«

Ich bin mir nicht sicher, wer von uns beiden das gerade gesagt hat. Ich sehe ihn an und sehe ihn doch nicht. Habe ich das mit Absicht getan? Wusste mein Unterbewusstsein schon vor mir, wer da in halsbrecherischem Tempo den Fußgängerweg entlanggesaust kam?

»Ich muss zurückfahren und mich mit Frank treffen«, murmle ich.

Maurice zuckt kurz zusammen, dann nickt er.

Wahrscheinlich ist es keine gute Entscheidung, in meinem Zustand ins Auto zu steigen, aber ich finde den Weg nach Saarlouis problemlos. Zu Hause suche ich Franks Karte aus meiner Geldbörse heraus und wähle seine Handynummer.

»Kraus.«

»Frank?«

»Ja. Lucy, bist du das?«

»Kannst du zu mir kommen? Ich habe schon wieder beinahe jemanden umgebracht.«

Er stöhnt. Eine irrwitzige Sekunde denke ich, dass ich das lieber in einer ganz anderen Situation hören würde.

»Ich komme«, raunt er.

Auch das würde ich lieber in einer ganz anderen Situation hören.

Stunden später hat mein Frank mich davon überzeugt, dass ich ganz normal bin. Wie süß von ihm, wo er doch der Kommissar ist, der gegen mich ermittelt!

»Lucy, woher sollten denn diese Störungen so plötzlich kommen? Nein, es gibt keinerlei Anzeichen, dass in deinem Oberstübchen etwas nicht stimmt.«

Wir sitzen uns gegenüber, er auf dem Zweisitzer und ich auf dem Sessel, und trinken eine Flasche Wein zusammen. Das heißt, ich trinke, er nippt noch immer an seinem ersten Glas.

»Aber ich bin froh, dass ich in dem Fall nicht auch noch ermitteln muss.«

Anscheinend belastet ihn etwas, er wirkt so grüblerisch. Er konzentriert sich auf meine Füße, die ich angezogen und gedankenverloren mit den Fingern meiner rechten Hand bearbeitet habe, wie mir gerade bewusst wird.

»'tschuldige«, murmle ich und nehme die Hand weg. Es ist nicht ganz normal, dass man seine Zehen massiert, wenn andere Leute dabei sind, oder? Jedenfalls nicht, solange man sich nicht im Freibad aufhält.

Er lächelt. Seine Augen sind so dunkel! Sie scheinen tief in mich hineinzusehen. »Das stört mich nicht, im Gegenteil. Ich mag Füße, und deine ganz besonders.«

Ich muss so breit lächeln wie Garfield, wenn er Lasagne riecht. Ja, die Richtung, in die sich unser Gespräch entwickelt, gefällt mir! »Wirklich?«

»Ja, sie sind so ... zierlich.« Er schluckt.

In meinem Inneren zündet spontan ein Feuerwerk.

»Weißt du, was mir an dir gefällt?« Angstvoll warte ich auf seine Reaktion. Ob ich zu weit gehe? Doch er beugt sich vor und beobachtet mich interessiert. Ich glaube, in seinem Inneren sieht es ganz ähnlich aus wie in meinem.

»Nein. Was denn?«

»Also, zuerst mal deine Augen. Die sind einfach der Hammer. Und dann dein Grübchen, die Narbe und dein Körper.« Ich halte den Mund. Bin ich bescheuert? Fehlt noch, dass ich anfange zu sabbern. Wie alt bin ich eigentlich? Sechzehn?

Er lehnt sich geschmeichelt zurück und legt eine Hand auf seinen Bauch.

Ächz, ist er etwa ein kleiner Narziss, und ich habe es bloß nicht bemerkt? Wahrscheinlich schleppt er mit seinem Hundeblick und dem Hammerbody eine Frau nach der anderen ab. Und ich Idiotin bestärke ihn auch noch in seiner Eitelkeit. Würg.

»Danke, das nehme ich als Kompliment. Ich war nicht immer schlank, musst du wissen.« Er reibt sich den Bauch, und jetzt sieht das ganz anders aus. Dann schmunzelt er entschuldigend.

Mir fällt auf, dass der Gute zwar schon ganz schön viel über mich weiß, ich aber nichts über ihn. »Möchtest du ein wenig über dich erzählen?« Ich schenke ihm nach, da er endlich sein Glas ausgetrunken hat.

Er zögert einen Moment, doch dann nickt er. »Als Kind war ich dick. Nein, eigentlich sogar fett. Ich hatte eine Tante, die mich mit allen Süßigkeiten versorgte, die ich wollte. Meine Mutter hat super gekocht, aber mir waren die Chips, Bonbons und Schokoriegel lieber, mit denen meine Tante mich vollstopfte.«

Er grinst schief, und ich schmelze noch ein wenig mehr. Bald wird nur noch eine Pfütze von mir übrig sein.

»Du kannst es dir denken. In der Grundschule war es noch nicht so schlimm, aber in der weiterführenden Schule wurde ich ganz schnell zum Außenseiter. Ich brauchte eine Weile, bis ich endlich den Arsch hochkriegte und beschloss, nicht länger dick sein zu wollen.« Er trinkt einen Schluck. »Meine Eltern unterstützten mich. Mutter ging mit mir zur Ernährungsberatung, und sie bezahlten mir das Fitnessstudio. Tja, seitdem ist Sport zu einer Sucht geworden.«

»Ich kann mir schlimmere Süchte vorstellen.« Ich ziehe die Nase kraus. »Zum Beispiel eine Sucht nach Schuhen.«

Er lacht laut auf. »Ja, da bedienst du ein gängiges Klischee.«

»Und das ist nicht das einzige, fürchte ich.«

Er beugt sich wieder vor, seine Knie rutschen dabei nahe zu meinen. »Ach nein?«

Ich schüttle den Kopf. »Erzähl mir erst noch mehr über dich. Du weißt schon so viel von mir.« Ich brauche ihm nicht jetzt schon auf die Nase zu binden, dass ich ein Serienjunkie bin und außerdem am liebsten Schokolade zum Frühstück esse, was man mir zum Glück nicht ansieht – aber ich kann mir die teuren Pralinen, die ich so mag, ja auch nicht immer leisten.

Er legt mir eine Hand auf das Knie, und ich brauche eine ganze Weile, meine Konzentration zurück in mein Hirn zu lenken, um zu verstehen, was er mir sagt.

»Gut, dann will ich ganz ehrlich sein. Ich bin verheiratet ... Hast du mich gehört, Lucy?«

»Äh.« In meinem Kopf macht es ein hässliches Geräusch, wie wenn die Nadel eines Schallplattenspielers quer über die Rillen ratscht. Ich bewege mein Knie, sodass er seine Hand zurückziehen muss. Also doch! Warum trägt der Schuft keinen Ehering? Ich stehe auf. Mein rechter Fuß ist eingeschlafen, ich knicke um. Frank fängt mich auf und hält mich fest, obwohl ich mich wehre und versuche, freizukommen. Das ist ja wohl die Höhe!

»Lass mich sofort los, du ...!« Ich spreche lieber nicht aus, was mir durch den Kopf schießt.

Er hilft mir auf die Beine und lässt mich los. Schade eigentlich.

»Lucy, meine Ehe ist längst zu Ende ...«
Ach ne!

»Wirklich! Wir wollen uns scheiden lassen, leben schon über ein Jahr getrennt, und meine Frau ... meine Exfrau bekommt ein Kind von einem anderen Mann.«

Ich stöhne. Sind das nicht allesamt Worte, wie man sie in den billigsten Liebesschmonzetten liest und hört? Schon sehe ich mich als »die andere«, die vor Liebe vergeht, ihrem Angebeteten jeden Wunsch von den Augen abliest und ihr Leben in Wartestellung verbringt, immer darauf hoffend, dass der Typ endlich seine Versprechungen wahrmacht und die Ehefrau in die Wüste schickt. Glückwunsch, das passt ja wieder mal wie die Faust aufs Auge. Und hier präsentieren wir Ihnen Lucinda Schober, die talentierte junge Frau mit besten Voraussetzungen, die es geschafft hat, ihr gesamtes Leben in den Sand zu setzen. Scheißjob, Scheißchef, Scheißfreund.

Nee, das muss ich erst mal verdauen. Ich bitte ihn zu gehen, auch wenn es mir schwerfällt.

Diese Nacht zieht sich ins Unendliche. Ich finde zuerst keinen Schlaf, dann träume ich von all meinen vermeintlichen Opfern, und am Schluss sehe ich Frank, wie er eine fremde Frau zum Altar führt. Alle, die ich umgebracht habe, umringen das Brautpaar und applaudieren. Wie gerädert stehe ich am nächsten Morgen sehr früh auf und beschließe, vor der Arbeit zu joggen. Da es für Juni empfindlich kühl ist, ziehe ich ein Sweatshirt über und mache mich auf den Weg, um das Gedankenkarussell von der frischen Luft wegpusten zu lassen. Schlimm genug, dass ich heute arbeiten muss, wo die meisten Menschen ausschlafen dürfen.

Nach einer Stunde und einigen per pedes zurückgelegten Kilometern hat die kühle Luft ihren Dienst getan. Ich bin vielen Joggern begegnet, die sich von der frühen Stunde und dem bewölkten Himmel nicht haben abhalten lassen. The »one and only« entdecke ich allerdings leider, leider nicht unter ihnen. Nun, er wird sicher an der Saar laufen und nicht hier zwischen den Käffern. Ich Idiotin hätte ja auch die Richtung zur Innenstadt einschlagen können. Heute, am Samstag, kommt es eh nicht darauf an, in welcher Kleidung ich zur Arbeit erscheine. Da wird das alles lockerer gesehen als unter der Woche, und niemand stört sich an meinen Laufklamotten. Ich beschließe, dass ich mich über meine Entscheidung, in Richtung Altforweiler zu joggen, nicht mehr ärgern will und stattdessen eben nächstes Mal in die City laufen werde.

Plötzlich vibriert es in der Tasche meiner Laufhose. In freudiger Erwartung ziehe ich das Handy raus und sehe auf das Display. Nein, er ist es nicht. Aber meine geliebte Rebellenschwester. »Kat? Was gibt's?«

Sie stöhnt. Ui, das klingt übel.

»Kannst du mir aus der Apotheke ein Schmerzmittel besorgen? Ich habe solches Bauchweh!«

»Was ist denn passiert? Hast du dir den Magen verdorben?«

»Nein, nein, alles ganz normal. In ein, zwei Tagen ist es wieder vorbei. Du weißt schon ... Aber wir haben kein Schmerzmittel im Haus, ich habe ewig keines mehr gebraucht.«

»Was ist denn mit Susa, kann sie nicht? Ich muss heute arbeiten.«

»Ach so. Ne, dann lass gut sein, Sis.«

Kat würde mich ja nicht anrufen, wenn sie mich nicht bräuchte. »Und Susa?«

»Sie hat die Eier ausgehoben und ist dann zu ihren Eltern gefahren. Da hatte ich noch keine Schmerzen. Du kennst das ja, sie kommen manchmal anfallartig.«

Ja, ich kenne das. Als ich noch Jugendliche war, traf mich die Periode immer wie ein Vorschlaghammer. Ich werfe einen Blick auf meine Armbanduhr. Halb acht. Vom Stadtzentrum und von Beaumarais bin ich ziemlich weit weg. Kats Hof liegt von hier aus näher als meine Wohnung. Unterwegs kann ich noch an einer Apotheke im Ort vorbeilaufen.

»Hör mal, Kat, wenn du mich nach Saarlouis zurückbringen kannst, dann klappt es noch. Samstags kann ich auch mal eine halbe Stunde später kommen. Ich bin nämlich grade in deiner Nähe. Ich hole in der Apotheke die Tabletten und bringe sie dir.«

»Ach, das wäre super, Kleines. Du kannst auch den Pick-up nehmen, um zur Arbeit zu fahren.«

Obwohl ich mich wirklich spute, komme ich relativ spät bei Kat an. Ein Auto musste mir ausweichen, als ich aus der Apotheke stürmte. Der Fahrer hupte wütend, aber ich tat so, als hätte ich nichts bemerkt.

Kat wirft dankbar eine Tablette ein und verzieht dabei das Gesicht. Eigentlich mag sie keine Medizin, ganz gleich, welcher Art. Heute muss es ihr also richtig schlecht gehen. Ich kann nicht von ihr verlangen, dass sie mich nach Saarlouis bringt, und so einigen wir uns darauf, dass ich den Pick-up nehme. Vorher rufe ich auf der Arbeit an, um Bescheid zu geben, dass ich mich verspäte. Das gibt mir die Zeit, doch noch zu Hause vorbeizufahren und rasch zu duschen.

Auf dem Rückweg zwingt mich eine Umleitung, eine andere Strecke zu fahren. Anscheinend hat die Polizei nach einem Autounfall die Straße gesperrt. Somit wird es also noch ein wenig später, bis ich bei der Arbeit ankomme.

Ein toller Start ins Wochenende, das durch die Arbeit ja eh schon versaut ist. Aber wenigstens hat die Sonne jetzt alle Wolken weggebrannt, und es verspricht ein wunderschöner Saarlouiser Sommertag zu werden. Mein Sweatshirt werfe ich zur dunklen Wäsche – und hoffe, dass ich es erst im Herbst wieder brauchen werde.

8

Zeugen?

Frank Kraus erlaubte sich, einfach mal auszuschlafen. Er wollte nicht nachdenken. Nicht über die Todesfälle, in denen er ermittelte und die allesamt etwas mit Lucy Schober zu tun hatten, nicht über den gestrigen Unfall, von dem sie ihm erzählt hatte, nicht über die Frage, ob Lucy möglicherweise unter einer Persönlichkeitsspaltung litt. Außerdem wollte er vergessen, wie sie gestern Abend reagiert hatte, als er mit der Wahrheit herausgerückt war. Sicher, es hatte ihn nicht überrascht, dass sie ihn nach seiner Eröffnung, noch verheiratet zu sein, nach Hause schickte, aber irgendwie hatte er doch eine gelassenere Reaktion erwartet. Lucy hatte auf ihn bisher ziemlich tough gewirkt, auch wenn sie innerlich öfter mal hin und her zu schwanken schien. Noch immer faszinierte ihn ihre Eigenart, gelegentlich in Gedanken zu versinken, als halte sie Zwiesprache mit sich selbst. Er sprang aus dem Bett und unter die Dusche. Zwiesprache mit sich selbst – der Gedanke rief in ihm eine Assoziation wach, die er in keinem Zusammenhang mit Lucy sehen wollte. Er dachte an ein kleines gnomenhaftes Wesen, das bei der Zwiesprache mit sich selbst die

Ausstrahlung wechselte, je nachdem, ob es gerade harmlos oder böse war: Gollum aus »Herr der Ringe«. Er hatte diese Figur immer als sehr gut getroffen empfunden, aber sie ließ ihm auch eine Gänsehaut den Rücken hinunterkriechen. Nein, Lucy hatte doch keine Ähnlichkeit mit diesem ins Schreckliche verwandelten Hobbit!

Das Telefon hörte er, als er die Dusche abstellte, um sich zu shampoonieren. Fluchend tappte er aus der altmodischen Duschkabine, ging nackt und tropfend in sein Wohnzimmer und hob ab. »Kraus.«

»Frank, hier ist die Inspektion. In Altforweiler ist ein Unfall passiert. Die Kollegen von der Streife sind schon vor Ort, aber der Fall ist nicht ganz eindeutig. Du musst da hin.«

Frank stöhnte. Nicht schon wieder! »Gib mir die Adresse. Ist die Spusi schon da?«

»Ja, alles schon in die Wege geleitet. Wir lassen die Straßenseite abgesperrt, bis du dort warst. Die Frau, die angefahren wurde, liegt in der St.-Elisabeth-Klinik. Sie hat den Aufprall zum Glück überlebt.«

»Und der Fahrer des Unfallwagens?«

»Ist auch im Krankenhaus, er hat einen Schock.«

»Gut, dann sehe ich mir rasch den Unfallort an und spreche danach mit den beiden.«

Als er zehn Minuten später in seinem Mini nach Altforweiler fuhr, ahnte er bereits, dass der Name des Opfers im Callcenter nicht unbekannt sein würde. Zwar sagte er sich, dass ein Mitwirken Lucys in diesem Fall nahezu unmöglich sei, aber er war sich beinahe sicher, dass sie mit der Frau telefoniert hatte.

Die meisten Gaffer hatten sich verzogen, die Spuren der beteiligten Fahrzeuge und die Umrisse des Unfallopfers waren mit Kreide auf die Straße aufgezeichnet worden. Die Spusi packte bereits alle gesicherten Beweise für die kriminaltechnische Untersuchung ein. Frank erfuhr, dass man nichts Ungewöhnliches gefunden habe. Die Frau habe ihren Wagen am Straßenrand geparkt und sei ausgestiegen. Der Fahrer des Unfallwagens sei unglücklicherweise genau in diesem Moment einer Passantin ausgewichen und habe sie erfasst.

»Hallo, Kommissar!«

Frank fuhr zu der Stimme herum. Maurice, der Junge für alles aus dem Callcenter, stand auf dem Bürgersteig und lächelte ihn an. »Die Frau is aus Düsseldorf, siehste?« Er deutete auf den an der Straße geparkten Wagen.

Frank atmete auf. Wenn das Opfer aus Düsseldorf kam, schwand die Wahrscheinlichkeit, dass Lucy mit dem Unfall zu tun hatte. Es sei denn, sie kannte sie persönlich.

»Ich hab ihren Namen gehört. Gundula Grätz.« Maurice starrte Frank unbeweglich an.

Was mochte in dem simpel gestrickten jungen Mann vor sich gehen?

»Sie is eine böse Frau.«

Die Alarmglocken in Franks Kopf gingen los. »Wieso, kennen Sie sie?«

»Sie is eine Kundin.«

Frank zog seinen Notizblock heraus. »Hat sie mit Lucy zu tun gehabt?«

»Ja, und sie is gemein gewesen.«

Mist! Frank seufzte. Er bedeutete seinen Kollegen, dass der Unfallort freigegeben werden konnte, und fuhr zum Krankenhaus, um eine Befragung durchzuführen.

Gundula Grätz hatte einen Beinbruch und zahlreiche Prellungen, aber sie war noch mal mit einem blauen Auge davongekommen. Sie sagte, dass sie nichts gesehen habe. Sie sei ausgestiegen, da sei auch schon dieses Auto herangebraust und habe sie erfasst. Sie sei ein Stück weit durch die Luft geflogen, und als sie aufschlug, habe es heftig in ihrem Bein gekracht. Sie habe gleich geahnt, dass der Oberschenkel gebrochen sei.

Frank wünschte ihr gute Besserung und suchte den Autofahrer auf. Er saß auf einem Krankenbett und wies keine Anzeichen eines Schocks mehr auf.

»Ich habe schon zu Protokoll gegeben, dass ich einer zierlichen Person ausweichen musste. Ich weiß nicht, ob es ein Mann oder eine Frau war, sie trug einen dieser dunklen Kapuzenpullis und eine dreiviertellange Hose. Mehr kann ich leider nicht sagen, es ging alles so schnell. Ich riss das Lenkrad herum, weil es so aussah, als laufe er oder sie direkt auf die Straße. Ich hupte auch, um die Person zu warnen. Dann tauchte plötzlich die Frau vor mir auf, die gerade aus dem Auto ausgestiegen war. Ich konnte nichts mehr machen. Ich habe sie erwischt, trotz Vollbremsung. Ein Glück, dass sie noch lebt.« Während seiner Schilderung begann der Mann zu zittern, sein Gesicht nahm eine wächserne Farbe an.

Frank reichte ihm die Hand. »Ich danke Ihnen. Bitte bleiben Sie noch hier, bis die Ärzte Ihnen zu gehen erlauben, und halten Sie sich zu unserer Verfügung, falls wir noch Fragen haben.«

Der Mann senkte den Kopf und nickte.

Frank verließ das Krankenhaus, fuhr zur Wache, stellte seinen Wagen ab und ging zu Fuß zum Großen Markt. Lucy hatte ihm gestern Abend erzählt, dass sie am Wochenende arbeiten musste. Er wollte sie sehen, ganz privat.

Im Kopf bewegte er alle Figuren hin und her. Ein Unbekannter mit einem dunklen Hoodie war sowohl bei Schaafs Unfall als auch heute gesehen worden. Vielleicht nur Zufall. Er würde alle Verdächtigen fragen, ob sie ein solches Kapuzensweatshirt besaßen. Er schnaubte: Er selbst besaß eines!

Katharina Schober hatte sich bei einigen Unfällen in der Nähe aufgehalten. Zudem überzeugten ihn ihre Alibis nicht besonders. Er würde sie befragen, wo sie heute Morgen zur Unfallzeit gewesen war.

Tja, und Lucy natürlich, der Unglücksrabe, der bisher jedes Mal eine mehr oder weniger aktive Rolle gespielt hatte. Außerdem hatte sie mit jedem der Opfer etwas zu tun gehabt und infolgedessen jeweils ein, wenn auch schwaches, Motiv. Er rieb sich die Stirn beim Gedanken an die Zweifel an ihrer Unschuld, die in ihr selbst aufgekeimt waren, und die er noch gestern so vehement zurückgewiesen hatte. Heute Morgen hatte sie sich aber definitiv nicht in der Nähe des Unglücksortes aufgehalten.

Was war mit Maurice? Ihn hatte er bisher nicht in Betracht gezogen, doch angesichts der wenig überzeugenden Motive der anderen Verdächtigen gab es keinen triftigen Grund, ihn außen vor zu lassen. Er war wie Kat einige Male in der Nähe der Unglücksfälle gewesen. Lucy hatte gesagt, dass sie ihn im Klopfer gesehen habe, im Fall Friskeel hatte er zur Unglückszeit im selben Gebäude gearbeitet. Gestern war er in Riegelsberg mit von der Partie gewesen, und heute hatte er anscheinend sogar auf ihn, Frank, gewartet. Als Frank durch die große Glastür das Bürogebäude betrat, fragte er sich, wieso er den sanften jungen Mann noch nicht danach gefragt hatte, wie es kam, dass er in der Nähe der Unglücksorte gewesen war. Ja, tatsächlich, vielleicht sollte er ihn gründlicher durchleuchten.

Und Lucys Chef Dürrbier? Er hatte die Horrorlisten erstellt und Lucy damit arbeiten lassen. Vielleicht verfolgte er einen persönlichen Racheplan, mit dem er sich sowohl an den unangenehmen Kunden als auch an seiner Mitarbeiterin rächen wollte? Aber mit welchem Motiv? Hatte sie ihn zurückgewiesen und seine Eitelkeit verletzt?

Und zuletzt Friskeels eifersüchtige Kollegin. Bestand die Wahrscheinlichkeit, dass es eine Verbindung von ihr zu den anderen Fällen gab?

Keine seiner Überlegungen schien plausibel. Mit einer so ungewöhnlichen Unfall- oder Mordserie hatte er noch nie zu tun gehabt. Wenn er es nicht besser wüsste, würde er sie für die Ausgeburt einer übersteigerten Fantasie halten. Oder für den augenzwinkernden Scherz der Götter, die sich bekanntlich gern über die Menschen kaputt lachten. Er rieb sich über die Stirn.

Was für seltsame Gedanken! Vielleicht wollte er auch einfach nicht wahrhaben, dass Lucy eine Täterin war?

Er stieg aus dem Fahrstuhl und betrat das Callcenter. Heute war weniger als die Hälfte der Plätze besetzt. An der angespannt wirkenden Haltung der Arbeitenden erkannte er, dass sie ihn registriert hatten. An Lucys Arbeitsplatz stand ein leerer Bürostuhl.

Dürrbier schien nicht anwesend zu sein; alle Jalousien waren hochgezogen, und es hielt sich niemand im Raum auf. Zögernd ging Frank den Gang zwischen den Schreibtischen entlang und blieb bei der ersten Telefonistin stehen. Hatte er sie schon befragt? Das war ein echtes Manko: Er konnte sich weder Namen noch Gesichter der Menschen, mit denen er zu tun hatte, besonders gut merken. Allzu oft dachte er krampfhaft darüber nach, ob er jemanden schon vernommen hatte. Sein Partner Herbert hatte das immer lachend abgetan. Er selbst merkte sich Gesichter und die zugehörigen Namen, vergaß dafür aber andere wichtige Details. Die Frau beendete soeben ein Gespräch und sah abwartend zu Frank auf.

»Ja, bitte?«, fragte sie dann. Das ließ darauf schließen, dass sie ihn noch nicht kannte.

»Ist Lucinda Schober da?«

»Wer will das wissen?« Sie lächelte keck, doch ihm war nicht nach Scherzen zumute.

»Kommissar Kraus«, sagte er kühl und zeigte ihr seinen Ausweis.

Sofort setzte sie sich aufrecht hin. »Ach so, Sie ermitteln sicher im Todesfall Friskeel, nicht? Aber was hat das mit Lucy zu tun?«

»Sagen Sie mir einfach, wo sie ist. Sie hat doch heute Dienst, oder?«

Die Frau sah auf den Bildschirm, dann nickte sie zu ihm hoch. »Sie scheint sich zu verspäten. Kann ich Ihnen inzwischen weiterhelfen?«

»Hm ... Habe ich Sie noch nicht befragt?«

Sie zog die Brauen zu einer komischen Grimasse zusammen. »Ne, ich habe noch nicht das Vergnügen gehabt.«

»Kennen Sie Lucy gut?«

»Ja, schon. Früher haben wir oft gemeinsame Schichten gefahren. Heute komme ich meistens erst, wenn sie schon geht. Ich arbeite jetzt weniger wegen der Kinder.«

»Gut, dann begleiten Sie mich bitte in das Büro des Chefs, ich würde Sie gern befragen.«

Sie stand auf und zog ihren Rock zurecht. Die Geste, mit der sie ihr Headset hinlegte und ihr Haar hinter das Ohr strich, wirkte mit einem Mal nervös.

»Nach Ihnen«, sagte er und beobachtete, wie sie mehrere Kolleginnen ansah, bevor sie die Glastür zu Dürrbiers Büro öffnete.

»Abgesperrt«, stellte sie fest.

»Gut, dann lassen Sie uns dort hinten hingehen, wo niemand sitzt.«

Sie zogen sich an den äußeren Rand des Raums zurück, und er stellte die üblichen Fragen.

Kannte sie Lucy als ausgeglichene Persönlichkeit?

Blieb Lucy immer freundlich?

Oder neigte sie auch mal zu Wutausbrüchen?

Nach anfänglichem Zögern ließ die müde wirkende Frau sich zum Plaudern hinreißen und verfiel dabei in den saarländischen Dialekt. »Eigentlich is es Lucy ganz in Ordnung. Ma muss bloß aufpasse, dass man's nit ärgert, dann kann's nämlich ganz schön austicke. Also, ich möcht' ihm nit in die Füß kumme, wenn es sauer is.«

Innerlich seufzte Frank. Sagte sie die Wahrheit oder sprach aus ihr vielmehr eine Art Missgunst? »Haben Sie schon mal miterlebt, dass sie einem Kunden gegenüber ausfallend geworden ist?«

»Ja, klar. Aber das is natürlich alles schon länger her. Wie gesagt, wir sehn uns nur noch selten. Es hat auch schon mol gedroht.«

»Wie, gedroht?«

»Na ja, es hat mol gesagt: ›Wenn ich kinnt, wie ich wollt, dann ...‹«

»Sagen wir das nicht alle mal? Wieso betrachten Sie das als Drohung?«

Sie zuckte mit den Schultern. »Also, ich han so ebbes noch nie gesagt ... Aber da kommt's ja.« Ihr Blick ging zum Fahrstuhl, Frank drehte sich um.

Tatsächlich, da hastete sie zu ihrem Arbeitsplatz. Ihn und ihre Kollegin nahm sie nicht wahr. Er beobachtete, wie sie ihre Tasche abstellte und sich setzte, den Rechner einschaltete und auf den Bildschirm starrte. Dann setzte sie ihr Headset auf. Sie stach aus den Mitarbeiterinnen eindeutig hervor, weil sie sportlich gekleidet war. Sie wirkte ein bisschen müde. Anscheinend hatte sie sich abgehetzt, um noch einigermaßen pünktlich zu erscheinen.

»Ich danke Ihnen, Sie können wieder an Ihren Platz gehen«, sagte Frank zu der Frau und folgte ihr durch den Raum bis zu Lucys Schreibtisch. Während er sich ihr näherte, beobachtete er, wie sie gedankenverloren eine Locke an ihrem Hinterkopf um den Finger zwirbelte. Ihre Haare schienen ein wenig feucht zu sein. Schon aus ein paar Metern Entfernung konnte er den frischen Duft von »Coco Mademoiselle« riechen. Unwillkürlich sah er hinunter, welche Schuhe sie trug. Enttäuscht erkannte er flache Leinenturnschuhe, die die Füße komplett vor seinen Augen verbargen. Ob sie nicht damit rechnete, ihn heute zu sehen?

Er stutzte. Mit diesem Gedanken gestand er sich ein, dass sie es wusste. Sie hatte bemerkt, dass er auf Füße stand, ganz besonders auf ihre, und ihm war es nicht nur egal, sondern es erfüllte ihn mit freudiger Erwartung.

Er war noch nicht ganz an ihrem Platz angelangt, da hob sie den Kopf. Hatte sie ihn gewittert? Ihr Gesicht erstrahlte in einem Lächeln, das jedoch gleich darauf von einem Stirnrunzeln abgelöst wurde. Sie stand auf. »Frank!«

»Hallo, Lucy. Ich muss mit dir sprechen. Können wir in einen anderen Raum gehen? Das Büro ist abgeschlossen.«

»Vielleicht in die Küche, da könnten wir die Tür zumachen.«

Sie schlängelte sich hinter dem Schreibtisch hervor und ging mit energischen Schritten voraus zu einem winzigen Kabuff neben dem Chefbüro. Niemand hielt sich in der Küche auf, die nicht mehr als ein Abstellraum mit einer Spüle, einem Kühlschrank und einer altmodischen Kaffeemaschine war. Hier setzte Maurice also den guten Kaffee auf, den er Lucy nach deren

Worten immer brachte, wenn sie einen besonders schlimmen Tag hatte?

Lucy schloss die Tür zum Großraumbüro, wo die Köpfe einiger Kolleginnen rasch hinter den Bildschirmen verschwanden. Sofort entstand eine Atmosphäre der Nähe und Abgeschiedenheit. Sie lehnte sich mit dem Po an die Spüle und verschränkte die Arme vor der Brust. Versuchte sie, ihn auf Abstand zu halten? Oder drückte die Geste aus, dass sie bereits wusste, was geschehen war? Wirkte sie schuldbewusst? Ihre Haltung rief in ihm eine Sorge wach, die er so gern beiseiteschieben würde. Er wollte einfach nicht an ihre Schuld glauben!

»Eine Gundula Grätz aus Düsseldorf ist in Altforweiler angefahren worden. Sie hat den Unfall überlebt.«

»Gundula Grätz?« Sie löste ihre Arme, fuhr sich mit einer Hand an die Lippen und ließ den anderen Arm hinunterfallen. Ihre Überraschung wirkte echt. Auch das anschließende Erkennen und Erschrecken. Und dann machte sie es wieder: Sie richtete ihre Aufmerksamkeit nach innen. Beinahe bildete er sich ein, sie zischeln zu hören – in zwei verschiedenen Stimmen, von denen eine ihn abermals unangenehm an Gollum erinnerte.

»Wir haben sie bestraft, ja, bestraft haben wir sie. Böse Person! – Nein, nein, sie ist keine böse Person, ich habe nichts getan! – Doch, sie ist BÖSE ...« Das letzte Wort zog Gollum fauchend in die Länge. »Sie hat uns beleidigt. Sie hat es nicht besser verdient ...«

»Frank?« Lucys echte Stimme riss ihn aus seinem abstrusen Gedankenspiel heraus. Sie war einen winzigen Schritt auf ihn zu getreten und forschte mit ihren Ozeanaugen in seinen Zügen. »Ich hatte gestern ein Telefonat mit Gundula Grätz, du hast es am Rande mitbekommen.«

»Ja, ich weiß, sie ist ausfallend geworden.«

»Sie bezeichnete mich als Arschloch und unterbelichtetes Weibsstück, ja.« Sie wischte sich mit der Hand über die Stirn, dann murmelte sie vor sich hin – Franks Horrorvision schien damit Wirklichkeit zu werden. Trotzdem stand er fasziniert da und lauschte ihr.

»Spiegelschutz, ich habe das Wort Spiegelschutz verwendet. Kindisch war das.« Lucy starrte auf das Muster des billigen Linoleumbodens. »Aber ich wusste doch nicht, dass die heute in Altforweiler ist! Oder hat sie am Telefon erwähnt, dass sie ins Saarland fährt? ... Nein, hat sie nicht ... Außerdem war das ja wirklich nur Zufall, dass ich dort in der Apotheke war ... Ja, das war es, ich konnte es nicht ahnen. Aber der Unfall ...« Sie blickte Frank an, doch es wirkte, als hinge ein hauchdünner Vorhang vor ihren Augen, der sich erst im Lauf ihres nächsten Satzes wie Nebel auflöste, sodass sie endlich wieder ganz anwesend zu sein schien. »Ich muss den Unfall verursacht haben und bin einfach weitergelaufen, obwohl ich das Hupen und Bremsen gehört habe. Ich fasse das alles nicht. Bin ich schizophren?«

Schon wieder stand diese Frage im Raum. Dabei sah sie ihn so unglücklich und ängstlich an, dass er einen Schritt auf sie zu machte und seine Hände auf ihre Hüfte legte. Sofort wurden in seinem Körper chemische Reaktionen in Gang gesetzt. Es fühlte sich an, als gehörten seine Hände genau hierhin. Ihre Züge wurden weich, doch die Tränen, die sich in ihren Augen sammelten, halfen ihm, sich auf das zu konzentrieren, was im Raume stand. »Lucy, ich kann das nicht glauben.«

»Aber sieh mal, ich war dort, weil ich heute Morgen joggen war, obwohl es noch sehr kühl war. Dann rief mich Kat an, und ich versprach ihr, in einer Apotheke ein Schmerzmittel zu besorgen, und weil ich schon näher am Hof war als an meiner Wohnung, lief ich also weiter.«

»Das ist doch alles reiner Zufall. Davon wusstest du vorher nichts.« Er kratzte sich an der Stirn, legte dann die Hand schnell wieder an ihre Hüfte.

Sie entspannte sich ein wenig. »Das stimmt. Ich konnte es nicht vorausahnen.« Sie sah ihn unverwandt an. In seinem Kopf verwirrten sich die Gedanken, er schwieg. Sie hob wie in Zeitlupe eine Hand und betastete seine kleine Narbe. Mit einem Mal war alles weggewischt, wie von einem Sturm fortgeweht flatterten alle Gedanken an die Unfallserie davon, und er spürte nur noch ihre Berührung. Seine Wange prickelte sacht, wo ihr warmer Finger seine Haut berührte, und in seinen Handflächen fühlte er die Wärme ihrer Hüfte unter der Sommerhose. Er schloss die Augen und wurde ihres Beckens unter seinen Händen gewahr. Lucy war ein wenig kleiner und zierlicher als Ellen. Fast ohne es zu bemerken, ließ er die Hände in ihren Rücken gleiten und zog sie näher zu sich. Sie legte gleichzeitig die flache Hand an seine Wange. Ihr Gesicht näherte sich seinem, ihr Duft floss in alle Synapsen seines Körpers hinein. Schlagartig schoss sein Blut nach unten, und eine Erektion stellte sich auf, die er umso intensiver spürte, als ihre Hüfte ihn jetzt berührte. Dann näherten sich ihre Lippen, rosig wie Blütenblätter.

Krack!, öffnete sich die Tür. Er und Lucy stoben auseinander. Frank beglückwünschte sich, dass er die feste Jeanshose mit der Knopfleiste vorn angezogen hatte, so sah man seinen Zustand nicht. Hitze stieg ihm in die Wangen. Im Augenwinkel sah er, wie Lucy verlegen das Haar zurückstrich, während er zu dem Eintretenden herumfuhr.

Maurice stand vor ihnen wie ein Häuflein Elend. Er ließ den Blick zwischen ihm und Lucy hin- und herwandern, und auf einen Schlag erkannte Frank das Naheliegende: Der junge, geistig etwas beeinträchtigte Mann war in Lucy verliebt. Doch er bemerkte auch eine Ergebenheit in Maurice' Haltung, die zeigte, dass dieser sich darüber im Klaren war, niemals mit der Angebeteten zusammenzukommen. Ob Lucy wusste, dass sie in Maurice einen selbstlos liebenden Verehrer hatte?

»Maurice«, stieß sie mit einem angedeuteten Lachen aus. Es klang zugleich peinlich berührt und erleichtert. »Hast du heute nicht frei?«

»Ja. Aber ich hab den Unfall in Altforweiler gesehen. Und ich hab mir gedacht, dass es dir nit gut geht. Ich weiß ja, dass du heute Dienst hast.«

Lucy zog die Brauen hoch. »Tatsächlich? Kennst du die Arbeitspläne auswendig?«

Maurice errötete. »Nein ... nur die von ein paar Leuten. Wie geht's dir?«

»Na ja, es geht so. Lieb, dass du extra herkommst, aber das musst du doch nicht, Maurice!«

Frank sah, wie Maurice' Augen zuerst aufleuchteten und dann wieder erloschen. Der Junge tat ihm leid.

»Wir sind dann auch fertig, Frau Schober. Bleiben Sie bitte die nächsten paar Tage in der Stadt.«

Lucy sah ihn irritiert an, dann nickte sie leicht. »Ja, natürlich. Ich gehe dann mal an die Arbeit. Dürrbier wird sicher überprüfen, wann ich mich eingeloggt habe.«

»Das hab ich schon für dich gemacht, Lucy. Wie ich dich an deinem Platz nit gesehen hab.«

Sie starrte Maurice eine Weile an, sagte jedoch nichts und ging hinaus.

Maurice machte sich an der Kaffeemaschine zu schaffen.

»Ich möchte von Ihnen den Unfallhergang noch mal genau hören, Maurice.«

Der junge Mann drehte sich um, die leere Kanne in der Hand, und sah Frank schweigend an. Dann runzelte er die Stirn und ging zur Spüle. Während er den Wasserhahn aufdrehte, fragte er: »Was magst du wissen?«

»Können Sie mir nochmals genau schildern, was Sie beobachtet haben?«

»Also, ich bin durch die Straße zur Bäckerei gegangen. Ich wohne ja in Altforweiler – hast du das gewusst?«

Frank hatte es irgendwann notiert ...

»Dann is zuerst das Auto aus Düsseldorf vorbeigefahren. Es hat an der Seite der Straße gehalten. Und ich hab gesehen, wie jemand aus der Apotheke auf der anderen Seite gekommen is, und ich hab Lucy erkannt. Dann ging alles so schnell. Das Auto, das wo auf Lucys Seite gekommen is, hat ausweichen gemusst. Der Fahrer hat gehupt und gebremst. Aber dann hat er die Frau erwischt, die wo auf der anderen Seite ausgestiegen is.

Lucy hat sich nit umgedreht, sondern is weitergerannt. Es hat's bestimmt eilig gehabt.«

»Würden Sie sagen, dass das ein Unfall war, oder sah es für Sie so aus, als ob Frau Schober den fahrenden Wagen absichtlich abgelenkt hätte?«

Maurice' Augen wurden groß. Er drehte sich zur Kaffeemaschine, goss Wasser hinein und gab umständlich Kaffeepulver in den Filter. Als Frank schon glaubte, er ignoriere seine Frage, drehte er sich wieder um und schüttelte den Kopf. »Nein, das war keine Absicht. Es hat den Knall einfach nit mitgekriegt. Es hat ja auch die Stöpsel im Ohr gehabt, und das alles is so schnell gegangen!« Er schnaubte bekräftigend. »Es hat de Kopf eingezogen, wie der gehupt hat. Es hat ja sein Gesicht gesehen. Bestimmt wollt es sich von dem Autofahrer nit noch verschimpfen lassen. Ich kann das verstehen.«

Frank nickte langsam. Verstehen konnte er es auch, aber tatsächlich glich Lucys Verhalten Fahrerflucht. Das war nicht schön. Aber immerhin besser als Mord oder auch nur Tötungsabsicht. Er drehte sich um, doch dann fiel ihm ein, dass er Maurice noch etwas hatte fragen wollen. Dieser schaltete soeben die Maschine ein. »Besitzen Sie ein dunkelfarbiges Kapuzensweatshirt? Und haben Sie es am 9. Juni abends getragen?«

»Ja, ich hab eins. In Lila.« Er zögerte. »Am 9. Juni? Was war das für ein Tag?«

»Donnerstag. An dem Abend ist Harko Schaaf ums Leben gekommen.«

»Ach so. Nein, da hab ich es sicher nit angehabt. War doch die letzten Wochen immer schön warm.« Sein Gesicht verschloss sich so unübersehbar wie bei einem kleinen Kind, das die Unterlippe vorschiebt. Er würde nichts mehr sagen, das war eindeutig. Aber Frank würde ihn im Auge behalten, das war ebenfalls eindeutig.

Mit einem Seufzen verließ er das Kabuff. Er suchte unwillkürlich nach Lucy und entdeckte sie an ihrem Platz. Allerdings registrierte er auch, dass die Kolleginnen in ihrer Nähe sich zu ihr umgedreht hatten, und nur eine Sekunde später wusste er auch, warum.

»Verdammt!«, gellte Lucy. »Ich muss mir das hier echt nicht mehr anhören. Ich habe die Nase so gestrichen voll, das kann ich Ihnen gar nicht sagen.«

Sie hielt inne – anscheinend bot ihr Gesprächspartner ihr Paroli. Frank beschleunigte seine Schritte, doch Maurice war schneller als er. Wie ein Wiesel huschte der junge Mann zu Lucys Arbeitsplatz, blieb dann etwa anderthalb Meter von ihrem Stuhl entfernt stehen und starrte mit zusammengekniffenen Augen auf den Bildschirm. Lucy war anscheinend so sehr in ihren Streit mit dem Kunden oder der Kundin vertieft, dass sie nicht bemerkte, wie Frank neben Maurice trat. Maurice zeigte auf den Bildschirm, zog die Schultern hoch und kniff die Lippen zusammen. Anscheinend hatte er den Namen des Kunden erkannt.

»Ich weiß ja auch nicht, warum die Quietschente nicht mehr quietscht. Aber wenn Sie sonst keine Sorgen haben, dann seien Sie froh! Ist ja wohl das Letzte, dass Sie wegen so was samstags die Leute belämmern ...«

Ihr Gesprächspartner unterbrach sie offenbar. Lucys Wangen nahmen eine ungesunde Rötung an. »Nein, jetzt hören Sie mir mal zu, Frau Cramp-Saitenstecher. Leute wie Sie verderben uns das Wochenende. Wegen

Leuten wie Ihnen müssen wir uns die Feiertage um die Ohren schlagen. Stecken Sie sich Ihr verdammtes Quietschentchen doch sonst wohin!« Sie pumpte wie ein Maikäfer. »Was? ... Dann soll Ihr verschissener Enkel es sich eben sonst wohin stecken!«

Heftig drückte sie auf ihrem Headset herum, aber anscheinend traf sie nicht den richtigen Knopf. Franks Magen zog sich schmerzhaft zusammen bei ihrem Anblick.

»Nein, es reicht. Dann zeigen Sie mich eben an. Tschüss!« Endlich fand sie den Knopf, lehnte sich zurück, zerrte das Headset herunter und legte beide Hände auf den Schreibtisch. Das Zittern ihrer Arme war nicht zu übersehen. Sie atmete tief ein und aus.

Maurice stand sofort neben ihr. »Einen frischen Kaffee, Lucy?«

Mit einem dankbaren Nicken strich sie sich eine Strähne aus der Stirn, dann ruckte sie zu Frank herum, den sie wohl erst in diesem Moment wahrgenommen hatte. Sie schrak zusammen. Zog sie auch den Kopf zwischen die Schultern wie Gollum, wenn Frodo oder Samweis ihn bei seinen kranken Zwiegesprächen erwischten?

Frank seufzte. »Was war das denn?« *Liebes*, wollte er anhängen, doch er verkniff es sich.

»Das war die Cramp-Saitenstecher«, sagte Maurice eilig, »eine böse Frau.«

»Ihr kennt sie also? Steht sie auf der Horrorliste?«

Lucy schüttelte matt den Kopf. »Nein, die nicht. Sie bestellt oft und gern allen möglichen Kram. Aber sie ist eine notorische Reklamiererin. Und sie ruft am liebsten spät am Abend an oder eben am Wochenende oder an Feiertagen.«

Frank suchte auf dem Bildschirm nach der Adresse. Er stöhnte. Die Dame lebte in Creutzwald. Das lag im angrenzenden Frankreich, nur wenige Kilometer Luftlinie entfernt! Musste man sich jetzt um ihr leibliches Wohl sorgen?

In seiner Hosentasche vibrierte das Handy. Eine irre Sekunde lang rechnete er damit, zur verunglückten Frau Cramp-Saitenstecher zitiert zu werden, doch als er sich meldete, antwortete Ellen: »Kannst du nachher mal vorbeikommen?«

»Ähm, ja. Warum?«

»Ich möchte noch mal mit dir über uns reden. Du hast doch heute eigentlich frei ...« Er glaubte, einen Vorwurf aus ihrer Stimme herauszuhören.

»Ich bin zu einem Unfall gerufen worden, und jetzt ermittle ich noch in Saarlouis.«

»Allein?«

Offiziell war er gar nicht hier. Ellen wusste natürlich, wie mühsam er es fand, zu den Außenermittlungen immer jemanden mitzunehmen.

»Spielt das eine Rolle? Ich bin gerade fertig geworden.«

»Gut, dann kannst du jetzt ja kommen.«

Bei Ellens Worten sah Frank auf Lucys Scheitel. Sie nahm soeben den ersten Schluck aus der Kaffeetasse, die Maurice inzwischen gebracht hatte. Ihn drängte es, mit Lucy diesen Ort zu verlassen, um sich in ausgedehnten Gesprächen davon überzeugen zu können, dass alles an ihr normal war. Der Anblick ihrer schwarzen Locken rührte ihn. Er erkannte darin drei einzelne weiße Haare. Eine ungewohnte Zärtlichkeit übermannte ihn, und er legte ihr die Hand auf die Schulter. Maurice starrte ihn an, seine Pupillen waren geweitet wie die eines angeschossenen Rehs. Lucy strahlte Frank an. Ja, sie brachte ihm die gleichen Gefühle entgegen wie er ihr. War die Welt nicht wunderbar?

»Frank«, nörgelte Ellen in sein Ohr, »was ist denn nun?«

»Ja, ich komme gleich vorbei. Bis nachher.« Er legte auf, dann fixierte er Maurice so lange, bis dieser trotz seines einfachen Gemüts begriff, was er von ihm wollte, und sich mit einem gemurmelten »Ich frog mal die andern, ob sie Kaffee wollen« trollte.

»Sehen wir uns noch?«, fragte er leise.

Lucy legte kurz ihre Hand auf seine, doch dann zogen sie beide wie ertappt ihre Hände zurück. »Soll ich dich anrufen, wenn ich zu Hause bin?«

»Mach das.« Er hätte sich gern über sie gebeugt, um ihr einen Kuss auf die Wange zu hauchen, verkniff es sich dann aber.

»Puh, Gott sei Dank, dass du kommst. Ich hatte eben einen fürchterlichen Krampf und dann Seitenstechen.« Mit diesen Worten empfing Ellen ihn im Treppenhaus, kaum dass er die Haustür geöffnet hatte. Hatte sie auf der Lauer gelegen, um ihn abzupassen? Frank spürte einen dicken Kloß im Hals. Hatte er sich seit der Trennung völlig ungebunden gefühlt, so wuchs sich ihr ständiges Abpassen zu einer Art Besessenheit aus, die ihn fast paranoid werden ließ. Gerade eben hatte er sich dabei ertappt, den Schlüssel nur zögerlich im Schloss zu drehen, weil er halb damit rechnete, dass sie ihn schon wieder erwartete. Mist! Wieso fing sie jetzt mit solchem Verhalten an? Früher hätte sie sich darüber mokiert.

»Krampf-Seitenstechen?«, wiederholte er konfus, und dann brach ein unkontrolliertes Lachen aus ihm heraus. Sie stemmte die Hände in die Taille. Wieso hing sie eigentlich um diese Uhrzeit immer noch in diesem hirnrissigen gestreiften Bademantel herum? Bildete sie sich ein, sie sei hochschwanger und müsse jeden Moment mit Wehen rechnen?

Erschrocken über seine Gedanken rief Frank sich zur Ordnung. Mit einem Räuspern lächelte er sie unverbindlich an. »Sicher ist das ganz normal.«

Sie drehte sich um. »Kommst du hoch?«

Er folgte ihr. In seinem Innern breitete sich ein ungutes Gefühl aus, als er ihre Wohnung betrat. Der Dieter war offenbar nicht da. Sie zeigte auf einen Stuhl und watschelte in die Küche. »Trinkst du ein Glas Wasser?«, fragte sie.

»Ja, danke.«

Als sie sich an den Tisch setzte, registrierte er ihr ungewaschenes Haar. Anscheinend hatte sie es heute Morgen nicht einmal gekämmt. Das passte überhaupt nicht zu Ellen. Trotzdem wollte er sie nicht fragen, wie sie sich fühlte. Er fürchtete ihre Antwort.

Doch er brauchte sie nicht zu fragen; sie hatte ihn ja eigens deshalb herzitiert. Vermutlich hatte sie absichtlich einen Moment abgepasst, in dem sie völlig ungestört mit ihm reden konnte.

Sie legte die Hände neben das Wasserglas. Die Sonne schien herein und warf einen lila Schimmer durch das Glas auf ihre rechte Hand. Sie sah ihn unverwandt an, schien in seinem Gesicht nach etwas zu forschen. Dann seufzte sie. »Frank, hast du mich noch lieb?«

Was sollte diese Frage? Ihre Pupillen weiteten sich, als er nicht sofort antwortete. Wenn sie jetzt bloß nicht losheulte!

»Hm ... Warum fragst du das?«

»Es ist mir wichtig.« Sie schluckte. »Ich ... ich habe dir doch schon gesagt, dass ich mir nicht mehr sicher bin wegen dem Dieter ...«

Er massierte unter der Brille seine Nasenwurzel. Ein Albtraum. »Ellen. Findest du nicht auch, dass der Zeitpunkt, um an eurer Beziehung zu zweifeln, äußerst ungünstig ist?«

Sie verschränkte die Arme vor der Brust. Ihr Blick huschte nach unten. »Weiß ich doch. Aber ich kann nichts dafür!«

»Ich vielleicht? Was hat das denn mit mir zu tun, Ellen?«

»Bist du wirklich so herzlos?«

»Das ist unfair, und du weißt es. Wir sind seit über einem Jahr getrennt. Wir haben bereits über Scheidung nachgedacht. Du warst die ganze Zeit glücklich mit dem Dieter. Und jetzt bekommt ihr sogar ein Kind. Für mich sieht das nach ›happy ending‹ aus.«

Stimmte das?

Er fühlte sich überfordert. Zum ersten Mal, seit er mit Ellen zusammen war, fühlte er sich überfordert. Konnte sie ausgerechnet von ihm erwarten, dass er ihr half, ihr Seelenleben zu sortieren? »Ellen, was siehst du in mir? Was erwartest du von mir?«

»Wie, was ich in dir sehe?« Ihr Ton klang verletzt. »Bist du jetzt außen vor? Triffst eine andere, die dir gefällt, und schon spiele ich keine Rolle mehr in deinem Leben?«

Er glaubte, seinen Ohren nicht zu trauen. Wo war die kühle, stets beherrschte Ellen geblieben, mit der er stundenlang reden konnte, ohne dass einer den anderen beleidigte? »Zurück zur Ausgangsfrage. Ob ich dich noch lieb habe. Was meinst du damit? Ob ich dich noch mag – ja. Lieben?« Er schüttelte langsam den Kopf. »Nein, ich glaube nicht.«

Sie schluchzte auf. Er legte eine Hand auf ihre.

»Ellen, ich verstehe dich nicht. Im Grunde ist das doch längst klar. Deshalb haben wir uns getrennt.« Außerdem hatten sie erst kürzlich darüber gesprochen. Erwartete sie, dass er seine Meinung ändern würde, je öfter sie ihn danach fragte?

»Was soll ich nur tun?«

»Du solltest mit dem Dieter über deine Gefühle reden.«

»Das haben wir noch nie getan.«

»Meinst du das ernst? Wie könnt ihr zusammen ein Kind zeugen, wenn ihr nie über Gefühle redet?«

»Ach, komm! Du weißt doch, wie das geht.« Sie sah ihn eindringlich an. »Wenn wir ehrlich sein wollen, haben du und ich am Anfang auch nicht über Gefühle geredet. Wir hatten Spaß!«

In diesem Moment drehte sich geräuschvoll der Schlüssel in der Tür. Der Dieter trat herein. An seinem Gesichtsausdruck erkannte Frank sofort, dass er einen

Teil ihres Gesprächs belauscht hatte. Nun, das war vielleicht das Beste. Wenn die beiden bisher nicht offen miteinander gesprochen hatten, war es höchste Zeit.

»Was ist hier los?«, fragte der Dieter misstrauisch.

Frank stand auf, während Ellen nur widerwillig ihre Hand vom Tisch nahm.

»Du und Ellen, ihr solltet miteinander sprechen. Und zwar nicht über die zukünftigen Paten eures Kindes, sondern über euch selbst. Ich glaube, da gibt es einiges zu klären.«

Erschrocken drehte der Dieter sich zu Ellen. Er runzelte die Stirn, dann beugte er sich über sie, als sehe er sie zum ersten Mal. »Ist das wahr? Möchtest du mir etwas sagen, Liebes?«

Mit Erleichterung registrierte Frank, dass er sie nicht »Mamilein« nannte. Eigentlich hätte er gern das Thema Scheidung noch einmal angesprochen. Aber es schien ihm wieder nicht der rechte Moment dafür.

Ellen war bei Dieters Frage in ein leises Schluchzen ausgebrochen. Er ging neben ihr in die Knie und nahm sie in den Arm. Aus seinem Gesicht sprachen Sorge und Liebe. Beruhigt ging Frank hinaus und schloss leise die Tür hinter sich.

9

Kein Pardon für Heulsusen

Nach den Erlebnissen der letzten Wochen, den Toten und den vielen Verletzten, die in Lebensgefahr waren, weiß ich überhaupt nichts mehr.

Zum Beispiel, wo mir der Kopf steht.

Oder wann ich wo war oder nicht war.

Oder wer mich in den letzten Tagen und Wochen alles beleidigt hat oder nicht.

Oder wen ich alles beleidigt habe oder nicht.

Und vor allen Dingen weiß ich nicht, ob ich all diese Leute umgebracht habe. Oder nicht.

Das kann auf die Dauer kein Mensch aushalten.

Ich gebe es ehrlich zu: Meine Angst wächst.

Zuerst hielt ich das alles für eine fixe Idee. Aber jetzt mal Butter bei die Fische: Sechs Menschen sind gestorben oder verunglückt, und mit all diesen Menschen hatte ich vorher zu tun. Sie haben mich allesamt so beleidigt, dass ich heulen musste. Und zum Teil habe ich sie auch beleidigt. Oder nicht? Wie soll ich da noch den Überblick behalten?

In meinem Kopf höre ich inzwischen Stimmen! Ja, Sie lesen recht: Ich höre Stimmen.

Das ist der eindeutige Beweis, dass bei mir etwas nicht ganz richtig ist. Ich habe irgendwann einen Psychothriller gelesen, in dem jemand Stimmen hörte. Damals habe ich mich wohlig gegruselt und darüber lachen können. Aber heute? Mir läuft es eiskalt den Rücken hinunter. In meinem Schädel keifen zwei Stimmen gegeneinander an, und sie werden immer lauter.

Klar, diese Schizophrenie ist nicht vollkommen neu für mich, wusste ich doch immer schon, dass zwei Seelen in meiner Brust wohnen. Aber bisher war ich mir ziemlich sicher, dass das für einen Zwilling normal ist.

Jetzt hatte ich dieses unmögliche Telefonat mit der Cramp-Saitenstecher und ich bin ausgetickt! Ein Glück, dass der Dürri heute nicht da ist. Sonst hätte er mich hochkant rausgeworfen. Oder noch schlimmer, mir die nächste Horrorliste aufs Auge gedrückt. Obwohl – wozu eine Horrorliste, wenn an den Wochenenden sowieso die ganzen Bekloppten hier anrufen?

Ach, ich merke, dass ich an meine Grenzen stoße.

»Geh heim, dir geht's nicht gut«, flüstert es weinerlich in meinem Kopf. Das ist dieser eine Zwilling, die Heulsuse.

»Kein Pardon für Heulsusen«, grölt der andere, der toughe Zwilling, dagegen an.

Ich bin keine Heulsuse, wirklich nicht. Also tendiere ich dazu, der toughen Hälfte in mir recht zu geben.

Die beiden streiten sich weiter in meinem Kopf, und ich kann sie einfach nicht ausblenden. Irre!

Ich sehe mich um. Kriegt jemand mit, was gerade passiert? Nein, sie sind alle mit sich selbst beschäftigt. Gott sei Dank, dass heute nur ein Drittel der Plätze besetzt ist.

Ich bedecke mein Gesicht mit beiden Händen. Wie bringe ich diese inneren Stimmen zum Schweigen?

»Geht's gut, Lucy?« Ich nehme die Hände herunter. Maurice steht neben meinem Tisch und schaut mich besorgt mit seinem Hundeblick an.

Ach, er ist so lieb! »Ja, Maurice, alles bestens.«

Er sieht mich noch eine Weile an, dann schlendert er weiter.

Ich senke den Kopf und flüstere meinen beiden inneren Stimmen eine Frage zu: »War ich das oder war ich es nicht? Wenn es jemand weiß, dann ihr.«

Eine Gänsehaut überzieht meine Arme. Endlich kapiere ich, dass ich am falschen Ort bin. Ich gehöre ins Bett. Wenn nicht gar in eine stationäre Therapie!

Ich streife das Headset ab und stehe auf, hänge mir die Tasche über die Schulter und gebiete meinen inneren Zwillingen zu schweigen. Ich merke, dass meine Kolleginnen mir argwöhnisch hinterherstarren, aber es ist mir egal.

Am Aufzug holt Maurice mich ein. Abgehetzt fragt er: »Geht's gut, Lucy?«

»Nein«, gebe ich endlich zu, »ich habe fürchterliche Kopfschmerzen.«

Er folgt mir in den Fahrstuhl.

»Ich glaube, ich sollte mir einen Krankenschein besorgen. Das ist alles zu viel für mich.«

Maurice' kleines Gesicht wirkt, als müsse er angestrengt nachdenken. Dann nickt er grimmig. »Die Cramp-Saitenstecher ist schuld. Die ist böse.«

»Ach was. Ja, vielleicht auch sie … Keine Ahnung.«

Zu Hause lasse ich alles fallen, wo ich gerade stehe, hole die für besondere Anlässe gekaufte Flasche Prosecco aus dem Kühlschrank und die fast leere Flasche Aperol. Ich brauche etwas, das mich tröstet. Warum nicht das?

Dann gehe ich auf die Pirsch. Irgendwas Essbares muss doch noch da sein. Ich finde Cornflakes, die ich mir mal in einem Anfall von Trotz gekauft habe ... Ja, ja, ich weiß: Ganz schön kindisch, mit über 30 Jahren noch innerlich gegen die Müsli-Überzeugung meiner Mutter aufzubegehren, indem ich mir Cornflakes reinziehe. Ich seufze. Die habe ich an einem Tag gekauft, an dem sie wieder mal auf meiner verpatzten Karriere herumgeritten ist. »Und dann ernährst du dich auch noch völlig falsch, Kind.« Der Satz war es gewesen, der mich das Telefon in die Ecke pfeffern, vom Sessel aufspringen und in die Stadt fahren ließ, um etwas richtig Ungesundes zu kaufen. In Ermangelung eines größeren Geldbetrags fiel meine Wahl dann auf die Flockenpackung anstatt auf meine geliebten Trüffelpralinés. Für einen simplen Racheakt wären die auch wirklich zu schade gewesen. Die Cornflakes stelle ich auf meiner winzigen Arbeitsfläche parat, dann suche ich weiter.

Erdnussbutter! Gebongt.

Eine fast aufgegessene Packung Madeleines, erst kürzlich abgelaufen. Gebongt.

Vielleicht noch was im Tiefkühlfach? Ich suche und suche, und Bingo! In der hintersten Ecke gammelt eine vergessene Packung amerikanisches Karamelleis vor sich hin. Ich räume alles, was davor liegt, heraus, damit ich die Packung von den Wänden des Kühlfachs loseisen kann. Die ist dort anscheinend festgewachsen. Aber ich bin stärker!

Durch die Stelle, an der nun die Pappe fehlt, da sie ja im Kühlschrank haftet, sehe ich mir das Eis genau an: keine Haare darauf, nur ein feines Gitter perfekt ausgeformter Eiskristalle.

Prima, geht doch. Ich lege all meine Schätze auf den Couchtisch, dann hole ich ein Glas, Prosecco und Aperol dazu. Mal sehen, welche DVD im Player steckt.

»Grey's Anatomy«. Die Staffel, in der Cristina Yang Dr. Burke heiraten will. Sie sieht so traumhaft aus in diesem Kleid! Aber alles andere ist so daneben! Ich fragte mich schon damals, als es im Fernsehen lief, wie die toughe Cristina es so weit kommen lassen konnte. Und dann erst, als die Mutter von Burke ihr die Augenbrauen wegrasiert ... Auch mit zwei Gläsern Spritz sieht das noch beschissen aus. Und was für ein unsagbarer schwiegermütterlicher Übergriff! Burkes Mutter erinnert mich an meine eigene.

In meinem Bauch rumort es. Ich kann so gut mit Cristina mitfühlen. Sie kastrieren sie für diese Ehe. Das kann nicht gut gehen. Flieh, Cristina, flieh, solange du noch kannst.

Autsch, tut das weh! Ich presse meine Hand auf den Magen. Um mich dreht sich alles. Die Stimmen der Seattle-Grace-Doktoren haben die Weiber in meinem Kopf endlich zum Schweigen gebracht, und das Karussell verhindert, dass ich allzu klare Gedanken fassen kann. Ich laufe rasch zur Toilette, um mich ein wenig zu erleichtern, und lasse die Lüftung anschließend laufen. Diese Duftnote hält ja kein Mensch aus.

Dann ziehe ich mir weiter GA rein, unablässig Flakes mit Erdnussbutter mampfend. Sind gar nicht mal so übel, die Dinger.

Das Telefon lässt mich hochschrecken. »Hallo?«

»Ach, erreicht man dich mal? Ich hatte mich schon beinahe dazu durchgerungen, auf deinen Anrufbeantworter zu sprechen.«

Burkes Mutter!

Nein, meine Mutter!

Meine Mutter?

»Äh … ja.«

»Kind, kommst du morgen zum Frühstück?«

Ich halte erschrocken den Atem an. Mist! Wie komme ich aus der Nummer raus?

»Dein Bruder und deine Schwester sind auch da.«

Nur *eine* Schwester? »Kat oder A-Mi?«

»Sie heißt Anna Maria, und ja, sie meine ich. Katharina kann leider nicht. Sie ist mit Susanna unterwegs, sagte sie.«

Susa ist doch zu ihren Eltern gefahren, und Kat hat diese Regelbeschwerden. Ob sie einfach gelogen hat?

»Ich kann auch nicht«, beeile ich mich zu sagen.

»Warum denn nicht? Morgen ist Sonntag, meine Liebe.«

»Ich muss zur Arbeit.« Zwar habe ich keineswegs vor, morgen im Callcenter aufzukreuzen, aber immerhin *müsste* ich es, und das soll als Entschuldigung reichen.

Meine Mutter seufzt. »Ach ja, deine unmögliche Arbeit. Sag mal, hattest du wieder mit diesem Kommissar zu tun?«

In meinem Kopf schrillen die Alarmglocken los. Wie viel weiß meine Mutter? »Wen meinst du?«

»Diesen Kommissar Kruse, oder wie hieß er doch gleich?«

»Kraus«, berichtige ich empört – zu spät erkennend, dass sie mich mit ihrer Frage aufs Glatteis gelockt hat. Sie stößt sofort zu, wie ein Bussard, der geduldig über dem Feld kreist, um die arme Maus zu fangen, sobald sie das Näschen hervorstreckt.

»Ja, siehst du, den meine ich.«

Ich schweige.

»Er ist verheiratet. Wusstest du das?«

In meinem Kopf bricht ein Fragenfeuerwerk los. Woher, um alles in der Welt, weiß meine Mutter das?

Wie kommt sie überhaupt dazu, sich über Frank Gedanken zu machen?

Hat sie etwa Nachforschungen angestellt?

Und warum schmiert sie mir das aufs Brot?

Der Alkohol bekommt mir anscheinend nicht besonders gut heute. Ich spüre ein Reißen im Bauch, presse meine Hand darauf. Es gluckert laut und vernehmlich.

»Lucinda, bist du noch da? Was ist das für ein Geräusch?«

Ich lasse in einem leisen Rülpser die Luft heraus, der Druck verringert sich für einen Moment. »Ich bin noch da, und das ist die Spülmaschine.«

»Also, was sagst du?«

»Wozu?«

»Dass dein Kommissar verheiratet ist.«

Ach, ist er jetzt *mein* Kommissar? Mein tougher innerer Zwilling stimmt meiner Mutter anzüglich grinsend zu. »Dazu sage ich gar nichts.«

Sie schweigt genau drei Sekunden. »Du solltest kommen, damit wir alles besprechen können.«

Alles besprechen? Etwa mit den Juristengeschwistern? Mir wird klar, wie sie sich das für morgen ausgemalt hat: Meine Eltern und meine feinen Geschwister (außer Kat natürlich – jetzt begreife ich auch, dass nicht Kat sich ausgeladen hat, sondern dass sie vermutlich gar nicht erst eingeladen wurde!) wollen mich bearbeiten, damit ich nicht erneut »in die Irre« gehe, wie sie das gern nennen. Ein kleiner Kriminalkommissar, nicht mal »Haupt-« oder »Ober-« ist vermutlich nicht standesgemäß für die Arzt- und Apothekerinnentochter. Boah! Meine Eltern leben wirklich noch im Mittelalter. Aber ohne mich!

»Macht euch mal keine Sorgen um mich. Ich gehe morgen brav zur Arbeit. Und Gesprächsbedarf über meine Privatangelegenheiten habe ich keinen.«

In meinem Bauch rumort es aufs Neue. Jetzt aber schnellstens aufs Klo! »Muss schnell mal. Tschüss, *Mom*!« Den kleinen Seitenhieb kann ich mir nicht verkneifen. Sie hasst die amerikanische Abkürzung für Mutter. Lege so schnell wie möglich auf und stürze ins Bad.

Es sind vielleicht zehn Minuten vergangen. Zehn Minuten, in denen ich die Eispackung im Mülleimer versenkt, angewidert die Erdnussbutter zurück in den Schrank gestellt, die Cornflakes der Einfachheit halber der Eispackung folgen lassen habe und mich anschließend auf meinen Sessel gefläzt habe. Nun schenke ich mir einen Prosecco ohne Aperol ein und tue mich an den Madeleines gütlich. Die sind fast so gut wie neu. Da klingelt das Telefon schon wieder. »Hallo?«

»Hier Rouwen, hallo Schwesterherzchen.«

Haha, wie originell! »Herzchen« hat so was Diffamierendes, finde ich. Da kann er so herrlich seine gesamte Missachtung mir gegenüber hineinlegen. Das kriegt er natürlich postwendend zurück. »Hallo, Winkeladvokätchen!«

Er lacht. »Eins zu eins. Na, wie geht es uns so?«

Mir ist sofort klar, dass er mit meiner Mutter telefoniert hat. »Wie es dir geht, weiß ich nicht, aber mir geht es im wahrsten Sinne des Wortes be-schiss-en.« Warum ich das überhaupt zugebe, weiß ich nicht. Vielleicht, um das Fäkalwort benutzen zu können.

»So, so. Und woran liegt das?«

»Am Scheißen«, blaffe ich und unterbreche mich. Wie tief kann man eigentlich sinken? Ich spüre, wie mir die Hitze in die Wangen schießt. Das ist wieder mal ganz typisch für mich. Erst große Fresse riskieren, dann sofort einknicken. Die Zwillinge in mir nicken wissend.

»Also, mir ist ein wenig übel«, erkläre ich kleinlaut.

»Sag mal, Lucy ...«

Sogleich läuten die Alarmglocken in meinem Kopf von Neuem los. Wenn mein Bruder meinen Namen abkürzt, ist was im Busch, dann will er mich gnädig stimmen.

»Ich wollte dich die ganzen letzten Tage schon anrufen und fragen, was es eigentlich in dieser Ermittlungsgeschichte gegeben hat?«

Ich stelle mich dumm, das ist immer am besten. »Welche Ermittlungsgeschichte denn?«

»Na, diese ungeklärten Todesfälle, in deren Zusammenhang Kommissar Kraus uns befragt hat.«

Immerhin fragt er mich nicht nach meiner amourösen Beziehung zu Frank! »Nichts, warum fragst du?«

Ich muss versuchen herauszufinden, inwieweit er überhaupt Bescheid weiß. Darf ein Rechtsanwalt bei der Polizei Informationen über laufende Ermittlungen einholen?

»Ich habe mich über diesen Kommissar informiert. Also, über sein Privatleben.«

»Darfst du das?«

Er lacht. »Alles, was im Internet veröffentlicht ist, darf ich mir selbstverständlich als Infoquelle zunutze machen. Seine Frau«, er betont das Wort und macht eine Kunstpause, doch schließlich wird ihm wohl klar, dass unsere Mutter diese Katze bereits aus dem Sack gelassen hat. »Sie ist in einem dieser Foren aktiv. Dort hat sie Hochzeitsbilder hochgeladen, praktischerweise für die gesamte Community einsehbar und mit Datum und Namen versehen.«

Ups! Ob Frank davon weiß?

Rouwen spricht unbeirrt weiter. »Sie hat auch ein Ultraschallbild hochgeladen, kürzlich erst.«

Dass Frank mit einer so dummen Person verheiratet ist, hätte ich allerdings nicht für möglich gehalten. Wer stellt denn solche Fotos für jeden sichtbar ins Internet?

»Das Kind ist nicht von Frank«, rutscht es mir heraus. Mist! Dreimal Mist!

»Ahaaa«, zieht mein Bruder seine Interjektion unnötig in die Länge.

Ja, ja, ich weiß selbst, dass ich mich gerade verraten habe.

»Dann hat mich mein Gefühl nicht getrogen. Du hast was mit diesem Kommissar.«

Puh! Als ob ich nicht schon genug an der Backe hätte. Da brauche ich wirklich nicht auch noch einen Anstandswauwau, der mir sagt, mit wem ich ins Bett darf und mit wem nicht.

»Rouwen, das geht dich gar nichts an. Lasst mich doch bitte mit eurem Hinterherspionieren in Ruhe!«

»Du weißt aber schon, dass du schrecklich unerwachsen bist?«

Un-erwachsen. Mannomann, was für ein Wort!

»Aber du!«, keife ich. Der Herr Rechtsanwalt war nie ein Kind. Der kam schon als Erwachsener zur Welt. Der kann gar nicht mitreden. Jemand, der nie auch nur die geringste Dummheit in jugendlichem Überschwang begangen hat, soll sich seine Ratschläge mal schön sparen.

»Hör zu, wir meinen es alle ...«

»... nur gut. Schon klar! Rouwen, weißt du was? Mir geht es gerade ziemlich scheiße, und daran ist einzig und allein eine Magenverstimmung schuld. Ich kann jetzt nicht noch deinen Oberlehrerton ertragen. Wenn du mich bitte entschuldigen würdest, ich muss nämlich mal kotzen.« Damit lege ich auf und husche ins Bad, allerdings nicht um zu tun, was ich angekündigt habe. Falscher Alarm.

Zehn Minuten später habe ich die leere Aperolflasche zum Altglas unter die Spüle geräumt, die Sektflasche mit einem speziellen Korken verschlossen und kaltgestellt, und die leere Verpackung dieser gammeligen Madeleines in den gelben Sack gestopft. Dann fülle ich mir eine Wärmflasche mit kochend heißem Wasser, nehme ein paar Magentropfen ein und setze mich auf meine kleine gemütliche Couch, lege die Wärmflasche auf den Bauch, meine kuschelige Fleecedecke über die Beine und nehme ein gutes Buch zur Hand.

Wie schön, dass ich es endlich schaffe, mich von meinen leicht irren Gedanken abzulenken.

Zu früh gefreut! Schon klingelt das Telefon wieder. Ächzend beuge ich mich zum Hörer auf dem Tisch hinüber. »Hallo?«

»Hallo, kleine Schwester!«

Och nö! Bleibt mir heute gar nichts erspart? In mir festigt sich der Gedanke, dass meine Familie ein Komplott gegen mich geschmiedet hat. »A-Mi«, sage ich matt.

»Lucinda, du weißt, wie ich diese Abkürzung hasse!«

Klar weiß ich das.

»Wie geht es dir denn so?«, versucht sie, das Gespräch neutral zu eröffnen.

Soll ich ihr von meinem inneren Zwiespalt erzählen, meinen Selbstzweifeln, der wachsenden Überzeugung, eine psychopathische Mörderin zu sein? Und von meiner Zuneigung zu einem sexy Kriminalkommissar, der zu allem Übel auch noch gegen mich ermittelt?

Den Gedanken verwerfe ich.

»Lucinda?«, hakt Anna Maria nach.

»Mir geht es super. Und dir?«

»Mir schon. Aber von dir habe ich ganz anderes gehört.«

»So?«

»Ja, du hättest dir den Magen verdorben.«

»Stimmt. Hab wohl was Falsches gegessen.«

»Hm-hm.«

Was soll das denn jetzt heißen? »Also, entschuldige mal, wenn ich mir wegen meines dürftigen Gehalts nicht solch edle Gourmetfreuden leisten kann wie du ...« Mist, wieso lasse ich mich hierzu hinreißen? Es muss an meiner miesen Allgemeinverfassung liegen. Ich brauche dringend meine Ruhe und meinen Schlaf.

»Nun je, mit einem Kommissar als Ehemann kann man auch nicht gerade große Sprünge machen.«

Wenn mir nicht schon übel wäre, wäre jetzt der richtige Zeitpunkt, um Bauchschmerzen zu bekommen. Ich schüttle den Kopf. »A-Mi, wie du so treffend bemerkt hast, ist mir nicht ganz wohl. Ich möchte jetzt einfach nur auf der Couch still vor mich hin leiden. Ist das zu viel verlangt?«

»Schon gut. Ich wollte ja nur ...«

»Helfen? Dass ich nicht lache! Gehab dich wohl, Schwesterherz!« Ich lege auf.

Nein, DAS muss ich mir wirklich nicht antun. Sie sollen mich endlich allesamt in Ruhe lassen!

Nein, nicht allesamt.

Von der ganzen Brut hat mich nur eine Einzige heute noch nicht belämmert. (Meinen Vater zähle ich als zur Mutter zugehörig; die beiden spielen des Öfteren das Sprachrohr füreinander.)

Ob sie immer noch Bauchweh hat, die Arme? Mit einem zärtlichen Gefühl, nunmehr meine einzig wahre Verbündete zu kontaktieren, wähle ich Kats Nummer.

»Kat Schober?«

»Hallo, Sis, wie geht es dir?«

»Besser. Aber sag mal, du hörst dich irgendwie bedrückt an.«

Das ist sie, meine Rebellenschwester, Seelentrösterin, Beste von allen. Sie hört an so einem kurzen Satz, dass ich mich nicht wohlfühle! Mir schießen Tränen in die

Augen. Ach, du blöde Heulsuse, du gewinnst am Schluss doch immer.

»Kat, ich fühle mich richtig mies.«

»Willst du zu mir kommen? Du hast ja auch noch den Pick-up.«

»Geht nicht, ich habe eine halbe Flasche Prosecco getrunken.«

Kat stöhnt. »Sis, du solltest dir abgewöhnen, so was zur Entspannung zu trinken. Tja, was machen wir denn da? Susa kommt erst morgen wieder. Ich schätze, dann müssen wir uns am Telefon aussprechen. Schieß los.«

In einem hemmungslosen Anfall von Selbstmitleid erzähle ich ihr erst einmal, was heute Morgen in Altforweiler passiert ist, von Frank, der mich und Maurice im Büro verhört hat, dann von Frau Cramp-Saitenstecher und schließlich von den Kontrollanrufen unserer Familie.

»Oh je, was für eine geballte Ladung. Aber sag mal, das in Altforweiler war eindeutig ein normaler Autounfall. Also, es kann mir keiner weismachen, dass das nach einem Mordversuch aussieht.«

»Meinst du wirklich?«

»Klar! Du hattest nicht vor, dorthin zu laufen. Außerdem konntest du nicht ahnen, dass diese Tussi aus Düsseldorf ausgerechnet heute in dem Kaff sein würde. Was die wohl dort gewollt hat?«

Kat hat recht. Aber dennoch. »Weißt du, diese unglaublichen Zufälle häufen sich so in letzter Zeit. Ich … ich bin mir inzwischen nicht mehr sicher, ob ich nicht doch was geplant habe. Die dunkle Seite in mir oder so.« Ich schlucke trocken. Es tut gut, diese Angst auszusprechen. »Weißt du, ob es in unserer Verwandtschaft irgendwie geistig kranke Menschen gibt oder gab?«

Kat lacht schallend auf. »Ne, das weiß ich nicht, aber mal ganz im Ernst, jetzt drehst du ein bisschen am Rad, Schwesterlein.«

Dass sie so spontan über meinen Gedanken lachen kann, beruhigt mich ein bisschen. »Meinst du?«

»Ja-ha! In deinem Oberstübchen ist alles in Ordnung, lass dich mal nicht ins Bockshorn jagen. Doof, dass ich nicht zu dir kommen kann. Ich würde dir diese irren Ideen aus dem Kopf schlagen.«

Ich schniefe. »Ich habe schon an mir gezweifelt. Na ja, und unsere Lieben machen es mir nicht gerade leichter. Die stellen mich ja manchmal als grenzdebil hin.« Ich ahme die Stimme meines Vaters nach: »Meine Tochter als Callcentertelefonistin ...« Dann in einem gestochen scharfen Hochdeutsch mit überkandidelt heller Stimme: »Sie wirft ihr Leben einfach weg, dabei hatte sie alle Chancen!« Und schließlich noch meine Juristengeschwister. Rouwen parodiere ich mit dem seltsam gepressten Ton, den er an den Tag legt, wenn er glaubt, dass er gerade ganz besonders wichtig ist: »Zuerst für das falsche Studium entschieden, und dann noch abgebrochen.« Und zu guter Letzt äffe ich A-Mi nach, der ich in Wahrheit eine gehörige Portion Neid auf mein chaotisches, aber vergleichsweise freies Leben unterstelle: »Nein, mit diesem Menschenschlag würde ich mich ja nicht abplagen wollen.«

Kat lacht schallend. »Du könntest als Comedian dein Geld verdienen, weißt du?« Dann wird sie plötzlich ernst. »Sag mal, gibt es inzwischen irgendwelche Ergebnisse? Wie ist denn der Stand der Ermittlungen?«

»Pff, keine Ahnung. Ich glaube, die tappen noch im Dunkeln. Das heißt, immerhin ist geklärt, dass der Kunze auf der Rolltreppe wirklich verunglückt ist. Er hat mich sogar entlastet, indem er sagte, dass ich freundlich zu ihm war.« Ich kichere. Was der unter freundlich versteht ...

»Und Malermeister Müller und Harko Schaaf? Was ist mit denen?«

»Da ist es wohl noch nicht endgültig geklärt. Beim Malermeister lässt sich offenbar nicht nachweisen, ob jemand am Tatort war, der ihn vom Gerüst geschubst haben könnte. Es war kein Zeuge aufzutreiben. Die Sache mit Harko Schaaf ist ja mitten in der Altstadt passiert, und seine Frau schwört Stein und Bein, dass sie jemanden gesehen hat, der oder die ihn vor das Auto gestoßen hat. Doof ist, dass ich zur fraglichen Zeit in der Nähe war. Na ja, und der Fall Mark Friskeel stinkt natürlich zum Himmel. Die haben haufenweise Fingerabdrücke dort oben gefunden, auch meine. Es gibt außer mir noch eine Tatverdächtige. Mehr weiß ich leider nicht.«

»Hm«, macht Kat, »dann sieht es doch gar nicht *so* übel für dich aus.«

»Na ja, und gestern ist noch die Sache mit Frau Schnatterbeck in Riegelsberg passiert.«

»Was? Davon weiß ich ja gar nichts. Warum hast du mir heute Morgen nichts erzählt?«

Mein Magen zieht sich zusammen. »Ich bin ihr in den Weg gelaufen, weshalb sie mit ihrem Fahrrad ausweichen musste und einen Unfall hatte. Sie ist aber mit

Prellungen und ein paar Schürfwunden davongekommen.«

»Ermittelt Frank Kraus in der Sache auch gegen dich?«

»Nein, es wurden keine Ermittlungen eingeleitet.«

»Na also.«

»Ich werde drei große Kreuze schlagen, wenn endlich kein Unfall mehr in meiner Nähe passiert. Ich halte das echt nicht länger aus.«

Kat kichert. »Na, ich würde sagen, wenn diese Krampf... – wie heißt sie?«

»Cramp-Saitenstecher.«

»Also, wenn der in den nächsten Tagen nichts passiert, bist du aus dem Schneider.«

Ich seufze. »Dein Wort in Gottes Gehörgang! Vielleicht sollte ich mich hier einsperren. Wenn dann wieder ein Mord oder ein merkwürdiger Unfall geschieht, weiß alle Welt, dass ich nichts damit zu tun habe. Vor allem weiß ich es dann selbst«, füge ich kleinlaut hinzu.

»Ach, Schwesterlein, lass dich knuddeln! Morgen komme ich mit Susa vorbei, dann holen wir den Pickup. Wann siehst du denn deinen Kommissar wieder?«

Ich lasse sehnsuchtsvoll die Luft entweichen. »Das weiß ich nicht. Ich glaube, er hat dieses Wochenende frei.«

»Müssen die nicht immer ermitteln, wenn ein Mord passiert?«

»Kann schon sein. Weißt du, dass ich richtig in ihn verschossen bin?«

»Ja, hab ich gemerkt. Vielleicht geht ja was, wenn all dieser Mist überstanden ist.«

»Ach, das wäre zu schön!«

Wir beenden das Gespräch, mir geht es deutlich besser. Kats Meinung hat mir einfach gutgetan. Sicher hat sie recht. Mit mir *ist* alles in Ordnung.

Den Rest des Tages verbringe ich faul auf der Couch lesend, erhole mich von meinem Fressanfall und träume von dem Traumtyp, der zufällig Kommissar bei der Saarlouiser Kriminalpolizei ist. Die Gedanken an meine Familie, ihre Einmischungen, an die diversen Mord- oder Unfallopfer und an meine eigene Rolle in deren Schicksal, an meine Manolos, die hoffentlich gut verarztet werden, und an meine vermutete schizoide Störung verblassen zu einem kaum hörbaren Hintergrundrauschen. Ausnahmsweise gehe ich früh schlafen.

Denkste! Zur Abwechslung klingelt erneut das Telefon. Ich brauche eine ganze Weile, bis ich aus den Tiefen meiner Traumwelt aufgetaucht bin, das Geräusch entschlüsselt habe und leise fluchend die Treppe hinuntertappe, wo das Telefon einfach nicht still sein will. Den Anrufbeantworter habe ich so eingestellt, dass er erst nach dem zehnten Läuten anspringt. Manchmal ärgere ich mich darüber, aber oft hat mir das die nötige Zeit verschafft, rechtzeitig ranzugehen. Ich bin noch nicht ganz unten, da schaltet sich der Anrufbeantworter an.

»Hallo, dies ist der Anschluss von Lucy Schober. Bitte piepen Sie doch nach dem Signal ... Ach was, pfeifen Sie nach dem Piep ... Kicher ... Sprechen Sie nach dem Pups. Also, wenn Sie eine Nachricht hinterlassen, rufe ich gern ...«

Endlich bin ich unten, halte den Hörer ans Ohr und melde mich mit einem ziemlich verschlafenen »Hallo?«

»Lucy?«

All meine Synapsen schalten auf hellwach. Bloß meine Gedanken kommen nicht so schnell nach. Diese Stimme? »Frank«, hauche ich.

»Hast du schon geschlafen?«

Ich schaue auf die kleine Nostalgie-Uhr auf dem Sideboard. Gerade mal halb zehn. Zugeben oder nicht zugeben? Ach, was soll's. Er ist »the one and only«, und wenn ich ihn zum Liebhaber will, kann ich ihm von Anfang an die Wahrheit sagen. Beim Gedanken »Liebhaber« zucke ich kurz zusammen, aber der eine Zwilling in mir bekräftigt mich.

»Ja, ich hatte mich schon hingelegt.«

»Ach, dann entschuldige bitte! Ich hätte nicht anrufen sollen.«

Meine Synapsen feiern ein Fest, und endlich ist mein Hirn voll da. Ich glaube, aus seiner Stimme eine leise Sehnsucht herauszuhören. »Das macht nichts. *Du* kannst mich jederzeit anrufen.«

Er lacht leise. Mmm. Wie lange habe ich auf solche Anwandlungen gewartet? Mein Leben war karg und öde in den letzten Monaten.

»Ich wollte fragen, ob ich kurz kommen kann.«

Kommen? Er meint natürlich *vorbei* kommen.

»Natürlich kannst du kommen. Ich zieh mir rasch was an.«

In mir kribbelt es. Mit meiner Äußerung könnte ich den Eindruck erwecken, dass ich nackt geschlafen habe. Für eine Sekunde blitzt die Erinnerung an Rupert Kunze auf, der mich genau danach am Telefon fragte. Dann sehe ich ihn auf der Rolltreppe liegend, mit hervorgetretenen Augäpfeln und einer blassrosa Färbung der faltigen Halspartie. Ich schüttle den Kopf, um das Bild zu vertreiben. Immerhin: Es bewirkt, dass ich wieder klar denke. Ist ja peinlich, wenn die Hormone so durchdrehen!

»Also, ich meine, ich wechsle rasch meine Kleidung, hatte schon den Pyjama an.«

»Mich stört es nicht, wenn du ...«, sagt Frank, dann bricht er so abrupt ab, als beiße er sich auf die Zunge. Sofort wirbelt in meinem Blutkreislauf alles durcheinander. Ich trage meinen kleinen Sommerschlafanzug, der nicht gerade viel Haut bedeckt. Zwar fühle ich mich nicht wie eine Schönheit, aber meinen Körper mag ich im Grunde. Und er mag mich auch, sonst hätte ich sicherlich mehr mit Cellulite und Co. zu kämpfen. Aber davon bin ich im Gegensatz zu meiner Juristenschwester verschont geblieben, genau wie Kat und meine Mom. Na ja, so hat es doch auch etwas Gutes, Tochter der Apothekerin zu sein.

Ein verlegenes Schweigen hat sich breitgemacht. Ich lache es weg. »Komm einfach, ich freue mich.«

Nachdem ich aufgelegt habe, renne ich ins Bad und putze schnell meine Zähne, wasche mir das Gesicht und die Achseln, sprühe ein wenig Deo auf. Dann laufe ich nach oben, um mir etwas anderes anzuziehen, aber da klingelt es auch schon. Er muss bereits in der Nähe gewesen sein. Ich schaue an mir hinab. Traue ich mich, ihm so die Tür zu öffnen?

Die innere, biedere Heulsuse gewinnt. Ich greife nach meiner Baumwolljacke, die ich manchmal abends trage, wenn es kühl wird. Sie ist super bequem und geht bis knapp zum Knie. Es klingelt schon wieder. Ich laufe hinunter und öffne.

Da steht er: groß, dunkel, mit einem Schatten dort, wo er sich rasieren müsste, und Augen, die vor Müdigkeit schwarz zu sein scheinen. Elysische Chöre heben in meinem Kopf an zu singen.

Sein Blick gleitet nach unten zu meinen Füßen, die in warmen Wollsocken stecken. Wie konnte ich das nur vergessen? Und überhaupt: Shorty-Pyjama, aber dazu Wollsocken. So was von typisch!

Er sieht wieder hoch und grinst. Die Stimmen in meinem Kopf fangen an zu schnurren wie eine Katze. Ich beschließe, dass dieser Abend nur mir gehören soll, und schicke meine inneren Zwillinge gegen deren lautstark geäußerten Protest ins Exil. Noch bin ich die Herrin. Also schnurre ich selbst, aber nur ganz kurz und ganz leise. Dann erwidere ich sein Lächeln und lasse ihn herein. Er trägt schlichte Jeans und ein T-Shirt, seine nackten Füße stecken in Canvas-Slippern. Mehr braucht so ein Mann auch nicht.

Ganz selbstverständlich setzt er sich auf den Zweisitzer und sieht so aus, als gehöre er genau hierhin.

»Heute nichts dabei, um mich zu überprüfen?« Ich bleibe stehen, weil ich ihn noch nach seinem Getränkewunsch fragen will.

»Bitte?« Er sieht mich von unten herauf an, ich erkenne jetzt genau das dunkle Braun seiner Augen.

»Na, neulich hast du mir doch die Fingerabdrücke abgenommen.«

»Ach so. Nein, ich bin ganz privat hier.«

Mein Herz macht einen kleinen Hüpfer. »Wirklich?«

»Ja.« Mehr nicht.

»Möchtest du etwas trinken?«

»Was hast du denn da?«

»Eine halbe Flasche Prosecco, Wasser, Tee. Oder Kaffee.«

»Wasser klingt prima. Vielleicht hinterher ein Glas Prosecco.«

Ich stelle alles auf den Couchtisch, schenke uns Wasser ein und setze mich auf den Sessel ihm gegenüber. Unwillkürlich schlage ich die Beine übereinander. Sein Blick wandert zu meinen Oberschenkeln. Natürlich. Ich streiche wie zufällig mit der Hand über die Haut. Er folgt der Bewegung wie gebannt. Ob ich jetzt einfach die Socken ausziehen kann, oder wäre das zu auffällig?

»Wie fühlst du dich?«, fragt er.

»Gut.« Erst eine Sekunde später wird mir klar, dass er sich auf unser Gespräch von heute Morgen bezieht, auf die Unfälle und meine Verwicklung darin. »Bis auf die Tatsache, dass ich im Moment überfordert bin und ein bisschen am Rad drehe. Und dann auch noch meine Familie ...« Ich ziehe die Schultern hoch.

»Was ist mit deiner Familie?«

»Meine Eltern und zwei meiner Geschwister nerven. Rouwen und Anna-Maria haben sich über dich informiert, kannst du dir das vorstellen? Sie haben mir aufs Brot geschmiert, dass du verheiratet bist und deine Frau schwanger ist.«

Er zieht die Augenbrauen hoch. »Sieh mal an! Woher wissen die das?«

»Deine Frau muss es im Internet gepostet haben. Sie hat ein Ultraschallbild hochgeladen.«

Er schnalzt mit der Zunge. »Ich habe mir schon gedacht, dass Ellen mit dem Netz zu sorglos umgeht. Dabei ist sie sonst immer so abgeklärt!« Er will die Hand auf mein Bein legen, zieht sie dann aber zurück, vermutlich weil ihm klar wird, dass er meine bloße Haut berühren würde. Schade.

»Glaubst du mir, dass ich seit Längerem von meiner Frau getrennt lebe? Wir wohnen zwar im selben Haus ...«

»Ach!« Das finde ich nun nicht gerade prickelnd.

»Aber ich bin in die Einliegerwohnung gezogen. Wir haben das Haus gemeinsam renoviert und uns einvernehmlich getrennt. Der Dieter wohnt mit Ellen zusammen im oberen Stockwerk.«

»Der Dieter?« Ich kichere.

Er lächelt mich offen an, ich schmelze dahin, lasse es mir aber nicht anmerken.

»Ja, der Dieter. Weißt du, sie hat ihn kennengelernt, kurz bevor wir uns trennten. Ich bin mir sicher, dass sie nichts mit ihm angefangen hat, solange wir noch zusammen waren. Ellen ist schwer in Ordnung, du wirst sie mögen.« So ganz nebenbei registriere ich, was diese Äußerung impliziert. Endorphine befreien sich, Träumereien, Konzentrationsschwierigkeiten. Der nächste Satz bringt mich mit dem Plopp einer platzenden Seifenblase allerdings schnell ins Hier und Jetzt zurück.

»Sie ist sich nicht mehr sicher, sagt sie.«

»Was? Worin?« Mein Herz wummert schmerzhaft gegen meinen Brustkasten.

Er knetet die Hände. Mir ist vorher gar nicht aufgefallen, *wie* schlank und sehnig sie sind. Ich möchte sie wirklich gerne auf meinem Körper spüren.

»Ob der Dieter der Richtige ist.« Er hebt den Blick und trifft mich mitten ins Lustzentrum. Gleichzeitig sickert die Bedeutung dessen, was er sagt, in mein Hirn ein. Nicht gut, gar nicht gut.

»Oh-oh.« Ich räuspere mich und trinke auf den Schreck einen Schluck Wasser.

Frank nickt. »Wir haben beschlossen, dass wir uns scheiden lassen. Aber ich fürchte, sie wird es jetzt bewusst oder unbewusst hinauszögern. Ich bin mir sicher, dass ihre Verwirrung mit der Schwangerschaft zu tun hat. Aber mir wäre es wirklich lieb, wenn alles über die Bühne ist, bevor das Kind zur Welt kommt.«

Na, das sind ja rosige Aussichten. »Aber die Vaterschaft ist eindeutig?«

Er runzelt die Stirn, wirkt verletzt. »Natürlich!« Er lehnt sich zurück und verschränkt die Arme.

»Entschuldige«, murmle ich. Mann, wie bescheuert kann man eigentlich sein? In dem Versuch, es wiedergutzumachen, rücke ich mit einem hirnrissigen Vorschlag heraus: »Du kennst doch meine große Schwester und meinen kleinen Bruder, nicht?«

»Ja, das sind nach deinen Worten doch die beiden, die sich über mich erkundigt haben.«

»Genau. Du weißt, dass sie Juristen sind. Sie könnten uns ... dir ... vielleicht weiterhelfen.« Ächz, habe ich das jetzt allen Ernstes vorgeschlagen? Will ich, dass sie mir ausgerechnet in dieser Angelegenheit zu Hilfe kommen? Und werden sie das wollen? Sie haben sich ja nicht gerade positiv über Frank geäußert.

Er reibt sich die Stirn. »Hm. Das wäre eine Möglichkeit. Würdest du das denn wollen?«

»Dass sie dich vertreten, nicht gerade. Aber einfach mal lose nachfragen, wie so eine Scheidung läuft?« Ich schlucke trocken. »Wenigstens wüssten sie dann, dass du und Ellen tatsächlich kein Paar mehr seid.«

»Wäre dir das wichtig?«

»Nicht wirklich.«

Er verzieht den Mund. Oh, er muss mich falsch verstanden haben!

»Also, mir ist wichtig, dass du und Ellen kein Paar mehr seid, aber was meine Juristengeschwister so denken oder über mich reden, das ist mir ziemlich schnuppe.«

Und dann macht er es doch. Er beugt sich wieder zu mir, legt die Hand auf meinen Oberschenkel – sie ist warm und trocken – und lächelt mich auf eine Art an, die in mir sämtlichen Widerstand brechen würde, wenn welcher vorhanden wäre. Was nicht der Fall ist. Sein Gesicht kommt näher, ich nehme die kleine helle Narbe wahr, dann sehe ich ein paar große Poren auf seiner geraden Nase, der Geruch seiner unrasierten Haut weht mir entgegen. Die Bartstoppeln sind noch zu kurz, um unangenehm zu riechen. Nein, sie scheinen genau die richtige Pheromonmischung auszuströmen. Kurz erkenne ich die winzigen Fältchen auf seinen Lippen, dann spüre ich sie endlich auf meinen. Meine Augen schließen sich von allein, um ganz in die Berührung hineinzuspüren.

Der erste Kuss. Gibt es etwas Hinreißenderes als den ersten Kuss? Vorausgesetzt, man knallt nicht ungebremst aufeinander und verhakt sich sofort mit den Zungen und Leibern, sondern man lässt langsam, geduldig eine Berührung zu, gibt ihr Raum, um sie zu erspüren. Was strömt alles auf mich ein? Frank legt seine Lippen auf meine und tut sonst nichts. Ich wittere ihn, den zarten Schweißfilm, der auf seiner Haut liegt, den Duft seines Shampoos, das beinahe ganz verflogen ist, die Reste seines Aftershaves, dann die Andeutung eines Deos. Seine Lippen sind warm und ein wenig trocken, aber voll. All das durchläuft mich und macht mich weich, füllt mich aus. Dann bewegt er die Lippen, und ein Feuerwerk bricht los.

Genug Geduld an den Tag gelegt.

Wir küssen uns ausgiebig, Franks Hand liebkost meinen Oberschenkel, aber sie wandert nicht weiter. Einerseits bedaure ich das, andererseits finde ich es genau richtig. Wir haben Zeit. Nach einer gefühlten Ewigkeit lösen wir uns voneinander. Seine Lippen sind nicht mehr trocken.

»Jetzt einen Prosecco?« Er hebt die Flasche und öffnet sie. Leider muss er dazu seine Hand wegziehen. Ich nicke.

Wir prosten uns zu.

Wir haben uns geküsst, alles ist anders.

Frank ist nicht mehr der ermittelnde Kommissar, sondern er ist jetzt … ja, er ist mein Freund. Glücksgefühle kribbeln in meiner Brust. Wir reichen uns die Hand und halten sie. Einfach nur Händchen halten. Wie schön.

»Weißt du, für eine Weile dachte ich schon, dass du mit den Unfällen zu tun hast.«

»Tja.« Was soll ich dazu sagen?

Er drückt meine Hand ein wenig fester. »Ich weiß jetzt, dass es nicht so ist.«

»Woher weißt du es? Gibt es neue Beweise?«

»Nein, aber ich bin mir sicher.«

Ich lache. »Freut mich.«

Er grinst, wodurch die Stimmung sich schlagartig ändert. Pure Romantik lässt sich auf Dauer auch nur schwer ertragen.

Eine Augenbraue zuckt nach oben. »Du bist manchmal ein bisschen impulsiv, habe ich recht?«

»Tja.«

»Also, um ganz ehrlich zu sein, hast du mich heute Morgen – und das war nicht das erste Mal – an eine Figur aus einem Film erinnert.«

Ach ne! »So, und an wen? Dr. Jekyll und Mr. Hyde etwa?«

Er kommt näher zu mir und setzt einen dämonischen Ausdruck auf. »Nein, aber so ähnlich. An Gollum aus ›Herr der Ringe‹.«

Gollum! Ausgerechnet. Na warte, mein Lieber!

Ich reiße die Augen auf, stiere ihn irre an, verzerre den Mund ein wenig, knurre und spucke »Gollum, Gollum« aus. Gerade so, wie es die Filmfigur macht, wenn sie sich beinahe verschluckt. »Er hat uns erkannt«, krächze ich, »er hat es gesehen – mein Schaatz.«

Frank fährt beim grellen Klang meiner Stimme zurück. Ich rolle mit den Augen. »Oh wei, oh weh, er weiß es.« Dann fuchtle ich mit meiner zu einer Kralle geformten Hand vor ihm herum, verbiege mich dabei wie unter Schmerzen. Frank beobachtet mich entgeistert. Endlich kann ich nicht mehr, lasse mich nach hinten fallen und kichere haltlos, bis mir die Tränen die Wangen hinunterlaufen.

Frank springt auf. »Na warte!« Er ist über mir und kitzelt mich. Meine Jacke öffnet sich komplett, Franks Hände rutschen ganz zufällig unter mein kurzes Oberteil, ich biege mich, bis seine Hand plötzlich flach auf meinem Rücken liegt und eine neue Welle mich überschwemmt. Von einer Sekunde auf die nächste ist die Albernheit verschwunden. Ich springe auf und presse mich an ihn, und was jetzt geschieht, ist einfach nur richtig und intensiv und erfüllend und braucht keine weiteren Worte.

Irgendwann liegen wir nackt und erschöpft auf meinem Bett. Franks Körper ist genau so, wie ich ihn mir vorgestellt habe. Es macht einfach Spaß, ihn anzusehen und zu spüren. Seine Brust ist unbehaart, aber von seinem Nabel zieht sich ein schmaler Streifen weicher Haare hinunter bis zum krauseren Schamhaar.

Ich habe den Kopf auf seine Brust gelegt, er wuschelt durch meine Locken. Ich lasse die Finger von seinem Nabel den Haarstreifen entlangwandern, immer wieder. Unser gemeinsamer Geruch umfängt uns.

»Und jetzt?«, frage ich.

»Und jetzt?«, wiederholt er. Seine Hand bleibt in meinem Nacken liegen, ich drehe den Kopf zu ihm. Er hat die Brille irgendwann abgelegt, und mit seinen kurzsichtigen Augen wirkt sein Blick noch weicher. Auf seiner Nase kann man einen hellen Abdruck sehen an der Stelle, an der die Brille sonst aufliegt.

»Werden wir Probleme bekommen?«

»Schätze schon.«

»Sollen wir es geheim halten?«

Er setzt sich auf, ich rutsche neben ihn. Wir verschränken unsere Hände ineinander.

»Das hier ist mir wichtig.« Er räuspert sich. »Ich habe lange keine solchen Gefühle mehr empfunden.«

»Mir ist es auch wichtig.«

»Vielleicht sollten wir es tatsächlich geheim halten. Bis der Fall abgeschlossen ist.«

»Du bist jetzt befangen, oder? Müsstest du dich von dem Fall zurückziehen?«

»Ja. Aber ich habe keine Zweifel, dass er bald zu einem Abschluss kommen wird. Was soll noch groß geschehen? Am Ende wird sich herausstellen, dass es alles Unfälle waren.«

»Na ja, der Fall Friskeel nicht.«

»Nein, der nicht.« Er kaut auf seiner Unterlippe herum. »Suizid war es aber auch nicht. Wir haben keinerlei Hinweis darauf gefunden. Ein Mann, der bald heiraten will, tötet sich nicht selbst, ohne einen Abschiedsbrief zu hinterlassen.«

»Also wird es vielleicht doch noch dauern, bis alles überstanden ist?«

»Ich weiß es nicht. Vielleicht ja. Es wäre gut, wenn du in keine weiteren Unfälle mehr verwickelt wirst. So ein Ausbruch wie heute am Telefon tut dir nicht gut.«

»Ja, ich weiß«, gebe ich kleinlaut zu. Dann recke ich den Oberkörper. »Morgen gehe ich nicht zur Arbeit und am Montag hole ich mir einen Krankenschein.«

Frank nickt. »Vielleicht ist das das Beste.« Er wirft einen Blick auf meinen Wecker. »Ich fahre jetzt nach Hause.«

Ich lasse ihn ungern gehen, aber vermutlich ist es besser so. »Sehen wir uns morgen?«

Er küsst mich zart. »Wenn es geht, ja. Ich melde mich bei dir.«

Meine kleine Wohnung wirkt leer, nachdem er gegangen ist. Aber der Duft, der darin hängt, und meine

Gefühle für Frank lassen mich in einen wohligen, traumlosen Schlaf sinken. Alles ist gut.

Sonntagmorgen, und ich werde nicht zur Arbeit gehen. Ich suche morgen einen Arzt auf, damit ich für ein paar Tage krankgeschrieben werde. In mir tobt ein heilloses Durcheinander, und ich brauche eine Auszeit vom Callcenter. Ich bin fest entschlossen, jeden Arzt davon zu überzeugen. Es wäre gemeingefährlich, mich telefonistisch auf die Menschheit loszulassen, und für mich selbst wäre es auch gefährlich. Sonst erleide ich ganz sicher einen Zusammenbruch, ein Burn-out oder so.

Ich beschließe, den Tag mit einer Joggingrunde zu beginnen. Nach dem wunderschönen Abend und der ruhigen Nacht fühle ich mich wie neugeboren, und ein bisschen Bewegung und frische Luft werden mir helfen, das Chaos in meinem Kopf in den Griff zu bekommen. Ich werde darauf achten, niemandem vor das Auto zu laufen und keinen über den Haufen zu rennen. Ach was, es wird nichts mehr passieren, ich spüre es.

Ich liebe einen Mann, und er liebt mich wieder!

Alles andere wird sich fügen. Ich bin doch keine durchgeknallte Mörderin. In meinem Kopf nimmt nur noch eine Person Raum ein: Frank. Ich suche »West Side Story« auf meiner Playlist auf dem MP3-Player und klicke »Maria« an. Okay, »Frank« lässt sich nicht eins zu eins auf »Maria« übertragen, schon allein wegen der unterschiedlichen Silbenzahl, aber das hindert mich nicht daran, bei den Worten dieses ultimativen Liebesliedes meinen Frank vor mir zu sehen. Seinen

Namen denke ich unablässig, seinen Duft kann ich riechen, als hätte ich ihn wie ein Parfum aufgelegt. Wer braucht »Coco Mademoiselle«, wenn er Frank Kraus haben kann?

Mein Hochgefühl steigert sich mit jedem meiner Schritte in der Sommerluft, alle Menschen, die mir begegnen, lächeln mir zu. Ach, sie sind so liebenswert! Das Leben ist einfach wundervoll. Frank ist der richtige Mann für mich, das spüre ich mit jeder Faser. In derselben Hochstimmung komme ich gegen halb zehn nach Hause und sehe, dass das Licht des Anrufbeantworters blinkt. Immer noch »Maria« summend, drücke ich auf den Knopf.

»Lu, Kat hier. Susa ist doch schon früher gekommen, und wir würden gern den Pick-up holen. Wann geht es bei dir?«

Sofort rufe ich zurück. »Kommt gleich, wenn ihr wollt.«

Ich springe unter die Dusche und spüle nun doch »Eau de Frank« von meinem Körper ab, da es sich inzwischen mit meinem Schweiß zu einer leicht strengen Note entwickelt hat. Ich werde mir seinen Duft sicher noch heute wieder holen können. Da er »Coco Mademoiselle« so liebt, lege ich es auf, nachdem ich meine Haare geföhnt habe. Zwar warten in mir zwei liebestolle Zwillinge ungeduldig auf Franks Anruf, aber ich weiß noch nicht, wann ich ihn wiedersehen werde. Ich nehme an, dass er an seinem freien Tag ausschlafen möchte. Ich male ihn mir nackt in seinem Bett aus, das Laken ist verrutscht und enthüllt seinen Oberkörper, einen Arm hat er unter den Kopf geschoben, die Augen sind geschlossen, dann gleitet die zweite Hand unter die Decke ...

Jedenfalls werde ich ihm noch Zeit geben und, sollte er sich bis zum Mittag nicht gemeldet haben, bei ihm anrufen. Ich mache mir keine Sorgen. Ich vertraue ihm. Das Einzige, was unsere Liebe jetzt noch beenden könnte, wäre ein weiterer Mordfall, den man mir anhängt. Doch am Ende wird jeder erkennen, dass ich keine durchgeknallte Mörderin bin.

In meine Gedanken hinein klingelt es an der Tür. Kat und Susa kommen herein. Bei einer Tasse Kaffee fragt Susa nach meinen Manolos.

»Sie liegen noch bei diesem Schusterhannes, den du mir empfohlen hast. Ich hoffe, er kriegt sie hin.«

Sie winkt ab. »Wenn sie einer hinkriegt, dann er. Mach dir keine Gedanken.«

»Sag mal«, Kat grinst mich breit an, »hattest du heute Nacht irgendwie ... Sex oder so?«

»Sieht man mir das etwa an?«

»Wer ist denn der Glückliche? Der Kommissar?«

»Ja, wer sonst?«

Beide stützen erwartungsvoll das Kinn in die Hände. »Und? Erzähl!«

Ich zucke die Achseln. »Was gibt es da zu erzählen? Wollt ihr etwa Einzelheiten?«

»Ja, klar!«

Ich grinse. »Sorry, aber die kriegt ihr nicht. Ich bin total in ihn verknallt und er in mich. Das muss reichen.«

Kat verzieht den Mund. »Ja, okay ... Bringt das nicht Probleme mit sich? Der kann sich doch nicht mit dir liieren, wenn er gegen dich ermittelt?«

»Deshalb bitte ich euch, nicht darüber zu sprechen.
Frank geht davon aus, dass meine Unschuld schon sehr
bald erwiesen sein wird, dann hat diese ganze Farce ein
Ende, und wir können offiziell ein Paar sein.«

»Wie schön. Ich freue mich für dich. Ähm, gab es da
nicht noch eine Ehefrau oder so?«

Ich runzle die Stirn. »Ach, haben die Juristen dir das
auch erzählt?«

»Ja. Mutter hat gestern angerufen und uns zum Frühstück eingeladen. Ich sagte, dass ich nicht kann. Da er-
wähnte sie in einem Nebensatz, dass Frank Kraus verheiratet ist. Anscheinend wollte sie abklopfen, ob du
mit mir über ihn gesprochen hast.«

Ich schüttle den Kopf. »Kaum auszuhalten, oder? Was
werden sie erst sagen, wenn sie merken, dass es ernst
wird?« Das Telefon klingelt, und wie von der Tarantel
gestochen springe ich auf. »Hallo?«

»Frank hier, guten Morgen!«

Anscheinend sehen Kat und Susa mir an, wer am Apparat ist. Sie stehen auf.

»Hallo. Na?«

»Ich möchte dich sehen.«

Das geht mir runter wie Sahne. »Willst du herkom-
men?«

»Sollen wir in der Altstadt gemeinsam Mittag essen?«

Er will mit mir dorthin gehen? Wo ganz Saarlouis sich
sonntags trifft und alle uns sehen können?

»Lieber in einer ruhigeren Ecke.«

»Treffen wir uns in der City und entscheiden dann,
okay?«

»Na gut, wenn du magst. Am Großen Markt?«

»Um halb zwölf? Wir könnten ein wenig an der Saar spazieren gehen.«

Anscheinend sieht er die ganze Sache doch ziemlich locker. Mir soll es recht sein. Er wird schon wissen, was er macht. Erst nachdem ich aufgelegt habe, kommt mir der Gedanke, dass er vielleicht neue Erkenntnisse hat und die ganze Chose sich inzwischen erledigt hat. Das wäre einfach wunderbar!

Ich strahle meine Schwester an. Sie wirft Susa einen Blick zu. »Komm, wir schieben ab. Lu hat ein Date.«

Die beiden verschwinden, nicht ohne mir Glück zu wünschen.

Ach, mein Herz ist so leicht! Ich ziehe mich rasch um. Ein luftiges Sommerkleid und Riemchenpumps dürfen es heute sein. Noch habe ich genug Zeit, meine Zehennägel neu zu lackieren. Korallenrot wähle ich diesmal, passend zu den Blumen auf meinem kurzen Kleid. Gestern sind wir gar nicht bis zu den Zehen vorgestoßen, dabei hatte ich mir in den Tagen davor so viele Möglichkeiten ausgemalt, wie Frank seine Vorliebe für Füße ausleben könnte. Beim sorgfältigen Feilen und Bemalen meiner Nägel freue ich mich unbändig auf den Moment, wenn er sie sehen wird. Dass Nägel-Lackieren eine erotische Komponente haben kann, hatte ich bisher noch gar nicht empfunden.

Um Viertel nach elf mache ich mich auf den Weg. Ein Glück, dass ich so früh losgefahren bin, denn in der Stadt ist Hochbetrieb! Der Große Markt ist fast dicht. Die Sonntagsmesse in der Ludwigskirche scheint gerade zu Ende zu sein; die Leute gehen zu ihren Autos. Trotzdem drehe ich mehrere Runden, ohne eine freie

Lücke zu entdecken. Dafür sehe ich ein bekanntes Gesicht: Maurice geht aus Richtung der Kirche zum Parkplatz. Er sieht mich nicht, anscheinend bewegt er sich zielstrebig auf jemanden zu, den er kennt. Ich werfe einen Blick auf meine Uhr. Fast halb. Ob Frank schon da ist? Da wird eine Lücke frei! Rasch setze ich den Blinker, warte, bis der Cinquecento weg ist, der dort vorher stand, und parke zügig ein. Wo ein Cinquecento Platz hatte, passt auch mein Twingo rein, denke ich.

Falsch gedacht. Die Lücke ist so eng, dass ich nicht aussteigen kann. Also werfe ich zähneknirschend den Motor wieder an. Inzwischen transpiriere ich, da ich Frank nirgends entdeckt habe und langsam Panik bekomme, mich zu verspäten. Der penible Zwilling in mir, die Heulsuse, hasst so etwas. Und da sie nun mal ein Teil von mir ist, kann ich mich nicht immer erfolgreich gegen diesen Teil wehren.

Also stoße ich beherzt zurück. Und dann passiert das Unausweichliche: Ich krache mit einem anderen Auto zusammen, das hinter mir vorbeifahren wollte. Hat der Idiot denn keine Augen im Kopf?

Mist! Dreimal Mist!

Ich öffne die Tür und muss mich nun doch irgendwie hinausquetschen. Mein Herz rast, ich bin wütend. So wütend! Und weiß doch in meinem Innern, dass ich selbst Schuld habe. Und ahne doch im Innern, dass ...

Mir wird übel. Am ganzen Leib zitternd, gehe ich auf das Auto zu, das mit meinem Twingo verkeilt ist. Ich kriege die Fahrertür des anderen Wagens kaum auf, beinahe glaube ich, dass mir die Knie wegsacken. Eine Frau! Sie rollt wild mit den Augen und reißt Hilfe suchend mit einer Hand an meinem Kleid. Sie ist vielleicht um die fünfzig, trägt sonntägliche Kleidung. Sicher war sie in der Kirche. Ihre Gesichtsfarbe gefällt mir gar nicht. Auch die Augen, die immer stärker hervorquellen, der eigenartig großflächig geschminkte, wie zum Schrei geöffnete Mund, aus dem jedoch nur unartikuliertes Gurgeln heraussickert, die Hand, die sie um den eigenen Hals krallt. Das alles ruft eine Erinnerung in mir wach. An die zitternden Kehllappen von Rupert Kunze, der beinahe von der Rolltreppe des Klopfer stranguliert wurde.

»Hhhh…«, presst die Frau hervor, und wieder »hhhh …«. Sie zuckt und sackt in sich zusammen.

»Hilfe!«, schreie ich. »Schnell, einen Krankenwagen. Die Frau erstickt!«

Kurz bevor ich ohnmächtig werde, sehe ich Maurice. Der Gute, immer ist er in meiner Nähe, um mich zu trösten.

10

Vorsatz

Frank Kraus hörte einen Aufprall. Keine kreischenden Bremsen. Ohne Vorankündigung ein dumpfes Rumms, Klirren und Knirschen. Er stöhnte. Der überfüllte Parkplatz ließ keine Sicht auf die Unfallstelle zu. Viel konnte da nicht passiert sein. Die Autos fuhren langsam aus den Parkbuchten heraus, an der Ausfahrt stauten sie sich sogar. Vermutlich war jemand zurückgestoßen, ohne sich abzusichern, dass alles frei war, und hatte einen anderen gerammt. Sollte er nachsehen? Es konnte ihm egal sein, das war eine Angelegenheit für die Schutzpolizei. Nein, er würde sich den heutigen, endlich mal freien Tag nicht verderben lassen.

Die Ermittlungen in der Unfallserie, die mit Lucy in Zusammenhang stand, waren weit fortgeschritten. Lediglich die Frage, wer letzten Endes Mark Friskeel vom Dach gestürzt hatte, war noch offen. Falls ihn überhaupt jemand gestoßen hatte. Frank war inzwischen zu der Überzeugung gelangt, dass er gefallen war. Lucy hatte ihm ja eingestanden, dass sie sich nicht sicher war, ob sie das Türchen offen gelassen hatte oder nicht. Wenn Mark Friskeel nicht schwindelfrei gewesen war, dann könnte die offene Absperrung sein Todesurteil bedeutet haben. Diese Nachlässigkeit konnte man Lucy nicht als vorsätzlichen Mord auslegen. Er rieb sich über die Stirn. Schon wieder dachte er an die Ermittlungen, obwohl er sich fest vorgenommen hatte, die Arbeit komplett beiseitezuschieben. Er wollte den Tag mit Lucy genießen.

Eine neue Liebe – wer hätte das erwartet? Wenn er an den gestrigen Abend dachte, wurde ihm wohlig warm.

An der Unfallstelle sammelten sich zahlreiche Passanten. Lucy hatte er nirgendwo entdecken können, also hielt er nun doch auf die Stelle zu. Ein simpler Parkunfall lockte normalerweise nicht so viele Schaulustige an. Als er sich dem Platz näherte, hörte er aufgeregte Stimmen.

»Hat jemand den Notarzt gerufen?«

»Sind beide verletzt? Was ist denn mit der jungen Frau neben dem Auto?«

Sein Herzschlag beschleunigte sich, er fing an zu laufen.

»Der ist nicht mehr zu helfen, ich finde keinen Puls.«

»Aber bei so einem einfachen Auffahrunfall stirbt man doch nicht.«

Frank drängte sich mit den Worten »Polizei, bitte machen Sie Platz« durch die Umstehenden hindurch. Neben den Autos – eines davon war Lucys Twingo! – stand ein Mann mit Handy am Ohr, er benachrichtigte offenbar soeben den Notarzt. Auf dem Boden lag, in ein sexy Sommerkleid gehüllt, die Zehennägel augenscheinlich frisch pedikürt, Lucy! Maurice – wieso war er schon wieder da? – kniete halb hinter ihr und hatte ihren

Kopf in seinen Schoß gebettet. Er träufelte ihr aus einem kleinen braunen Medizinfläschchen mit gelbem Etikett etwas auf die Lippen. Lucy schluckte, bewegte die Lider und war gleich darauf bei Bewusstsein.

Sie entdeckte Frank unter den Anwesenden und setzte sich auf. »Frank, ich kann nichts dafür, wirklich nicht!«

Sie stand auf, wobei das Kleid ihre Oberschenkel enthüllte, die er vor wenigen Stunden noch in ganz anderer Pose hatte sehen dürfen.

Idiot! Was ihm da durch den Kopf ging!

Erst jetzt beachtete er die Frau im Auto. Jemand hatte den Gurt geöffnet, der Mann, der den Notarzt gerufen hatte, beugte sich über sie.

Sirenen erklangen, kurz darauf bahnten Sanitäter sich ihren Weg. Sie kümmerten sich um die Frau, betteten sie vorsichtig auf die mitgebrachte Trage, tasteten nach ihrem Puls, versuchten sie wiederzubeleben. Erfolglos.

»Sie ist tot.«

Lucy klammerte sich an Frank und schluchzte: »Ich habe sie nicht gesehen, ich kann nichts dafür. Sie ist einfach in mich reingefahren. Aber wieso ist sie denn tot?«

Der Notarzt richtete sich auf. »Sie muss etwas aspiriert haben. Ihr Rachen ist rot und geschwollen. Die Frau ist offensichtlich erstickt. Da war nichts zu machen.«

»Ein Unfall also.« Frank musterte den Notarzt. Dieser zögerte. »Ich bin Kriminalkommissar Frank Kraus, wir hatten schon einmal miteinander zu tun.«

»Richtig, ich erinnere mich.« Der Notarzt nickte. »Ja, ein Unfall. Wer weiß, was sie gerade gemacht hat. Vielleicht ein Hustenbonbon. Wir bringen sie in die Rechtsmedizin. Beschaffen Sie die Anordnung bei der Staatsanwaltschaft?«

Frank nickte. »Wer ist die Frau?«

Einer der Sanitäter hielt eine Geldbörse und den Personalausweis hoch. »Ilse Cramp-Saitenstecher, wohnhaft in Creutzwald.«

Lucy stöhnte. Frank erinnerte sich: Das war die Kundin, wegen der Lucy beschlossen hatte, ein paar Tage zu Hause zu bleiben. Die Kundin, die sie gestern beleidigt hatte.

War das zu fassen?

Lucy beugte sich über den Leichnam, immer noch weinend. »Entschuldigung, Frau Cramp-Saitenstecher, bitte verzeihen Sie mir. Ich wollte das nicht.«

Frank zog sie zurück. Sie redete sich noch um Kopf und Kragen. Erneut erinnerte sie ihn schmerzhaft an Gollum. Aber sie hatte nie und nimmer wissen können, dass diese Frau heute ausgerechnet hierher kommen würde. Noch weniger hatte sie einplanen können, sie zu Tode zu bringen, indem sie rückwärts aus einer Parklücke stieß genau in dem Moment, als Ilse Cramp-Saitenstecher heranfuhr. Und woran war die Frau eigentlich erstickt?

Lucys starrer Blick haftete auf dem Gesicht der Toten. »Sie hat sich die Lippen geschminkt«, erklärte sie in einem eigenartig abwesend klingenden Tonfall.

»Das könnte sein.« Der Arzt beugte sich über die Frau, dann richtete er sich wieder auf. »Es sieht aus, als sei sie dabei abgerutscht.«

Frank wandte sich an zwei uniformierte Polizisten, die den Parkplatz abgesperrt hatten und jetzt hinzukamen. »Die KTU muss den Wagen untersuchen, vielleicht findet sie einen Lippenstift.«

»Wir nehmen sie dann mit«, erklärte der Notarzt. Es klang wie eine Frage. Einer der Uniformierten sah Frank an, er nickte. Die Rechtsmediziner würden klären, woran genau Ilse Cramp-Saitenstecher gestorben war. Die Gaffer zerstreuten sich nach und nach. Lucy hatte sich an Frank gelehnt, der ihr einen Arm um die Schultern gelegt hatte und ihr Zittern spürte.

»Lucy, ich bringe dich nach Hause.«

Kurz darauf wurde der Wagen von Frau Cramp-Saitenstecher abgeschleppt, Frank brachte Lucy in ihrem nur leicht beschädigten Twingo zu ihrer Wohnung und geleitete sie hinein.

Lucy hatte die ganze Zeit kein Wort gesprochen. Er führte sie wie ein Kleinkind zur Couch, zog ihr die süßen Schuhe aus und legte ihre Beine hoch. Eine so schöne Farbe hatte sie für die Nägel ausgesucht! Schmerzhaft wurde ihm bewusst, dass er diese Füße noch immer nicht liebkost hatte. Er fuhr mit der flachen Hand an ihren Sohlen entlang. Die Haut war genauso zart, wie er erwartet hatte. Aber es war der falsche Moment. Sie nahm es auch gar nicht wahr, sondern schien sich in einer anderen Welt aufzuhalten.

»Ich bin ein Todesengel«, verstand er plötzlich ihre gemurmelten Worte. »Ich bringe den Tod. Wer mit mir zu tun hat, stirbt.« Sie schüttelte den Kopf, dann wandte sie ihm ihr Gesicht zu. Es war schmerzverzerrt, die Augen weit und tief und voller Kummer. »Du solltest mich besser verlassen, sonst stirbst du am Ende auch noch, und das würde ich nicht ertragen.«

Er kniete sich neben die Couch und legte die Arme um sie. »Nein, Liebes, du irrst dich. Das alles hat nichts mit dir zu tun. Du konntest nicht ahnen, dass das Frau Cramp-Saitenstecher ist. Sie hat nicht achtgegeben. Es ist nicht deine Schuld.«

Sie lächelte hoffnungsvoll. »Wirklich? Ich habe es nicht gewusst, ehrlich nicht. Ich wollte doch nur zu dir.«

Sie schmiegte sich an ihn, er hielt sie lange fest. Er spürte eine tiefe Zuneigung zu Lucy und er wünschte sich, dass sie zu echter Liebe heranwachsen würde. Doch vorher musste sie von diesen Verdächtigungen reingewaschen werden. Und sie musste ihr Selbstvertrauen wiedergewinnen. Er würde ihr dabei helfen.

Er rappelte sich auf. »Ich muss noch mal in die Stadt. Ich möchte klären, wie dieser Unfall genau verlaufen ist. Du wirst sehen, dass du unschuldig bist.«

»Kommst du wieder?« Sie stand auf und umarmte ihn, schmiegte sich an seinen Körper. Er spürte ihre Brüste, ihre Arme im Rücken. Sein Körper reagierte auf sie, er konnte nichts dagegen tun. Er vergrub das Gesicht an ihrem Hals, drückte sie an sich und sog ihren frischen Duft ein. Er wollte sie nicht verlieren. Er musste beweisen, dass sie unschuldig war! »Ich finde heraus, was passiert ist, dann komme ich zurück.«

Ihre Augen leuchteten, sie küsste ihn. Zart zuerst, schließlich immer leidenschaftlicher. Nur ungern befreite er sich. »Ich komme zurück. Bis später.«

Es fiel ihm schwer, zu gehen.

Mit ihrem Twingo fuhr er in die Stadt zu der Halle, zu der man den Unfallwagen geschleppt hatte. Jörg, ein Techniker von der KTU, war damit beschäftigt, ihn zu untersuchen. Er betrachtete ihn von allen Seiten.

Frank trat zu Jörg. »Hast du einen Lippenstift gefunden?«

»Im Handschuhfach, ja, aber keinen im Fahrzeuginnenraum. Habe natürlich erst mal oberflächlich geschaut. Morgen bauen wir die Sitze aus und suchen darunter.«

»Okay.« Frank verzog den Mund.

»Hey, kein Grund, enttäuscht zu sein. Heute ist Sonntag, die meisten haben frei. Aber falls es dich beruhigt – ich habe etwas anderes gefunden.«

Er ging zur Beifahrerseite und zeigte auf den hinteren Bereich des Dachs. »Hier ist ein Handabdruck. Entweder hat sich jemand so festgehalten«, er hielt die Hand knapp über dem Dach in der Luft, »oder auf das Dach geschlagen.«

»Und was sollte das mit dem Unfall zu tun haben?«

»Tja, das weiß ich nicht. Du bist der Schnüffler.« Er grinste. »Vielleicht gar nichts.«

Na prima, das war nicht gerade ein zufriedenstellendes Ergebnis!

Frank fuhr zur Rechtsmedizin und traf dort auf Dr. Wachs, der sich selbst abgebrüht als »Totenjodler« bezeichnete. Frank mochte den freakigen Typ, der seinen Beruf so spannend fand wie ein Goldsucher einen Fluss voller Nuggets.

»Ach, der Frank. Ungeduldig wie immer, nit?«

Ilse Cramp-Saitenstecher lag scheinbar unversehrt und vollständig bekleidet auf der Bahre. Hatte der Doc noch gar nicht mit seiner Arbeit begonnen?

Dr. Wachs ließ seine Harry-Potter-Brille bis zur Nasenspitze rutschen. Über den Rand hinweg sah er Frank an. »Du weißt aber schon, dass heut Sonntag is, Alter? Hast Glück, dass ich überhaupt da bin.«

»Für mich ist auch Sonntag, Ringo. Weißt du schon irgendwas?«

Wachs schob die Brille zurück und hob mit einer Art metallener Würstchenzange einen rot gefärbten Tupfer aus einer Edelstahlschüssel. »Das is kein Blut, was du da siehscht. Es is roter Lippenstift.«

Also stimmte Lucys Verdacht?

Wachs fuhr fort: »Der Abstrich stammt aus ihrem Rachen. Die Lady muss ihren Lippenstift eingeatmet haben. Bin echt gespannt, was die Sektion ergibt.« Er rieb sich die Hände.

Frank schluckte. Einen ganzen Lippenstift einatmen? »Wie ist das möglich?«

»Na, ich schneid se hier und da und hier auf und leg den Brustkorb frei, dann muss ich die Säge benutzen, um an die Lunge ranzukommen ...«

»Ringo, bitte erspar mir die Einzelheiten, das wollte ich nicht wissen. Wie kann man einen Lippenstift *einatmen*, das frage ich mich.«

Wachs ließ seine Brille abermals nach unten rutschen. »Na ja, wie das halt so geht. Wenn man sich fürchterlich erschrickt, vielleicht auch noch gestoßen wird. Du glaubst nicht, woran Menschen schon erstickt sinn. Was ich im Lauf der Jahre so alles aus den Leichen gefischt hab. Ich kann dir sagen!« Er schüttelte den Kopf.

Frank hob abwehrend die Hände. »Schon gut, ein bisschen was davon habe ich ja auch mitgekriegt.« Er rieb sich das Kinn. »Glaubst du, man kann sich ausreichend erschrecken, wenn jemand unerwartet auf das Autodach schlägt?«

Wachs nickte. »Auf jeden Fall. Noch dazu muss die gute Ilse sich gerade im Rückspiegel betrachtet haben, um sich die Lippen nachzuziehen.« Er kratzte sich an der Glatze. »Ich versteh eh nit, wie die Frauleut' das hinkriegen. In einer Hand das Handy, in der anderen den Lippenstift. Und dabei noch Autofahren ...« Er legte eine behandschuhte Hand auf Ilse Cramp-Saitenstechers Arm. »Tja, Mädel, das haste nun davon.«

»Okay, dann hast du mir vorerst schon mal geholfen. Den Bericht schickst du mir ins Büro, ja?«

»Klar. Wie immer.« Dr. Wachs schob mit dem Handrücken die Brille wieder hoch, dann beugte er sich über die Leiche und öffnete ihre Bluse.

Frank zog sich zurück. Bei Obduktionen Zeuge zu sein, war nicht gerade etwas, worauf er scharf war. Als er den Raum verließ, kam ihm Wachs' Kollegin entgegen. Sie wirkte nicht erfreut, dass sie am Sonntag zu einer Autopsie gerufen worden war.

Was nun? Es zog ihn zu Lucy, er wollte sehen, wie es ihr ging. Aber noch hatte er keine echten Ergebnisse vorzuweisen. Er rief Jörg an. »Hast du schon einen Abdruck von der Hand genommen und an die Wache geschickt?«

Jörg stöhnte. »Ja, habe ich. Die haben sich gefreut, das kann ich dir sagen. Tina ist heute nicht da. Kann das nicht warten bis morgen, Mann?«

»Ich fahre selbst hin und starte das Programm. Danke dir, Jörg. Schönen Restsonntag noch!«

Auf der Wache öffnete er die Datei mit dem Handabdruck sowie das Programm zur Erkennung von Fingerabdrücken. Die Qualität des Abdrucks ließ zu wünschen übrig. Die Handinnenfläche war wunderbar zu erkennen, doch die Fingerspitzen waren nur rudimentär vorhanden. Der- oder diejenige musste mit abgespreizten Fingern zugeschlagen haben. Immerhin, somit war klar, dass er oder sie die Hand nicht einfach auf dem Auto abgelegt hatte. Damit gewann das Szenario, das er und Ringo sich ausgemalt hatten, an Wahrscheinlichkeit. Jemand hatte offensichtlich auf Ilse Cramp-Saitenstechers Wagen geschlagen – vielleicht in der Absicht, sie zu erschrecken. Blieb die Frage, weshalb jemand das tun sollte.

Frank verfolgte eine Weile die Suche nach Übereinstimmungen, doch es zeichnete sich ab, dass es noch Stunden dauern konnte. Sonst blieb ihm nichts zu tun, also konnte er ebenso gut nach Hause gehen. Oder zu Lucy.

Sein Magen knurrte, und ihm wurde bewusst, dass er noch nicht zu Mittag gegessen hatte – und Lucy bestimmt auch nicht. Also bestellte er zwei Pizzen, holte sie in der Fußgängerzone ab und fuhr Richtung Beaumarais. In letzter Sekunde beschloss er, einen Wein von zu Hause mitzunehmen. Er fand eine Flasche des guten Roten, den er für besondere Gelegenheiten aufbewahrt hatte. Als er das Haus verlassen wollte, hörte er die obere Wohnungstür ins Schloss fallen. Shit!

»Frank, bist du da?« Ellen klang fröhlich und ausgeglichen. Na, immerhin.

»Ja, aber ich bin auf dem Sprung.«

»Warte nur eine Sekunde, es geht schnell.« Mit raschen Schritten kam sie die Treppe herunter. Erleichtert registrierte er, wie leichtfüßig sie sich wieder bewegte, obwohl sich ein Babybäuchlein abzuzeichnen begann.

Ellen sah aus wie das blühende Leben. Sie lächelte ihn an. »Ich wollte dir nur Danke sagen. Du hast uns dazu gebracht, uns auszusprechen, jetzt geht es mir viel besser.« Sie beugte sich vor, noch immer eine Stufe über ihm stehend, und küsste ihn auf die Wange.

»Das freut mich. Hast du denn schon etwas unternommen in Sachen ...?« Er druckste herum.

»In Sachen ...?« Ellens Gesichtsausdruck verfinsterte sich. »Ach, du meinst unsere Scheidung. Nein, habe ich nicht. Weißt du, der Dieter meinte, dass du das eigentlich viel besser machen kannst. Du hast schließlich genug Kontakt zu Rechtsanwälten.«

Frank ließ mit einem leisen Pfeifen die Luft entweichen. Na prima! Und er konnte nicht einmal widersprechen. »Okay. Ich verschwinde dann mal. Freut mich, dass es dir wieder gut geht.«

Ellen zeigte auf die Weinflasche in seiner Hand. »Gehst du zu deiner Verdächtigen?«

Frank zuckte zusammen. »Sie ist nicht meine Verdächtige, aber ja, ich gehe zu ihr. Was dagegen?«

»Nein, wieso? Ich würde sie gern mal kennenlernen. Sie muss etwas Besonderes sein.«

»Wieso denkst du das?«

»Na, du hast dich bisher für keine andere Frau interessiert außer mir. Das ehrt dich. Oder mich.« Sie grinste entwaffnend. Gott sei Dank, die gelassene Ellen war zurück.

»Vielleicht lernst du sie ja mal kennen«, sagte er vage. »Aber jetzt muss ich los, sonst wird unsere Pizza kalt.«

Lucy fühlte sich wieder besser. Sie wirkte noch immer verunsichert, doch seine Beteuerungen, dass der Unfall eine Verkettung unglücklicher Zufälle gewesen sei, schien sie nach und nach zu glauben. Während des Essens konnte sie sogar wieder lachen.

»Woher wusstest du, dass ich Pizza mit Rucola mag?« Sie biss in das dreieckige Stück, das sie mit der Rechten festhielt.

»Ich wusste es nicht, aber notfalls hätten wir einfach getauscht. Irgendwie habe ich geahnt, dass du das magst.« Sie saßen am Esstisch, sie wippte darunter mit dem übergeschlagenen Bein. Er wünschte, er hätte eine kurze Hose angezogen, dann würden ihre Zehenspitzen seine nackte Haut berühren. Er riskierte immer wieder einen verstohlenen Blick auf das Korallenrot, was von ihr nicht unbemerkt blieb.

Plötzlich legte sie das Pizzastück auf ihren Teller und sah ihm tief in die Augen. Er spürte ihren Fuß, der über seinem linken Schuh unter die Jeanshose kroch. Wie Strom schoss die Berührung nach oben und ließ »ihn« sofort stehen. Seine Hose war viel zu eng! Sie kam nicht weit mit ihrem zarten, wunderbaren Füßchen. Die Intensität ihrer Berührung legte sein Hirn lahm, er wollte nur noch diese Füße lecken und dann den ganzen Rest. Anscheinend sah sie es ihm an. Mit dem Lachen einer

Katze stand sie auf und ging, die Hüfte schwingend, zur Treppe, drehte sich um und winkte ihn mit einem Finger zu sich. Er folgte ihr wie ein ferngesteuerter Hund.

Oben legte sie sich rückwärts aufs Bett, stützte sich auf die Unterarme und winkelte ein Bein an, das andere ließ sie hinunterhängen. Er kniete sich neben sie und nahm den Fuß, den sie hochgezogen hatte, in die Hände. Er lächelte ihr zu, dann beugte er sich hinunter und schloss langsam die Lippen um den großen Zeh. Ihre Haut roch so, dass er auch den letzten Rest seines Verstands wegdriften ließ. Wozu denken? Er gab sich ihr völlig hin, und sie sich ihm.

»Ich habe das noch nie erlebt, weißt du?«, sagte sie später. Sie lagen aneinandergekuschelt auf ihrem Bett.

»Was meinst du?«

»Dass jemand so etwas mit meinen Füßen macht.« Sie küsste ihn aufs Ohr. »Das hat mich echt umgehauen.«

Er zog sie ein wenig höher und liebkoste ihre Halsbeuge. »Deine Füße sind der Hammer. Wenn ich sie nur sehe, habe ich schon einen Steifen.«

»Frank, für mich ist diese Beziehung etwas Besonderes.«

Er sah ihr ernst in die Augen. »Für mich auch.«

Sie lehnte sich zurück, um ihn zu mustern. Dann lächelte sie. »Das ist so schön.« Sie runzelte die Stirn. »Wenn nur endlich diese ganze Geschichte überstanden wäre!«

»Keine Sorge, das wird sie bald sein. – Du hattest doch erwähnt, dass ich deine Geschwister um Rat fragen könnte. Wegen der Scheidung, meine ich.«

Sie richtete sich auf. »Ja ...?«

»Ich denke, das werde ich machen. Ellen will sich nicht darum kümmern.«

»Okay. Mein Bruder ist ein sehr guter Scheidungsanwalt. Auch wenn ich mich über seinen Beruf immer mokiere. Aber, na ja, er ist natürlich gut in dem, was er macht.«

»Dann rufe ich ihn gleich morgen früh an.«

Erst spät in der Nacht verließ Frank sie, um nach Hause zu joggen, nachdem sie den Rest der Pizza und des Weins verzehrt hatten. Es tat gut, durch die laue Nachtluft zu laufen. Das Leben hielt so viel Gutes für ihn bereit! Er fühlte sich zum ersten Mal seit Langem wieder glücklich, als er sich in sein Bett legte. Nach wenigen Sekunden schlief er tief und fest.

11

Immer wenn ich
weinen muss

Frank liegt unterhalb von mir und macht Sachen mit meinen Füßen, die mich um den Verstand bringen. Mir war nie klar, dass meine Zehen zu meinen erogensten Zonen gehören, aber ich genieße es und lasse mich einfach fallen. Ich weiß nicht, wann ich das letzte Mal so guten Sex hatte. Ob ich überhaupt jemals so guten Sex hatte. Ich seufze laut – und wache davon auf.

Huch, ich habe nur geträumt. Meine pulsierende Mitte und die klebrige Feuchtigkeit dort unten erinnern mich jedoch daran, dass ich nicht alles nur geträumt habe. Nein, ich habe diesen Traum gestern erlebt. Wohlig rekle ich mich im Bett. Ich kann heute ausschlafen. Nachher muss ich zwar zum Arzt, um mir ein Attest zu holen, aber das hat noch Zeit.

Der Gedanke an Frank und die Wonnen, die er mir beschert, rückt langsam in den Hintergrund, und die Erinnerung an den gestrigen Unfall steigt in mir auf.

Seufzend rapple ich mich hoch. Ich hatte gehofft, dass ich meine innere Ruhe wiederfinden würde, jetzt, wo ich weiß, dass es mit Frank etwas Ernstes ist. Ich möchte seinen Beteuerungen so gern glauben. All das muss ein einziger gigantischer Zufall sein. Ich will keinem Menschen etwas Böses, und erst recht würde ich niemals jemanden umbringen. Denke ich jedenfalls.

Nach dem Duschen erkenne ich im Spiegel leicht überrascht eine jugendlich frisch wirkende Dreiunddreißigerin. »Dich habe ich lange nicht mehr gesehen.« Ich lächle mir zu. »Das muss die Liebe sein.« Ich trete dicht vor den Spiegel, um mir die Wimpern zu tuschen. Meine Haut wirkt klar, meine Augen leuchten ein bisschen mehr als sonst. Ich gefalle mir tatsächlich selbst. Ob ich Frank heute sehen werde?

Die winzige Badezimmeruhr zeigt halb zehn an. Er ist sicher längst bei der Arbeit. Hoffentlich kann er die Todesfälle endlich aufklären. Schon greift wieder die Angst nach mir.

Das Telefon klingelt. Ich renne hin und erkenne auf dem Display, dass es leider nicht mein Frank ist. Ich keuche innerlich: Das ist eine der Callcenter-Nummern. Etwa Dürri, der mich fragt, wo ich bleibe?

»Hallo?«

»Lucy, do is Maurice.«

Mein galoppierender Herzschlag fällt zurück in Trab. »Hallo, Maurice. Was gibt es denn?«

»Kommst du heut nit zur Arbeit?«

Ich hätte anrufen und Bescheid geben müssen! »Nein. Ich brauche ein paar Tage Ruhe. Diese Unfälle haben mich sehr mitgenommen. Ich gehe nachher zum Arzt und besorge mir ein Attest.«

»Aber ...«

»Ja?«

»Ich dachte, dir geht's besser.«

»Wieso dachtest du das?« Ich lockere mit den Fingern meine feuchten Haare auf. Wenn ich nicht gleich Schaum hineinknete, werden sie völlig krisselig trocknen.

»Weil die bösen Menschen bestraft wurden.«

Mein Herz setzt einen Takt aus, aber ich verstehe nicht so recht, warum. »Die bösen Menschen? Bestraft?« Das letzte Wort kommt als Kieksen heraus.

»Die haben dich alle zum Weinen gebracht.«

»Ähm ... Ja, schon. Aber das ist doch nicht so schlimm, Maurice. Deshalb haben sie doch nicht den Tod verdient.«

»Haben se nit?«

»Aber nein! Weißt du, wie ich jetzt dastehe?«

»Nein. Wie?«

»Ich bin die Hauptverdächtige! Was meinst du, wie ich mich fühle?«

Er räuspert sich, dann kommt ganz leise: »Wie?«

»Wie ein Unglücksbote, ein Todesengel. Ich kann keinen klaren Gedanken mehr fassen.«

»Bist du unglücklich?«

»Ja, Maurice, ich bin unglücklich. Macht es dir denn nichts aus, dass so viele Menschen, die wir kannten, einen Unfall hatten oder sogar gestorben sind?«

»Hm.« Er scheint nachzudenken. »Musst du ins Gefängnis?«

Ich lache hysterisch auf. »Hoffentlich nicht. Ich habe ja keine Schuld. Aber ich weiß nicht, wie ich das beweisen soll. Ach, das ist alles so furchtbar.«

»Ich ... Ich mach jetzt Schluss, Lucy. Tschüss.«

Tut, tut, tut. Er hat aufgelegt.

Was war das denn?

Na ja, Maurice kann nichts dafür. Er begreift die Komplexität der ganzen Angelegenheit sicher nicht. Mein Herz bleibt trotzdem nervös und holpert ab und zu, aber ich versuche es zu ignorieren. Es hat in den letzten Tagen zu viel zu verarbeiten.

Ich mache mich fertig und fahre in die Stadt zu meinem Arzt. Ihm erzähle ich alles, und er füllt mir bereitwillig einen Krankenschein aus, außerdem gibt er mir ein Rezept für ein sanftes Beruhigungsmittel mit. »Was Sie erlebt haben, wünscht man keinem. Gute Besserung und vor allem viel Ruhe, Frau Schober.« Er drückt mir mit einem mitleidigen Lächeln die Hand.

Als ich nach Hause komme, blinkt der Anrufbeantworter. Frank? Aber der hätte mich sicher auch auf dem Handy angerufen. Ich drücke auf die Play-Taste.

»Lucinda, hier ist Rouwen. Rate mal, wer heute in meiner Kanzlei aufgekreuzt ist. Dein Kommissar. Er will sich tatsächlich scheiden lassen.« Er lacht verlegen. »Gar kein so übler Kerl. Ich habe ihn falsch eingeschätzt. Also, Schwesterlein, für den würde ich dir meinen Segen geben. Melde dich mal.«

Als ob ich Wert auf den Segen meines Bruders legen würde! Aber irgendwie freue ich mich doch darüber. Frank macht also tatsächlich ernst. Hoffentlich zieht seine Frau mit!

Ich rufe Kat an, um ihr alles zu erzählen. Sie reagiert entsetzt auf die Todesgeschichte von Ilse Cramp-Saitenstecher und freut sich mit mir darüber, dass Frank und ich jetzt ein Paar sind.

»Bleib cool, Sis. Es wird sich bestimmt alles klären, du wirst sehen ... Ach, Susa fragt, was mit deinen Schuhen ist. Mann, ihr habt Probleme!« Ich sehe sie richtig vor mir, wie sie mit den Augen rollt.

»Meine Manolos!« An die habe ich gar nicht mehr gedacht. Ach, wie würde es meine Seele trösten, wüsste ich sie geheilt in meiner Nähe. »Ich rufe den Schuhmacher nachher an und frage, wann sie fertig werden.«

In der Leitung piept es. »Kat, können wir Schluss machen? Da will mich jemand sprechen.«

»Ja, mach's gut, Süße. Wir müssen jetzt eh weg, die neuen Hennen holen.«

Ich lege auf. »Hallo?«, melde ich mich gleich darauf. Schon wieder eine Callcenternummer!

»Do is Lena. Lucy, die han den Maurice verhaftet.«

»WAS? Wer?«

»Der Kommissar. Der is hier aufgetaucht, und der Maurice is mit ihm in dem Dürri seinem Büro verschwunden. Nach zwanzig Minuten sind sie dann wieder rausgekommen, Maurice in Handschellen. Kannst du dir das vorstellen? Der Bulle hat se doch nimmeh alle beisammen! Unser Maurice, der gudde Bub!«

Lena klingt ehrlich entsetzt. Ich weiß nicht, was ich dazu sagen soll. Mein Herz holpert erneut. Langsam beginne ich zu begreifen.

»Ja, der gute Bub«, krächze ich. »Lena, ich bin krank, ich bleibe ein paar Tage zu Hause.«

»Gute Besserung!«

»Ja, danke«, murmle ich tonlos und lege auf.

Dann versuche ich, Frank zu erreichen, aber er drückt mich einfach weg. Ich rufe auf der Dienststelle an und spreche mit einer Tina Soundso. Sie klingt eigentlich ganz nett, aber auch ein bisschen schnippisch.

»Kommissar Kraus ist in einer Vernehmung, ich kann ihn jetzt nicht stören. Er wird sich bei Ihnen melden.«

Und dann beginnt die schlimmste Stunde meines Lebens. Ich gehe in meiner Wohnung im Kreis wie ein Bär im Zoo. Was ist nur geschehen? Wieso um alles in der Welt Maurice? Der kann doch keiner Fliege was zuleide tun. Oder habe ich mich so in ihm getäuscht?

Ich werde noch wahnsinnig. Aber ich habe auch keine Idee, wen ich anrufen könnte, um Genaueres zu erfahren. Das Telefon klingelt, ich sprinte hin und erkenne die Nummer meiner Eltern auf dem Display. Oh nein, dazu fehlt mir jetzt der Nerv.

Meine Mutter spricht aufs Band. Ich höre an ihrer Stimme, wie unwohl sie sich dabei fühlt. »Lucinda, dein Bruder hat mir die Neuigkeiten berichtet. Ich möchte dich und den Herrn Kommissar Samstagmorgen gern zu einem Brunch einladen. Die ganze Familie wird da sein. Ich erwarte euch um neun Uhr.« Sie scheint zu zögern, bevor sie auflegt.

Ich kaue an meinen Nägeln, während ich weiter auf einen Anruf von Frank warte. Meine Güte, das ist ja schlimmer als in einer Prüfung an der Uni! Wie kann ich mich nur ablenken? Schusterhannes fällt mir ein, und er kommt mir vor wie ein rettender Engel.

Seine knarzige Stimme verspricht Erlösung, als ich ihn kurz darauf an der Strippe habe. Er weiß sofort, wer ich bin, und ich könnte ihn durch die Leitung hindurch küssen. »Die Schuhe sind fertig. Sie können sie abholen, wenn Sie wollen.«

»Oh, Herr Zimmer, Sie wissen gar nicht, wie sehr mich das freut.«

So hat sich wenigstens eine winzige Kleinigkeit komplett zum Guten gewendet. Gerade, als ich aufgelegt habe, klingelt das Telefon erneut. Frank!

»Lucy, wir haben den Täter! Es ist Maurice.«

Ich kann das immer noch nicht glauben. »Maurice? Im Ernst?«

»Ja. Wir haben seine Fingerabdrücke gefunden, und er hat alles gestanden. Ich komme zu dir und erzähle dir alles.«

Ich lege auf und lasse mich auf die Couch sinken. Mein Kopf leert sich, als würde sich mein Hirn verflüssigen und wie Sirup aus meinem Schädel sickern. Nichts mehr denken, nichts mehr fühlen.

Die Türklingel schreckt mich auf. Wie von der Tarantel gestochen springe ich hoch und öffne. Mit einem kindischen Schluchzen werfe ich mich in Franks Arme, er umfängt mich.

»Es ist vorbei«, flüstert er in mein Haar. »Es ist endlich vorbei. Du bist frei.«

Eng umschlungen gehen wir zur Couch und setzen uns, Frank hält mich die ganze Zeit fest. Dann erzählt er mir, wie alles abgelaufen ist.

Die Polizei hatte auf Ilse Cramp-Saitenstechers Wagendach den Abdruck einer Hand gefunden. Dessen Untersuchung führte zu Maurice, allerdings mit einer sehr geringen Übereinstimmung. Trotzdem beschloss Frank sofort, ihn zu verhören. Dieser Entschluss muss etwa zur gleichen Zeit gefallen sein, als mein Telefonat mit Maurice stattfand. Unser Gespräch hat ihn aufgewühlt. Als Frank im Callcenter ankam, fand er ihn tränenüberströmt vor.

»Gott sei Dank, dass du kommst«, sagte er, »ich muss alles erzählen.«

Dürri wirkte verwirrt und entsetzt und gab freiwillig sein Büro für die Vernehmung her.

»Maurice platzte sofort damit heraus, dass er schuld an allem sei.« Frank wischt sich über die Stirn und sieht mich ernst an. »Wir erleben es öfter, dass jemand gesteht, um den wahren Täter zu schützen. Noch dazu ist Maurice ein wenig ... nun ja, geistig eingeschränkt. Er wirkte also erst mal nicht glaubwürdig. Ich befragte ihn zum Fall Cramp-Saitenstecher.« Er drückt meine Hand und wendet die Augen ab, dann erzählt er weiter.

Maurice hatte Ilse Cramp-Saitenstecher schon länger auf dem Kieker. Sie war eine unserer ältesten Kundinnen und hatte nicht nur mich schon des Öfteren beleidigt. Offensichtlich suchte Maurice ihre Adresse heraus und beschattete sie regelrecht. Er hatte sich fest vorgenommen, ihr einen Denkzettel zu verpassen. Doch dann meldete sie sich lange nicht mehr, und die Notwendigkeit bestand nicht mehr.

»Aber dann passierte die Geschichte mit dem unfreundlichen Malermeister Müller. Maurice wusste, wie er die Adressen der Kunden herausfinden und ihre Gewohnheiten ausspähen konnte. Als Müller dich beleidigte, muss bei ihm eine Sicherung durchgebrannt sein.« Frank zieht die Schultern hoch. »Kaum zu glauben, aber es gelang ihm, ihn zu töten und es wie einen Unfall aussehen zu lassen. Der Zufall spielte ihm in die Hände. Einen Mord zu planen, dafür halte ich ihn nicht in der Lage, aber eine Gelegenheit zu nutzen, wenn sie sich bietet, das schafft er.«

Ich schlage die Hand vor den Mund. »Er hat sie tatsächlich alle gestoßen? Müller, Schaaf ... Was ist mit Rupert Kunze?«

Frank nickt. »Auch ihn. Maurice beobachtete euch. Er hatte herausgefunden, wo Kunze arbeitet, und als er euch beide bei Klopfer sah – und dann auch noch miterlebte, wie Kunze dich belästigte –, nutzte er die Gelegenheit. Er folgte Kunze auf die Rolltreppe und schubste ihn einfach. Niemand bemerkte Maurice unter den Anwesenden.«

Mir fällt ein, dass ich vor dem Eintreffen der zwei uniformierten Polizisten dort im Klopfer kurz gedacht hatte, jemanden zu erkennen. Das war Maurice! »Ich habe ihn noch gesehen, hinterher ...«

»Ja. Maurice hat sich sehr oft in deiner Nähe aufgehalten, ohne dass du ihn bemerkt hast.«

»Aber wieso denn bloß?«

»Er liebt dich.«

Mein Magen zieht sich zusammen. »Der Arme!«

Frank nickt. »Das war also der Fall Kunze. Danach kam Mark Friskeel. Bei ihm fiel die Entscheidung schneller. Maurice wusste, dass Friskeel in der Bank arbeitete. Außerdem machte er sich Sorgen um dich und folgte dir unauffällig. Als Friskeel auf die Dachterrasse ging, war Maurice bereits oben. Er hatte dich beobachtet und sich versteckt. Er erkannte Friskeel. Es war ein Leichtes, ihn vom Dach zu stoßen.«

»Und dann die Schnatterbeck in Riegelsberg. Ich habe Maurice selbst mit dorthin genommen.«

»Auch hier ein scheinbarer Zufall, doch er ergriff die Gelegenheit beim Schopf. Maurice sprang ihr in den Weg, sie geriet auf die Gleise, den Rest kennst du.«

Ich kann nicht anders, ein irres Lachen steigt aus meiner Kehle hoch. Wie eine Marionette schüttle ich den Kopf. Hin und her und hin und her. »Diese Geschichte ist so unglaubwürdig, dass kein Mensch sie dir abkaufen wird.«

»Doch, Lucy, Maurice hat alles erklären können. Familie Schnatterbeck kannte er seit seiner Kindheit. Er wusste auch, dass die jüngere Frau Schnatterbeck jeden Freitag am Stand ein Grillhähnchen kauft, seit Jahr und Tag. Sie zu bestrafen, hatte er vorher schon beschlossen. So fügte sich eines ins andere.«

Ich erinnere mich, wie Maurice plötzlich neben mir auftauchte. Und an seinen eigenartigen Gesichtsausdruck erinnere ich mich auch. »Aber Gerlinde Grätz?«

Frank schüttelt den Kopf. »Nein, sie geht nicht auf sein Konto. Dass sie nach Altforweiler kommen würde, konnte keiner ahnen. Dass ihr beide zur selben Zeit in derselben Straße sein würdet, wusste niemand. Das war ein Unfall.«

Ich wische mit der Hand über meine Augen. Das kann doch alles gar nicht wahr sein.

Frank räuspert sich. »Zurück zum letzten Fall. Eigentlich wollte er Ilse Cramp-Saitenstecher nur einen Denkzettel verpassen. Er wusste, dass sie sonntags immer das Hochamt in der Ludwigskirche am Großen Markt besucht, und wartete dort auf sie. Als sie an ihm vorbeifuhr, schlug er mit der flachen Hand auf ihr Autodach. Sie muss so heftig erschrocken sein, dass sie mit dem Lippenstift, mit dem sie gerade ihre Lippen nachzog, abrutschte und ihn einatmete. Sie war vermutlich schon halb erstickt, als sie dir reingefahren ist. Den Rest kennst du.«

Ich schweige betreten. Ich fasse es einfach nicht.

»Aber warum«, stammle ich schließlich, »warum denn bloß?«

»Er sagte, immer wenn du weinen musstest, fühlte er eine unbändige Wut auf diese bösen Menschen. Und irgendwann beschloss er, sie zu bestrafen.«

Sagte ich es nicht schon zu Anfang? Immer wenn ich weinen muss, passiert eine Katastrophe.

Aber ich dachte niemals, dass die Katastrophe solche Ausmaße annehmen würde.

Epilog

Die Manolos

Langsam sickert die Erkenntnis in meinen Kopf und mit ihr die Gewissheit, dass die unmöglichen Unfälle jetzt ein Ende haben.

Maurice hat hinter allem gesteckt. Wenn ich an den zarten, liebenswerten Mann denke, der eigentlich noch ein Junge ist, trotz seiner 23 Jahre, befällt mich Wehmut. Er kann nichts dafür. Ihm ist nicht bewusst, wie schwer wiegt, was er getan hat. Wahrscheinlich wird er nicht in ein Gefängnis, sondern in eine geschlossene Anstalt eingewiesen.

Mich beschäftigt permanent die Frage, ob ich das alles hätte verhindern können. Hätte ich nicht erkennen müssen, wie es um ihn stand? Ich ahnte in meiner Ignoranz nicht, dass er mich auf seine ureigene, unschuldige Art liebt. Mir war nicht im Mindesten bewusst, dass er litt, wenn ich litt. Dass er so sehr mitlitt, bis er glaubte, mich – meine Tränen – rächen zu müssen.

Frank fuhr zurück zur Dienststelle, um die Fälle abzuschließen, nachdem er mir alles erzählt hatte. Er muss zahlreiche Berichte schreiben, sagte er. Falls er gar nicht lesen kann, was er sich notiert hat, meldet er sich, damit ich ihm helfe, seine Klaue zu entziffern. Ich habe Kat angerufen und sie gebeten, zu mir zu kommen, aber sie konnte nicht. Sie und Susa haben über dreißig Legehennen gekauft und sind offenbar ziemlich beschäftigt damit, die Hühner einzugewöhnen. Ich weiß nicht, was sie machen, aber ich akzeptiere es. Vielleicht kommt sie später noch vorbei.

Ich sitze also hier, allein, wie im Wartesaal, und warte mal. Aber ich weiß nicht, worauf.

Ich lasse Franks Bericht wieder und wieder Revue passieren. Meine dummen Tränen sind an allem schuld. Hätte ich die Beleidigungen der Kunden nicht an mich rangelassen, hätte ich nicht geheult. Dann wäre Maurice nicht auf die wahnwitzige Idee gekommen, mich zu rächen. Armer Maurice!

Nein, es hat keinen Zweck, ich muss aus dieser Gedankenmühle raus! Von meinen Kolleginnen und ehemaligen Kommilitoninnen fällt mir keine ein, mit der ich eng genug wäre, um über all das zu reden. Vielleicht mit Franks Frau Ellen?

Soll ich es wagen? Ich halte den Hörer bereits in der Hand, ihre Nummer habe ich im Telefonbuch im Internet sofort gefunden. Ich wähle die ersten drei Ziffern. Meinen Herzschlag spüre ich bis zum Hals hinauf. Ich tippe die letzten drei Ziffern ein. Das Freizeichen ertönt. Noch kann ich auflegen.

»Kraus?«, meldet sich eine jung und sympathisch klingende Frauenstimme.

Ich bringe kein Wort hervor. Fühle mich wie eine heimliche Geliebte, die ihrem Angebeteten hinterherspioniert, als ich hastig auflege.

Nur langsam beruhigt sich mein Herzschlag. Ich muss bescheuert sein. Was sollte Ellen mir sagen können, wie mir helfen? Ihre Stimme hat mir gefallen. Ob ich sie bald kennenlernen und mich mit ihr verstehen werde?

Wie am Morgen gehe ich in meiner Wohnung im Kreis und fühle mich, als gehörte ich – und nicht Maurice – in eine Anstalt. Endlich kommt mir ein hilfreicher Gedanke. Wie elektrisiert greife ich meine Tasche, meinen Schlüssel und eile zur Tür hinaus. Dass ich darauf nicht schon früher gekommen bin! Ich muss raus und etwas Normales machen. Also fahre ich nach Riegelsberg und hole meine geliebten Schuhe heil und wohlbehalten nach Hause.

Alle Gedanken an unmögliche Unfälle und unglücklich Verliebte treten in den Hintergrund, als ich den Twingo parke und mich auf den Weg zum Kabuff des Schusterhannes mache. Das ist doch die zweitschönste Nebensache der Welt: Zurückfinden zu den geliebten, besten und edelsten Schuhen. Da kann nichts mithalten, außer Frank, den ich als meine neue große Liebe im Herzen trage. Dasselbige schlägt vor Vorfreude einen Takt schneller, als ich die Werkstatt betrete.

Der Schusterhannes kommt mit seinem wiegenden Schritt nach vorn an den Tresen, die unvermeidliche erloschene Zigarre im Mund. Die Haut um seine Augen legt sich in abertausend Falten. »Da sin Se jo. Ich dachte mir schon, dass Sie nit lange auf sich warten lassen, Fräulein. Jo, die Schuhe sin fertig.« Er dreht sich zum Regal um und greift nach dem Karton, den ich natürlich längst entdeckt habe. Bedächtig stellt er ihn auf dem Tresen ab, lässt die schwieligen Hände darauf liegen und beugt sich vor. »Das war 'n schönes Stück Arbeit.« Kalte Asche rieselt auf den Karton und seine Hände. »Mehr als ich gedacht hätte.«

»Mehr?« Will er jetzt einen höheren Preis herausschlagen?

»Ja. Das Gelb hat nit zusammengepasst.«

Mir bleibt die Luft weg, ich kann nur ein abgewürgtes Keuchen hervorbringen.

Er hebt beschwichtigend eine Hand. »Machen Se sich mal keinen Kummer, ich hab 'ne Lösung gefunden.«

Er öffnet den Karton, aber ich kann noch immer nichts erkennen, weil das Seidenpapier wie ein zarter Vorhang die Schuhe verdeckt. Abermals legt er seine Hände darauf und entzieht damit den Inhalt meinem Blick.

»Ich musste ein bisschen zaubern.«

»Zaubern?«, krächze ich.

»Jo. Ich habe 'ne Weile gesucht. Aber dann is mir die alte Tasche meiner Frau eingefallen. Feinstes Ziegenleder. Beste Qualität.«

Was hat denn die Tasche seiner Frau mit meinen Manolos zu tun, zum Donnerwetter?

»Meine Frau benutzt sie schon seit mindestens zwanzig Jahren nit mehr. Solche Qualität finden Se heute kaum noch.« Er nimmt umständlich die Zigarre aus dem Mund und legt sie auf einem Aschenbecher ab, den ich vorher nicht bemerkt hatte. »Die Farbe passte einzigartig zu dem Gelb.«

Mir sacken beinahe die Knie weg. Was will er mir sagen?

»Welche Farbe meinen Sie?« Ich kann kaum noch einen klaren Gedanken fassen.

Herr Zimmer greift endlich mit seiner großen Hand den Rand des Seidenpapiers und zieht es zur Seite.

Mir stockt der Atem. »Hhhh ...«, mache ich, dann noch mal: »hhhh ...«

Der Alte hebt einen Schuh hoch und stellt ihn vorsichtig auf der Theke ab, dann holt er den zweiten heraus. »Die Absätze sind nicht voneinander zu unterscheiden, nit wahr?« Ist es erwartungsvoller Stolz, der mir da entgegenblickt?

Ich hebe andächtig einen Schuh hoch. Formvollendet, von einem Gott entworfen, von Engeln ausgeführt und von begnadeten Händen repariert. Sie sind Unikate. Einzigartige Unikate. Absolut einzigartige Unikate.

Während ich diesen doppelt gemoppelten Unsinn denke, verfolgt Schusterhannes gespannt mein Mienenspiel. Am Schluss grinst er genauso zufrieden wie ich selbst. In meinem Herzen breitet sich Wärme aus. Für diese Schuhe würde ich noch mal den vollen Neupreis zahlen.

»Ich ziehe sie jetzt gleich an.«

Er nickt, kommt neben den Tresen und stellt mir einen Stuhl hin.

Ich ziehe die Sandaletten aus und schlüpfe mit dem ersten Fuß in den Schuh.

Schusterhannes lacht schallend auf. »Als hätte ich's gewusst, nit wahr? Genau derselbe Farbton wie die Nägel.«

»Ja«, ich strahle ihn von unten herauf an, »die Absätze haben genau das gleiche Rot wie die Nägel. Es passt tatsächlich hervorragend zu dem Sonnenblumengelb.«

Ich zahle mit der Karte, küsse ihn zum Abschied und stolziere auf meinen Peeptoe-High-Heels zum Auto. Gerade als ich aufschließe, klingelt mein Handy. »Frank?«

»Ja. Wo bist du denn? Ich habe Feierabend und stehe vor deinem Haus.«

Mein Herz hüpft. »Bin schon auf dem Weg. Warte, bis du mich und meine Schuhe siehst.«

Ich weine vor Freude, als ich auf die Autobahn auffahre. Gleich werde ich mit meinen absolut einzigartigen Manolo-Unikaten bei meinem Liebsten sein. Dass er Fußfetischist ist, macht die Schuhe noch eine winzige Spur perfekter.

Danksagung

Dieser Roman ist im Jahr 2012 unter dem Titel »Bei Tränen Mord« zum ersten Mal erschienen. Sie halten jetzt die überarbeitete und korrigierte Neuausgabe in Händen. Ich freue mich, dass die Krimis mit Lucy Schober erneut eine Verlagsheimat finden konnten, und danke dem Verlag dp Digital Publishers sehr dafür, vor allem der Programmleiterin Stephanie Schönemann.
Außerdem möchte ich mich bei der Lektorin Daniela Guse bedanken, die den Roman einem gründlichen Lektorat unterzogen und mir wertvolle Tipps zum Aktualisieren gegeben hat. Zwar habe ich mich rasch entschlossen, den Zeitrahmen der Erstveröffentlichung (»Wir schrieben das Jahr 2012 ...«) beizubehalten – die vielen Veränderungen vor allem in der Technik und den sogenannten sozialen Medien der letzten Jahre hätten sonst massive Änderungen nötig gemacht –, aber trotzdem entwickeln sich Autorinnen ebenso wie ihre Leserinnen und der allgemeine, politische und private Ton ja auch weiter. So haben wir sanft einige von Lucys Überkandideltheiten etwas reduziert und an den Stellschrauben der Spannung gedreht. Mir gefällt das Ergebnis sehr gut.
Ihnen, liebe Leserinnen und Leser, danke ich für Ihr Interesse, und wenn Sie etwas Zeit erübrigen können, würde ich mich über eine Rezension auf den gängigen

Plattformen sehr freuen. Empfehlen Sie mich gern weiter. Dafür mein herzliches Dankeschön.

Schon bald erscheint der zweite Band mit der Laienermittlerin Lucy Schober und ihrem Herzensbullen Frank Kraus, und es wäre schön, wenn Sie die beiden erneut begleiten möchten.

Über meine Bücher, meine Übersetzungen und mich können Sie sich anhand meiner Website www.angelikalauriel.de auf dem Laufenden halten.

Auf Instagram und Facebook finden Sie mich unter »Angelika Lauriel«.

Herzliche Grüße im Juni 2024
Angelika Lauriel